GW01072014

LE MURMURE DES LOUPS

Né en 1951, Serge Brussolo a beaucoup écrit. Il se consacre désormais au thriller, explorant le suspense sous toutes ses formes. Doué d'une imagination surprenante, il est considéré par la critique comme un conteur hors pair, à l'égal des meilleurs auteurs du genre, et certains n'hésitent pas à lui trouver une place entre Stephen King et Mary Higgins Clark. Il a reçu le Prix du Roman d'Aventures 1994 pour Le Chien de minuit, paru au Masque, et son roman Conan Lord, carnets secrets d'un cambrioleur, a été élu Masque de l'année 1995. Grand maître des atmosphères inquiétantes, Serge Brussolo a également reçu le Grand Prix RTL-*Lire*, pour La Moisson d'hiver (Éditions Denoël).

Paru dans Le Livre de Poche :

SERGE BRUSSOLO

Le Murmure des loups

DENOËL

© Éditions Denoël, 1990.

PREMIÈRE PARTIE

Soyez sur vos gardes, veillez, car vous ne saurez pas quand ce sera le moment.

Évangile selon saint Marc (Mc 14 12-33).

1

Daniel avançait dans la poussière jaune qui maculait le bas de son pantalon bleu marine comme une étrange farine exotique. Le ruban goudronné de la route filait en droite ligne au milieu d'un paysage affreusement plat, et seulement coupé çà et là par la protubérance grise d'une casemate aux allures de bunker.

Il était tard, et la lumière avare du crépuscule tombait sur la campagne pour se changer, au ras du sol, en une sorte de brume stagnante affreusement humide. La moindre déclivité du terrain était emplie de ce coton sale que le vent semblait avoir le plus grand mal à éparpiller.

De temps à autre une voiture passait en rugissant, creusant un trou dans la muraille élastique de l'air, et Daniel se sentait repoussé sur le bas-côté, giflé par ce qui semblait être l'onde de choc d'une explosion invisible. À présent il marchait en crispant les omoplates, appréhendant le moment où surgirait un nouveau véhicule lancé à pleine vitesse. Empaqueté dans son vieil imperméable, il se faisait l'effet d'une cible alléchante pour automobiliste fou. L'un de ces dingues qui roulaient à tombeau ouvert allait-il finir par le prendre pour un chien ou un chat égaré ? Jadis il avait connu un type qui prenait plaisir à écraser les chats en les aveuglant du pinceau de ses phares. Il chassa cette idée désagréable. Le ruban goudronné paraissait s'étirer jusqu'à l'horizon. De chaque côté, le fossé était encombré d'objets hétéroclites dont s'étaient débarrassés des conducteurs peu scrupuleux. Il y avait de tout : de vieux pliants à la toile déchirée, des assiettes en carton, des emballages alimentaires. Du coin de l'œil on apercevait des bêtes brunes courant entre les ordures, des rats peut-être, des rats qui s'enfouissaient jusqu'à mi-corps au fond des pots de yaourt et dont la queue annelée fouettait le sol.

« Le camp est juste au bord de la nationale, avait murmuré le directeur de l'agence avant de raccompagner Daniel jusqu'à la porte, vous ne pourrez pas le manquer. C'est exactement à mi-chemin entre Audicourt et la grande pépinière des frères Montoyer. »

Mais Daniel ne connaissait pas la région. Il s'était trompé de car, avait dû rebrousser chemin et continuer à pied. À présent il pataugeait dans la poussière jaune, souillant son pantalon d'uniforme. En quittant sa chambre, il s'était examiné avec soin, relevant le col du vieux trench, croisant le foulard avec précision pour dissimuler la cravate de coton noir sur laquelle se trouvait imprimé en lettres dorées le sigle de l'agence de gardiennage. Il avait eu honte de son accoutrement, avait failli arracher la veste à épaulettes, le badge grotesque qu'on lui avait recommandé d'agrafer au bouton de sa poche-poitrine.

Il avait pensé à la concierge, aux copains, à ses parents. Aux commentaires venimeux des voisins : « J'ai croisé le petit Sarella, celui qui faisait soi-disant de grandes études à la faculté, il était déguisé en gardien de square. Il avait l'air moins fier ! »

Remuant le couteau dans la plaie il avait ainsi brodé d'interminables dialogues vomis par des commères invisibles. L'uniforme le gênait aux entournures, allumait d'insupportables démangeaisons sous ses aisselles. Il n'avait pu s'empêcher de penser à la tunique de Nessus. Il s'était mis à tâter la grosse étoffe en murmurant : « C'est du tissu cancérigène ! J'en suis sûr, on doit attraper la lèpre à porter cette saloperie ! »

Dès qu'il avait enfilé la veste, dans la cabine d'essayage de l'agence, il avait été assailli de démangeaisons multiples. Le col de la chemise lui avait scié le cou, quant à la casquette, mieux valait ne pas en parler ! Elle lui ceignait le front comme un garrot de cuir, lui comprimant les tempes à la limite du supportable.

Comment pouvait-on réfléchir, affublé d'un tel couvre-chef ? Privé de sang, le cerveau devait pourrir, se gangrener... On devenait irrémédiablement débile au bout de quelques jours, on...

Daniel avait jeté la casquette au fond d'un sac en plastique, bien décidé à ne s'en couvrir qu'en cas de nécessité.

« Faites attention à votre uniforme, lui avait conseillé le directeur en remontant sur son nez ses lunettes qui glissaient, certains chefs de poste sont très stricts à ce sujet. Il y a beaucoup d'anciens militaires parmi nos hommes, essayez de ne pas les prendre d'emblée à rebrousse-poil. »

Daniel avait hoché la tête, mal à l'aise, les doigts noués dans le dos en un fouillis moite. L'agence occupait un rez-de-chaussée minuscule, au fond d'une cour. Des stores vénitiens y installaient une atmosphère trouble d'aquarium. Daniel s'était étonné : des stores vénitiens dans un rez-de-chaussée, alors qu'une demi-pénombre noyait déjà le fond de la cour ? Mais peut-être les veilleurs de nuit ne supportaient-ils plus la lumière du soleil ? Leurs pupilles, dilatées par les veilles et les affûts nocturnes se contractaient douloureusement dès que le jour venait à les effleurer. Aussi attendaient-ils le soir avec une impatience fébrile, les yeux dissimulés derrière d'énormes lunettes noires. Dans la ville on regardait passer avec une sourde angoisse ces hommes au visage indéchiffrable. On finissait par se demander s'ils quittaient leurs verres miroir pour dormir ou si ces lunettes faisaient en quelque sorte partie de leur anatomie, à la manière de ces prothèses qu'on ne peut ôter que dans la plus stricte intimité. Le directeur avait perçu le flottement qui s'était emparé de Daniel. Il émit un claquement de langue.

«Beaucoup de militaires, c'est vrai, reprit-il, mais aussi d'anciens gendarmes en retraite. De petits grades : adjudant, caporal. Vous êtes étudiant, je crois…»

Il rajusta ses lunettes, consulta la fiche de renseignements.

«Hum…» grogna-t-il, sans qu'on puisse deviner s'il s'agissait d'un grognement d'approbation ou de crainte anticipée. «Je lis que vous possédez une licence d'histoire. Vous n'avez pas réussi à trouver du travail dans votre branche. C'est plutôt encombré, non ? Et puis les historiens, de nos jours… On a assez à faire avec le présent, vous ne pensez pas ? »

Daniel feignit de trouver la plaisanterie amusante. Le directeur avait l'air fatigué, malade peut-être. C'était un grand homme maigre enveloppé dans un costume gilet-cravate dont la matière synthétique ne se donnait même pas la peine d'imiter la laine ou le coton. D'un geste machinal il se massait l'estomac, comme si ces tapes amicales avaient le pouvoir de calmer son ulcère, de le faire patienter à la manière d'une bête entravée prête à rompre ses liens, et dont on essaye d'adoucir le caractère à coups de chuchotis et de grattements entre les oreilles.

«J'ai une bonne affectation pour vous, dit-il après un long moment de silence, à condition que vous acceptiez de commencer tout de suite. Il s'agit d'une société d'informatique installée dans un ancien camp américain, tout près de l'autoroute. C'était une base du SHAPE, vous avez dû entendre parler de ça ? Les autorités françaises ont récupéré les bâtiments préfabriqués après le départ des soldats. Certains de ces bungalows ont plus de trente ans et sont toujours aussi solides qu'au premier jour. La surface à surveiller est très vaste et on l'a découpée en parcelles…»

Il ouvrit un tiroir, en sortit un plan qu'il étala sur le bureau. Sa voix bourdonnait aux oreilles de Daniel, se réduisant à une musique dépourvue de sens. L'agence empestait le tabac refroidi, la sueur et le sommeil aussi. Un casse-croûte graisseux traînait sur une table, près d'un journal hippique couvert de chiffres et de ratures. D'autres quotidiens avaient été empilés sur les meubles ou sur le sol. À vrai dire il y en avait partout, parfois intacts, parfois froissés ou roulés en boule. C'étaient, pour la plupart, des journaux sportifs, des feuilles de pronostics ou des hebdomadaires à scandales. Daniel serra les dents, maudissant l'initiative de Jean-Pierre qui lui avait glissé l'adresse de la boîte de gardiennage et un mot de recommandation.

«C'est pas foulant, lui avait-il expliqué, à part les rondes on n'a rien à faire. Les autres gardiens en profitent pour roupiller, taper le carton ou faire les mots croisés (quand il leur reste assez de cervelle pour ça!). Toi, tu peux bouquiner à l'aise. J'ai rédigé presque toute ma maîtrise de cette manière. Et puis ça ne te fera pas de mal de te frotter un peu au vrai monde du travail, de côtoyer des gagne-petit qui sentent bon la sueur et l'authentique pinard de supermarché. Ici, à la fac, on vit hors du monde, on flotte sur les idées. Quand je vais aux chiottes je m'attends toujours à découvrir des maximes philosophiques imprimées sur le papier-cul! C'est pas ça la vie, c'est pas de méditer au soleil, un bouquin de sagesse chinoise calé sur le nombril. Tu n'as jamais fréquenté que des intellos, il est temps de perdre ton pucelage, mon pote!»

Daniel avait pris l'adresse, un méchant nœud au creux de l'estomac. Inquiet et excité, tout à la fois.

En pénétrant dans l'arrière-cour il s'était fait l'effet d'un ethnologue débarquant chez les cannibales. Il avait hésité, failli faire demi-tour, puis la porte vitrée s'était ouverte et le directeur lui avait demandé d'un ton très commercial : « Vous cherchez quelqu'un ? »

À cette seconde même il avait compris que le sort en était jeté. Quelque chose venait de se nouer dans l'invisible, les arcanes du destin avaient fait jouer leurs rouages, quelqu'un l'avait poussé vers l'agence, comme un pion...

« Bon sang ! Quel cinéma tu te fais ! » avait-il songé en posant le pied sur le seuil. Il se voulait gaillard, décontracté, mais au fond de lui couvait un incompréhensible malaise. Cela tenait peut-être aux termes par lesquels on désignait désormais la fonction de veilleur de nuit ? Veilleur de nuit, il n'avait rien contre. On imaginait tout de suite un type avec une musette, un litre de vin, une gamelle. Un pépère parlant à son chien et ronflotant entre deux rondes. Beaucoup d'artistes avaient survécu de cette manière, embusqués à l'entrée d'un entrepôt de balles de coton, écrivant en cachette un roman sur la vieille Underwood du secrétariat. En cherchant bien il aurait pu citer des noms. Oui...

Mais « gardien », « agent de sécurité », ces vocables avaient un arrière-goût sur sa langue. Ils sentaient l'armée, la milice, le paramilitaire. Et puis il y avait l'uniforme, horrible. Un vêtement bâtard, de couleur indéfinissable, qui cherchait à en imposer en singeant la tenue des flics américains. Ceinturon de cuir, rangers. Leur étoffe empestait le tabac, et, si on avait la malencontreuse curiosité de renifler la couture des aisselles, on détectait immanquablement un relent de vieille sueur rance, rebelle aux détergents.

« Pour le poste auquel je vous destine, aucune compétence spéciale n'est requise, expliqua le directeur, on vous montrera sur place comment utiliser un extincteur. La boîte exigera toutefois un extrait de casier judiciaire. En fait c'est plutôt le chef de poste qui décidera de votre embauche ou de votre renvoi. On vous demandera de patrouiller dans un secteur défini, plusieurs fois par nuit, pour décourager d'éventuels voleurs, et de vérifier quelques voyants ici ou là, il s'agit d'une fonction dissuasive imposée par les assurances. Vous êtes là pour donner l'alarme en cas d'incendie, inspecter les barrières et vous assurer qu'aucune machine à café ne risque le court-circuit. Rien de bien sorcier comme vous pouvez voir. »

Daniel signa quelques papiers, reçut un matricule, une carte de service sur laquelle le directeur agrafa un modeste «photomaton». En passant dans la pièce du fond le jeune homme poussa un soupir de soulagement. Ainsi on ne lui demanderait pas de porter une arme, comme il l'avait tout d'abord redouté.

«Vous n'êtes pas convoyeur de fonds, avait ricané le directeur, ni gardien de banque. Cela viendra peut-être plus tard, si vous vous découvrez une vocation pour la profession?»

«Et en plus il se fout de moi», avait constaté Daniel avec une certaine amertume.

Il aurait voulu pouvoir se payer le luxe de ficher le camp en claquant la porte mais cette fantaisie était hors de question. Il avait besoin d'argent, il n'était pas certain d'obtenir une nouvelle bourse et ses parents, exilés en province, pousseraient de hauts cris s'il avait le malheur de leur demander la moindre aide financière.

«Si encore tu poursuivais des études sérieuses, lui objecterait sa mère, quelque chose dans la vente ou le marketing (elle prononçait toujours "marqueutigne"), mais l'Histoire! Tu crois qu'à la télé ils cherchent un remplaçant pour Alain Decaux?»

«En trois mois de gardiennage tu peux te renflouer, avait expliqué Jean-Pierre, c'est l'été, tu n'as rien d'autre à faire jusqu'à la rentrée universitaire.

Et puis ça te fera une excuse pour ne pas remonter chez tes vieux. Sans compter que tu pourras préparer ta maîtrise à l'aise, tu ne vas pas manquer de loisirs ! »

Daniel avait fini par céder. Depuis quelques jours le niveau de son compte-chèques postal avoisinait le zéro. Il était déjà en retard pour le loyer, quant à la nourriture, il se contentait désormais de pain et de lait. Il se répétait comme une excuse qu'il avait été contraint de sauter sur la première occasion, le travail se faisait rare, n'est-ce pas ? Et les étudiants n'avaient pas bonne presse.

« Finalement je te sauve la vie ! avait conclu Jean-Pierre, j'espère que tu m'en seras éternellement reconnaissant ! »

En attendant de payer sa dette, il marchait dans la poussière jaune de la route, petite silhouette ficelée dans un trench-coat bon marché dont n'aurait pas voulu la doublure de Bogart.

2

Daniel passa sous un pont de béton. À partir de là, la route montait en pente vive. Collé au beau milieu de la bande jaune antidépassement, un chat écrasé achevait de perdre ses poils dans le vent. En haut de la côte on apercevait une sorte de carrefour où trônait une casemate vitrée, flanquée d'énormes barrières métalliques. Ce bunker semblait constituer l'unique accès d'une zone entourée de barbelés et de grandes clôtures. Daniel s'immobilisa pour reprendre son souffle. Le béton gris, le fil de fer rouillé, la solitude de l'endroit, concouraient à créer une atmosphère oppressante. Derrière la clôture on devinait l'étendue d'un immense parking dont l'asphalte pelait par plaques, comme la peau d'un éléphant malade. Des corbeaux se tenaient perchés sur les fils d'acier tendus entre les piquets. Figés, ils paraissaient factices comme des morceaux de bois grossièrement taillés, qu'on se serait amusé à enduire de plumes et de goudron. Daniel aurait voulu esquisser un geste pour leur faire peur et les voir s'envoler, mais il demeura immobile.

« Ce n'est qu'un ancien camp militaire, se répétat-il, des baraquements recyclés. Tu t'attendais à quoi ? »

Mais le lieu irradiait une aura répulsive qui donnait envie de tourner les talons et de s'éloigner au plus vite. Le paysage tout entier puait l'alerte atomique et l'échange nucléaire limité. Les corbeaux soudés aux barbelés étaient peut-être déjà carbonisés ? Ils allaient tomber en cendres dès qu'il ferait mine de les toucher...

Les images se bousculaient dans le crâne du jeune homme, suscitées par l'étrangeté de l'endroit. Il imaginait déjà d'énormes abris dissimulés sous l'herbe des pelouses et le goudron des parkings. Tout un camping d'holocauste éparpillé au long de salles interminables. Ne racontait-on pas que le gouvernement français avait, depuis quelque temps, décidé de remédier à la pénurie d'abris antiatomiques en faisant aménager secrètement de nouveaux sites ? Allait-il devenir le concierge de l'un de ces terriers de béton pour survivants hagards ? Jean-Pierre l'avait prévenu : l'agence de gardiennage restait souvent discrète sur la véritable nature des lieux placés sous surveillance, et il était conseillé de ne pas jouer les curieux. La société d'informatique n'était-elle qu'une couverture ? Un masque destiné à cacher d'inquiétants préparatifs ?

« Tu t'emballes, songea-t-il en soupirant, tu te fais du cinéma. »

Il avait toujours été trop imaginatif, sa mère le lui avait souvent reproché au cours de son enfance : « Si tu penses trop, tu finiras par attraper une méningite ! » lui répétait-elle dès qu'elle le surprenait à rêvasser. À dix ans cette prédiction le terrifiait, et il s'obligeait plusieurs fois par jour « à ne penser à rien ». Ce qui se révélait vite une besogne affreusement éprouvante dont il émergeait chaque fois la tête martelée par la migraine. Durant toutes ses études, les professeurs n'avaient cessé de souligner ce travers : Daniel Sarella avait une fâcheuse tendance à voir des complots partout, à suspecter dans chaque fait divers le symptôme d'un scandale gouvernemental étouffé par les services secrets et les agents de la Sûreté. Une fois, dans un journal d'étudiants, il s'était amusé à donner une nouvelle interprétation à différentes affaires célèbres, débusquant derrière chacune d'elles un complot d'État ou une manœuvre de diversion destinée à masquer un scandale international. Il avait ainsi traité le cas du *Titanic*, celui de Landru ainsi que l'incendie du Bazar de la Charité. Sa petite amie de l'époque, Marie-Anne, avait fait la grimace, elle était en deuxième année de psycho et commençait déjà à se prendre au sérieux.

« À première vue ça peut paraître drôle, avait-elle observé doctement, mais quand on y réfléchit, ça sent la paranoïa. Tu devrais entreprendre une analyse avant qu'il ne soit trop tard. »

Daniel avait haussé les épaules. Marie-Anne n'avait aucun humour. De plus elle suçait mal.

Daniel se remit en marche, avançant vers le bunker obturant l'accès du camp. Les barrières étaient véritablement énormes, conçues pour stopper sans dommage un véhicule lancé à pleine vitesse. Ses semelles sonnaient sur l'asphalte, donnant naissance à de curieux échos. L'architecture austère lui donnait presque envie de lever les bras et de crier « Kamerad, moi me rendre, vous pas tirer ! », mais cette facétie serait sûrement mal interprétée par ceux qui le regardaient approcher en ce moment même derrière la vitre fumée occultant la meurtrière horizontale de la casemate.

Il continua à pas lents, s'évertuant à conserver une démarche normale. Le carrefour avait tout de la zone interdite telle qu'on se plaît à la représenter dans les films ou les bandes dessinées. La clôture à perte de vue, sinuant comme une interminable muraille chinoise, la casemate camuse à laquelle ne manquaient qu'un projecteur et un nid de mitrailleuses. L'endroit sentait la suspicion, le contrôle, la fouille. Le droit de passage, la carte exhibée d'une main moite…

«Tu délires», conclut-il en s'arrêtant à un mètre de la barrière. Mais il n'était pas rassuré. La grille d'acier ne coulissait pas et il était certain qu'on l'observait derrière la vitre miroir. C'était une sensation pénible. Il dut attendre une demi-minute avant qu'on ne daigne lui ouvrir. Enfin, la barrière de droite se mit à se rétracter avec un grondement sourd qu'amplifiait la caisse de résonance du bunker. Dès que l'ouverture eut atteint cinquante centimètres, la barrière s'immobilisa comme si l'on craignait — en ouvrant davantage — de prêter le flanc à une subite invasion. Daniel pénétra dans l'enceinte. Sur sa gauche, trois marches permettaient d'accéder à une porte latérale en acier. Il se hissa sur l'embryon d'escalier, frappa deux fois et tourna la poignée. Il fut aussitôt submergé par un brouillard de tabac qui le saisit à la gorge. À l'intérieur, trois hommes aux visages fatigués enfilaient des vêtements «civils» pardessus leur uniforme.

«C'est toi le nouveau?» aboya un gros type chauve penché sur un cahier de contrôle, «t'es en avance. Sors ta carte de l'agence, les gars de nuit voudront vérifier. Nous on est l'équipe de jour, on lève le pied dans cinq minutes.»

Daniel ne trouva rien à répondre. Il savait que les

autres étaient en train de le détailler sans indulgence. Il imaginait déjà les observations peu amènes qu'ils formulaient mentalement : « Encore un jeune, un de ces petits connards qui ne travaillent que pendant leurs vacances pour se payer une chaîne stéréo. Faudra passer notre temps à réparer ses conneries ! »

L'homme chauve était toujours penché sur le cahier répertoriant les entrées et les sorties de la journée. Au bas de la page, il entreprit de tracer au stylo rouge les lettres « R.A.S. ». Il écrivait en contractant le visage et en respirant fort par le nez, comme si cette besogne lui réclamait un effort musculaire prodigieux. Des veines gonflées palpitaient sur chacune de ses tempes. Lorsqu'il eut fini d'écrire il s'abîma dans la contemplation des trois lettres malhabiles et poussa un nouveau soupir. L'effort accompli semblait l'avoir vidé de toute son énergie. Il se leva. Trois barrettes de métal rayaient ses épaulettes. « Un brigadier, constata Daniel, un chef de poste. »

Sans plus se soucier de lui les trois hommes se rassemblèrent dans un coin de la pièce et se mirent à deviser à mi-voix, comme s'ils échangeaient des secrets en langage codé. Le chauve consulta ostensiblement sa montre.

« J'espère que l'un des gars de nuit va se pointer, grogna-t-il, ça m'ennuierait de laisser le poste entre les mains d'un bleubite. »

Les autres ricanèrent en crachant de la fumée. Daniel sentit son estomac se nouer. Pour se donner une contenance il examina le poste. L'ameublement en était succinct : deux bureaux de métal, l'un plus grand que l'autre (peut-être celui du CHEF ?), des cendriers sur pied, deux canapés orange, un porte-revues. Les murs étaient occupés par des panneaux d'affichage couverts de notes de service. Tout cela flottait dans le brouillard bleu des cigarettes. Sur le bureau du chef, face à la meurtrière, on avait installé un pupitre de commande d'où émergeaient deux gros boutons protubérants, l'un bleu, l'autre rouge, ainsi qu'une manette d'inversion droite-gauche.

« C'est de là qu'on monte et qu'on descend le pont-levis ! » remarqua intérieurement Daniel. Une bonne minute s'écoula, interminable, puis la porte donnant sur l'extérieur s'ouvrit, laissant le passage à un grand type maigre, très pâle, vêtu d'un jean et d'un blouson de cuir.

« Ah ! te v'là, Morteaux, grogna le chauve, on allait partir. L'agence vous envoie un bleu, faudra le dépuceler pour le rendre opérationnel. »

L'homme maigre ne sourit pas, contrairement aux autres qui ricanèrent grassement.

« Vous pouvez vous tirer, lâcha-t-il sèchement, le patron du bistrot a déjà dû aligner vos ballons de beaujolais sur le zinc. »

Durant une seconde l'hostilité grésilla dans l'air, comme les décharges électriques en haute montagne, à l'approche de la foudre, puis l'équipe de jour se rua à l'extérieur en marmonant un au revoir plein de froideur. L'homme maigre éteignit aussitôt le plafonnier et pressa un bouton pour actionner le mécanisme d'aspiration. La fumée bleue disparut, aspirée par le bourdonnement d'un petit ventilateur.

« Ils n'aèrent jamais, commenta Morteaux, ils le font exprès, pour nous emmerder. »

Il enleva son blouson. Sous le cuir il portait sa chemise bleue d'uniforme.

« Mon nom c'est Morteaux, fit-il, mais tu peux m'appeler Roland. Il t'a emmerdé, le père Morillard ?

— Morillard ? répéta stupidement Daniel.

— Oui, le chauve. C'est un con. Ses gars aussi sont cons. Si tu débutes, faut te mettre un truc dans la tête : les gardiens de jour, c'est juste des concierges. Les vraies sentinelles travaillent la nuit. C'est normal, les risques viennent avec l'obscurité. T'as bien fait de choisir la nuit, la nuit c'est un travail d'homme. »

Il s'était planté face à la meurtrière, observant les champs que les ténèbres submergeaient lentement. Il se tenait les yeux plissés, la bouche réduite à un fil, dans une attitude de guetteur indien ou d'oiseau de proie. Daniel s'avoua incapable de lui donner un âge précis.

«Tu verras, dit soudain Morteaux sans cesser de fixer la route, à force de vivre la nuit l'organisme se modifie, on ne supporte plus la lumière du jour. Moi, le soleil me fait mal. Si je le fixe, mes yeux se mettent à pleurer, la peau de mes bras devient rouge. Quand on vit au clair de lune on ne peut plus lézarder sur une plage. Maintenant les plages me sont interdites, ou alors seulement pour les bains de minuit.»

Il s'assit et entreprit de délacer ses baskets.

«J'ai lu un article là-dessus, dans une revue scientifique, reprit-il en désignant les magazines entassés dans un coin du poste, on appelle ça une "mutation". Eh bien je peux te dire que pour une fois ils ne se trompent pas : un gardien de nuit devient un vrai mutant, je l'ai appris à mes dépens. Tu as vu ma peau ? Avant j'étais bronzé, j'ai perdu tout mon hâle... Je me suis décoloré. Dès qu'il fait beau je dois m'enduire avec un produit contre les coups de soleil, sinon j'ai des cloques. Et mes cheveux, regarde-les bien : gris... argenté. C'est la lumière de la lune qui les a rendus comme ça. Quinze ans que je fais des rondes dans l'obscurité, la lune m'a marqué, je porte son signe.»

Daniel hésitait entre le rire et la panique, ne sachant quelle attitude adopter. Morteaux le faisait-il marcher ? En tant que «bleu» il redoutait une éventuelle mise en boîte. L'homme pâle ouvrit une porte, disparut dans ce qui semblait être un vestiaire-w.-c.-cuisine.

«Je me mets en tenue, expliqua-t-il, tu peux causer, je laisse la porte ouverte. C'est comment ton nom ?»

22

Daniel se présenta. Morteaux réapparut, en uniforme.

«Tu verras, dit-il en boutonnant sa vareuse, au début c'est pas évident de dormir le jour. On perd la boussole. Tu vas te mettre à maudire le monde entier : la radio, les portes qui claquent, les klaxons dans la rue, la sonnerie sur le palier, le bruit de l'ascenseur, le chien des voisins qui aboie. Tu auras l'impression que toute la ville complote contre toi pour t'empêcher de fermer l'œil. Mais d'un autre côté c'est agréable de savoir que tout le monde galope pendant que tu es dans ton lit, qu'ils se font chier dans des trains bourrés comme des boîtes à sardines, et que toi, toi, tu vas sortir à la nuit, au milieu des trottoirs vides, que tu vas prendre possession de la ville endormie, sans défense. Moi ça m'a toujours fait bander.»

Il se tut brusquement, comme s'il en avait trop dit, se pencha sur le bureau pour examiner le cahier de contrôle et ricana, la bouche de travers.

«"R.A.S.", siffla-t-il, avec les gars de jour y a jamais rien à signaler! Tu parles! Sur une surface pareille il se passe toujours quelque chose, "R.A.S.", c'est une mention qu'un bon gardien ne devrait jamais écrire. Quand on ouvre l'œil on trouve toujours un truc qui cloche, ou alors faut faire ses rondes à demi bourré, comme le père Morillard.

— Comment ça se passe ici? interrogea Daniel pour faire preuve de bonne volonté.

— Y'a plusieurs guérites éparpillées dans le camp, on y planque des gars par roulement de quatre heures. Chacun fait sa ronde dans son secteur, le camp est trop grand pour qu'un rondier s'appuie le parcours dans sa totalité. On va te montrer ça peu à peu, tu bosseras en tandem avec un autre gars, au bout d'une semaine tu seras okay.»

La porte s'ouvrit et un petit homme noiraud entra, emmitouflé dans une canadienne. Il était gras et hilare, le visage fendu par une bouche trop large.

«Maurice, se présenta-t-il, le P'tit Maurice comme on dit ici. »

Tout à coup le poste fut envahi par une meute d'hommes bavardant de cette voix tonnante qu'adoptent volontiers les conférenciers de bistrot. On étalait des journaux hippiques, on commentait des résultats sportifs. Daniel se retrouva noyé dans la masse, puis rejeté hors du cercle. Instinctivement il recula jusqu'à ce que ses épaules touchent le mur. Il se sentait gagné par la migraine.

Par la vitre on distinguait les champs que la lune teignait déjà en bleu. Il eut un coup d'œil pour la peau blanchâtre de Morteaux et ses cheveux gris. «Marqué par la lune», avait dit l'homme maigre. S'était-il fichu du nouveau ou croyait-il vraiment à ce qu'il racontait ?

Les ténèbres se refermaient sur le camp, gommant le paysage. La route prenait soudain des reflets huileux, comme les vagues qui battent contre la coque des pétroliers, dans les ports. Le bunker paraissait minuscule au milieu de cette étendue sans contours précis et Daniel se prit à redouter le moment où il lui faudrait sortir de la coquille de béton pour affronter l'immensité du camp.

Dans son dos, Morteaux éclata d'un rire sans joie, contrefait, sinistre.

3

Durant un quart d'heure la répartition des tâches se fit selon un code dont la signification échappa totalement à Daniel. Les hommes allaient et venaient, s'emparaient de curieuses boîtes rondes, gainées de cuir, qu'ils suspendaient à leur épaule au moyen d'une bandoulière, et disparaissaient dans la nuit.

La pénombre régnant à l'intérieur du bunker, le bureau éclairé par une unique lampe dont le halo, tombant à la verticale du cahier de contrôle, éclairait le visage de Morteaux par en dessous. Tous ces menus détails s'additionnaient pour créer une atmosphère d'alerte. De préparatifs guerriers aux gestes mille fois répétés.

« Passe deux fois au 13, murmurait l'homme aux cheveux décolorés par la lune, à l'aller et au retour. Au 8 vous contentez pas de pointer au mouchard, allez jusqu'au fond. »

Daniel écoutait, abasourdi. D'un seul coup le bunker prenait l'allure d'un sous-marin en plongée, d'un *Nautilus* de béton où s'élaboraient d'incompréhensibles stratégies. La lumière verte, avare, tamisée, prenait des relents de black-out. Tout se passait comme s'il était capital de ne pas signaler sa présence à un éventuel ennemi. Même la voix de Morteaux avait changé de tonalité pour entrer dans un registre proche du chuchotement. Personne ne plaisantait plus, les visages avaient pris une expression grave. Les regards consultaient les pendules.

« J'ai synchronisé tous les mouchards », déclara Morteaux en poussant l'un des boîtiers de cuir portables vers P'tit Maurice.

Daniel se pencha pour examiner l'objet au passage. Cela ressemblait à un réveil de fer de la taille d'un camembert qu'on aurait enfermé dans une gaine de cuir munie de boucles, d'attaches et de lanières. Sous le cadran que protégeait une grille métallique, on discernait l'entrée d'une serrure. Ainsi présentée, la machine empaquetée de gros cuir noir avait tout de l'objet surréaliste. La pendule emprisonnée, le trou de serrure, la gaine qui tenait le milieu entre la muselière et la ceinture de chasteté, exerçaient une fascination trouble sur la sensibilité du jeune homme. P'tit Maurice remarqua son intérêt.

« C'est un mouchard, gouailla-t-il, t'en avais jamais

vu ? ça pèse son poids. Il est là pour t'espionner, pour s'assurer que tu fais bien ta ronde. Tu l'entends cliqueter ? Il prend tout en compte. Si tu t'arrêtes pour pisser, faudra courir ensuite pour rattraper le temps perdu ! »

Il ébaucha un signe de la main, enfonça sa casquette sur sa tête et disparut dans la nuit.

« C'est vrai ? interrogea Daniel en se tournant vers Morteaux.

— Oui, fit l'homme aux cheveux gris. Il y a de petites clefs témoins sur tout le parcours de la ronde, chaque fois que tu passes devant l'une d'elles tu dois l'introduire dans le mouchard et donner un tour, comme si tu fermais une porte. La clef déclenche une roue dentée qui imprime le numéro du bâtiment et l'heure de pointage sur une bande de papier. À la fin de la nuit on ouvre le ventre du mouchard, on sort la bande et on la colle sur un cahier. C'est la preuve que tous les bâtiments ont été visités au bon moment, et que les rondes se sont effectuées au rythme normal. C'est pour les assurances, en cas de pépin. Tu comprends ? »

Daniel hocha la tête.

« Je vais te conduire dans ta guérite, fit Morteaux en passant un ciré noir, t'es affecté au secteur des douches, à l'autre bout du camp. C'est un poste simple, sans vraie ronde. Faut ouvrir l'œil, c'est tout.

— Je serai seul ?

— Oui, pour commencer, ce soir on manque d'effectif. C'est toujours comme ça avec l'agence. Un soir : trop de gars, le lendemain pas assez. Prends ton casse-croûte et amène-toi. »

Il saisit une grosse lampe torche et ouvrit la porte métallique. Daniel lui emboîta le pas.

Les ténèbres avaient recouvert le camp, et, aucun lampadaire n'éclairant les abords de la casemate, on se heurtait à un véritable mur d'obscurité que trouait, dans le lointain, le faible halo d'un lumignon installé sur le perron d'un baraquement. Daniel ne put réprimer un mouvement de recul. C'était comme si on lui avait soudain demandé de plonger dans une eau noire, sans fond, dans l'un de ces lacs souterrains que les spéléologues découvrent parfois dans les entrailles de la terre. Il eut une bouffée de claustrophobie. Engoncé dans son uniforme il se faisait l'effet d'un scaphandrier qui s'apprête à descendre dans la vase pour explorer le ventre rouillé d'une monstrueuse épave. Les documentaires sur la plongée sous-marine l'avaient toujours mis profondément mal à l'aise et, en cette seconde précise, face à l'immensité indiscernable du camp, il retrouvait quelque chose de ce sentiment trouble fait à la fois de fascination et de dégoût. Ce vertige qui, au bord des falaises, lui donnait l'envie de fermer les yeux et de se laisser aspirer par la béance qui s'ouvrait sous ses pas.

«Tu viens?» s'impatienta Morteaux.

Il n'avait pas allumé la torche. Il marchait sans hésitation, comme si ses yeux avaient le pouvoir de percer les ténèbres.

«Vous voyez dans le noir? hasarda Daniel en regrettant d'avouer son infirmité.

— Bien sûr, fit l'homme pâle, à la longue c'est normal, les yeux se dilatent. Je te l'ai dit, à la fin c'est le jour qu'on ne peut plus supporter. Tu n'es pas encore initié, c'est pour ça, mais ça viendra. Faut être patient, attendre que le corps se modifie, retrouver l'animalité perdue.

— L'animalité perdue? hoqueta Daniel.

— Oui. Les bêtes sont bien plus à l'aise que nous dans l'obscurité. Leur vie en dépend. Tu verras, dans quelque temps tes yeux se fortifieront… et ton oreille aussi. Tu distingueras des bruits infimes, minuscules. Le trottinement d'une souris sur le gravier, un frôlement anormal dans les buissons. La nuit est une bonne école. Le jour, lui, nous atrophie, nous rend infirmes. Toutes ces sonneries, ce vacarme: le téléphone, la télévision, la musique. Et le boucan des voitures ? À la fin le tympan devient dur comme de la corne, on ne perçoit plus que les hurlements, les explosions. La nuit va te guérir, petit. Tu es malade et tu ne le sais pas, mais dans un mois on en reparlera. Tu vas récupérer ce que la vie moderne t'a volé. Sûr ! »

Il parlait sans attendre de réponse, d'une voix monocorde. Daniel plissait les yeux, cherchant des points de repère. Un lumignon fiché au milieu d'une pelouse lui permit d'entrevoir le profil de plusieurs baraquements d'un seul étage, sur le crépi desquels s'étalaient de grands numéros noirs. Des allées caillouteuses serpentaient entre les bâtiments.

« Dans les années 50 c'était un camp d'Amerloques, soliloqua Morteaux, les baraquements servaient de chambrées. Il y avait même un cinéma et une chapelle. On a gardé les noms, mais il n'y a plus ni curé ni projectionniste. La guérite où tu vas prendre ton poste c'était la prison militaire. À l'aube tu verras, c'est gigantesque. »

Daniel sentit son estomac se serrer, le malaise l'assaillit à nouveau. Il se revoyait, enfant, avec son père, au seuil d'une caverne plongée dans les ténèbres et d'où montait une violente odeur de moisissure. Le père disait : « C'est gigantesque ici ! Si on y tombait personne ne nous retrouverait ! »

Daniel détestait ces excursions sauvages, ces cailloux qu'on le forçait à escalader pour aller lorgner par l'entrebâillement d'une crevasse dans le ventre de la terre. Sa mère restait toujours en bas, « pour garder la voiture », un chapeau de paille sur la tête, à tricoter en écoutant le nasillement du transistor.

Rituellement, le père se penchait au bord du gouffre, jetait un caillou dans l'abîme avec un air gourmand de méchant loup reluquant le cul d'un petit cochon. « C'est profond ! répétait-il, c'est pas pour rien que ça s'appelle le Trou du Diable. »

Daniel sentait sa gorge se serrer. Il imaginait la trajectoire du caillou imprudemment lancé. Toc-toc-toc... de rebonds en ricochets, la pierre s'enfonçait dans la nuit, elle terminait sa course en percutant la tête du diable endormi au fond du trou. Le démon poussait un grognement, se réveillait et... décidait de remonter à la surface !

« On s'en va ? gémissait Daniel, on a tout vu maintenant...

— T'as la trouille, grondait son père, t'es qu'une poule mouillée, faudrait un peu t'endurcir, mon gars ! »

Et parfois, horreur suprême, il saisissait le gamin par la taille et le soulevait au-dessus du vide.

« Tu ne risques rien, ricanait-il, tu vois bien que je te tiens ! Regarde en bas, mais regarde donc en bas, petit imbécile ! »

Daniel hurlait, convulsé d'épouvante, persuadé que le courant d'air montant du gouffre allait finir par l'aspirer. Ses hurlements explosaient sous la voûte, démultipliés par l'écho. Le père finissait par le reposer à terre en maugréant.

« Idiot, grognait-il, à brailler comme ça tu nous provoquerais bien une avalanche. »

Ils redescendaient dans la vallée, l'un derrière l'autre. Le père marchant loin devant, boudeur, mécontent. Daniel reniflant et se tordant les chevilles sur les pierres. En bas la mère levait la tête de son tricot et soupirait, ennuyée : « Qu'est-ce qu'il a encore ce gosse ? Il s'est fait mal ?

— Mais non, râlait le père, c'est un trouillard, c'est tout. Faudra vraiment qu'ils le dressent à l'armée, sinon il finira pédé.

— Oh ! hoquetait la mère, on ne dit pas des choses comme ça devant un enfant. »

Daniel se secoua, repoussant la marée des souvenirs. Pourtant, ici même, il retrouvait quelque chose de cette aspiration verticale, de cette obsession du vertige qui avait hanté toute son enfance. Le camp, noyé dans l'obscurité, s'ouvrait sur l'inconnu, comme si la nuit avait eu le pouvoir de pervertir la notion de distance et de donner aux objets environnants l'élasticité répugnante du chewing-gum. Lorsqu'on fixait la ligne d'un bâtiment, on avait au bout de quelques secondes la certitude de la voir onduler, comme si les baraquements rampaient sur les pelouses, à la manière de gigantesques chenilles travesties. Des chenilles colossales, sur le flanc desquelles on aurait peint des fenêtres en trompe l'œil.

« Là-bas, au bord de la route, c'est le parking », marmonna Morteaux.

Daniel tourna la tête, aperçut un désert squameux et humide. Une sorte de peau de squale frappée de grands numéros peints au pochoir. Ici la lumière de la route dessinait nettement les contours de la clôture, le monde reprenait une consistance rassurante.

« Le soir le parking doit être vide, spécifia Morteaux, si on trouve une voiture, il faut le signaler. Les seules bagnoles admises à l'intérieur de l'enceinte sont celles des gardiens. »

Un camion passa en rugissant de l'autre côté de la clôture et l'homme pâle rentra instinctivement la tête dans les épaules.

« Je ne peux plus supporter ce bruit, gémit-il, le jour, si je suis forcé de me déplacer en ville je me mets des boules Quiès dans les oreilles. C'est normal, tu comprends, maintenant j'ai un vrai tympan d'horloger. Je pourrais deviner ce qui cloche dans une montre rien qu'en écoutant son tic-tac. »

À quelques mètres de la clôture, échouée au milieu du parking tel un récif crevant le sable d'une plage, se dressait une casemate à la peinture cloquée dont les fenêtres étaient munies de gros barreaux rougis par la rouille.

« Voilà, fit Morteaux en désignant la bâtisse, c'est ta guérite. L'ancienne prison où l'on bouclait les bidasses aux arrêts. Ici c'est le secteur des douches, enfin c'est comme ça qu'on l'appelle entre nous.

— Il y a des douches ? interrogea Daniel, on a le droit d'y aller ? »

Il envisageait déjà d'y faire un saut chaque matin car la chambre de bonne qu'il louait à une retraitée des Postes ne comportait qu'un minuscule lavabo dans lequel il était obligé de se laver par «morceaux successifs». C'était une opération compliquée qui finissait toujours par inonder le parquet et ne lui apportait jamais la satisfaction de se sentir réellement propre.

Morteaux détourna la tête, l'air gêné, et une grimace involontaire lui déforma la lèvre.

«Non, bougonna-t-il, c'est un coin désaffecté. Il ne faut pas y mettre les pieds, ça grouille de rats.»

Il avait l'air subitement mal à l'aise et il pressa le pas.

Au pied de la casemate il tira un trousseau de clefs de sa poche et déverrouilla la porte. Une ampoule pendait au plafond, dispensant une lumière jaune. La pièce, meublée d'un bureau et d'un siège pivotant, empestait le tabac. Un téléphone trônait en évidence sur la table.

«Voilà, commenta Morteaux, tu poses ton cul et tu attends. Toutes les quarante-cinq minutes tu sors et tu fais le tour de la baraque, pour te montrer. Tu fais un aller-retour sur le parking et tu téléphones au poste pour signaler si tu as vu quelque chose. Si tu n'as rien vu tu dis : "Guérite des douches, R.A.S." C'est pas compliqué.

— Toutes les quarante-cinq minutes ?

— Oui, c'est pour t'empêcher de dormir. Mais il peut aussi y avoir des appels de contrôle, dans ce cas tu as intérêt à décrocher avant la deuxième sonnerie, sinon le chef de poste aura tendance à penser que tu roupillais.»

Daniel dénoua la ceinture de son imperméable. Il

ne faisait pas très chaud et une atmosphère humide planait entre les murs. Il en fit la remarque. Morteaux haussa les épaules, ouvrit un placard où se trouvait rangé un antique radiateur électrique.

« Si t'as froid tu peux t'en servir, concéda-t-il, mais la chaleur ça endort vite, je ne te le conseille pas, surtout si c'est ta première nuit. Si on te prend à roupiller tu seras automatiquement viré, c'est la règle. »

Il se dandina d'un pied sur l'autre, posa la clef de la « guérite » sur le bureau, et releva le col de son ciré.

« Bon, conclut-il, je vais te laisser. C'est un bon poste pour commencer, tranquille. Normalement on n'attribue pas les guérites aux jeunes. Les gosses comme toi, ça a des jambes, ça peut crapahuter toute la nuit. On les charge surtout des rondes. Les guérites on les réserve aux gars âgés, qu'ont de la bouteille. Ici c'est la guitoune du Capitaine, un ancien de l'Indo. Il écrit ses mémoires. En ce moment il est de repos. »

Il ébaucha un vague salut et sortit. Daniel consulta sa montre. C'était une vieille montre ayant appartenu à son père, un modèle démodé dont il n'avait jamais osé se défaire et qui ne comportait aucun dispositif de sonnerie. Il regretta de ne pas être équipé de l'un de ces petits gadgets japonais qui faisaient fonction de réveil, de calculatrice, et jouaient de la musique aux heures pleines. Quarante-cinq minutes… Surtout ne pas oublier !

Une feuille scotchée sur le bureau répertoriait les différents numéros téléphoniques du camp. La mention « Poste central » avait été entourée au feutre rouge. Daniel hésita, se dirigea vers la pièce du fond. Elle était vide si l'on faisait abstraction des montagnes de romans policiers entassés contre les murs. C'étaient des éditions populaires, parfois assez anciennes, aux couvertures cloquées par l'humidité. Daniel ramassa l'un d'eux pour le feuilleter et le rejeta aussitôt avec dégoût : de gros cancrelats couraient entre les pages. Il s'essuya les mains à son mouchoir et s'écarta de la «bibliothèque» colonisée par les cafards. La baraque tout entière respirait le délabrement. Une nouvelle porte lui révéla un cabinet de toilette minuscule d'une saleté repoussante et au carrelage fendillé. Il songea qu'il n'oserait jamais déboutonner sa braguette en un pareil endroit, et qu'il profiterait des rondes sur le parking pour pisser contre le grillage de clôture. Un escalier de fer donnait accès à ce qui semblait être une soupente. Nulle part il ne trouva trace des anciennes cellules, mais probablement avait-on rectifié la maçonnerie lors du départ des troupes américaines ?

«Le problème d'une garde solitaire, c'est l'ennui, lui avait déclaré le directeur de l'agence, un type sans culture s'emmerde très vite. Dès qu'il a fini de lire son journal, de préparer son tiercé, il sombre dans la morosité. Alors il dort ou il boit, ce qui ne fait pas mon affaire. Contrairement à beaucoup de mes collègues, je ne répugne pas à employer des étudiants parce que je sais qu'ils sauront s'occuper, et qu'ils ne redouteront pas la solitude. »

Daniel avait apprécié ce discours et, du coup, ses derniers doutes s'étaient envolés. Cependant, à présent qu'il se trouvait au pied du mur, ses certitudes s'effritaient. La casemate dégageait une telle atmosphère de décrépitude qu'il aurait encore préféré marcher toute la nuit, un «mouchard» en bandoulière. Il n'avait plus aucune envie de s'asseoir et de lire, comme il l'escomptait tout d'abord. L'odeur sournoise des livres moisis s'infiltrait dans ses narines. Il pensa aux blattes et éprouva aussitôt l'envie de se gratter. Il battit en retraite et revint dans la pièce du devant. «Douze heures, lui chuchota une voix intérieure, tu dois tenir douze heures d'affilée dans cette ruine. »

Un immense découragement l'envahit et, l'espace d'une seconde, il envisagea de donner sa démission au lever du soleil. Puis il soupira et s'assit en face du téléphone. Il lui restait trente minutes avant le premier appel.

4

Daniel regarda sans les voir les feuillets étalés devant lui. Il s'agissait des photocopies d'une étude parue en 1718, et intitulée *Dissertations historiques et critiques sur la chevalerie ancienne et moderne*, par le Père Honoré de Sainte-Marie, mais les mots dansaient devant ses yeux sans qu'il puisse parvenir à leur trouver un sens. Son cerveau engourdi de fatigue luttait de plus en plus difficilement contre les assauts du sommeil. Sa tête s'alourdissait d'heure en heure tandis que sa nuque se faisait plus molle, plus caoutchouteuse. Il sentait venir le moment où il ne pourrait plus se retenir de plonger en avant et où son front heurterait le bureau avec violence. L'assommant net.

Il consulta une nouvelle fois sa montre. Les aiguilles lui parurent trembloter sur le cadran. Il n'aspirait qu'à se coucher et dormir, là, à même le sol, en dépit des blattes et autres insectes qui zigzaguaient dans les fissures du plancher. Jamais il ne s'était senti aussi fatigué, aussi proche de la perte de conscience. Il se leva, poussa la porte de la casemate et sortit sur le parking avec l'espoir que l'air froid le réveillerait. Des idées saugrenues lui emplissaient l'esprit, de ces idées qui vous assaillent à la lisière du sommeil et vont constituer la matière première des rêves de la nuit.

Ses talons sonnaient curieusement sur l'asphalte, produisant une série de détonations creuses, comme s'il était en train de marcher sur le pont d'un submersible en cale sèche. À nouveau il songea aux abris antiatomiques. Il croyait les sentir tout proches, sous ses semelles, grandes cavernes bétonnées en attente de réfugiés. Ils étaient là, à trois mètres au-dessous du parking : salles immenses et vides, noyées de ténèbres et jalonnées de piliers gris. Il voyait les cabines de douche, par dizaines, rudimentaires et sans intimité, des guérites de carrelage conçues pour se débarrasser des particules ionisantes, rien de plus. Le camp n'était qu'un décor, un village factice. Les baraquements numérotés ne contenaient que des bureaux vides. Il tapa du talon sur l'asphalte, guettant l'écho d'une résonance imaginaire.

Bon sang! Il était en train de perdre la boule! La fatigue lui mangeait le sens commun. Il pissa et fit demi-tour, grelottant de froid. Au moment où il franchissait le seuil de la casemate, il se figea. Un gros homme vêtu d'un pardessus informe était assis sur sa chaise, tripotant d'une main molle les extraits des dissertations historiques et critiques. C'était un personnage imposant, au visage couperosé. Une sorte de joueur de rugby envahi par la graisse. Sous l'espèce de capote militaire râpée dont il était enveloppé, on devinait le col d'une veste de pyjama rayée. Il avait un cou épais, « de taureau » comme l'on a coutume de dire, et une tête carrée aux cheveux gris tondus à ras qui lui donnaient l'allure d'un bagnard en cavale. « Chéri Bibi », pensa instantanément Daniel. Il emplissait tout l'espace, débordait même de la chaise. Sous ses coudes, le bureau métallique paraissait soudain minuscule, presque un jouet d'enfant.

« L'histoire? Hein? » dit l'inconnu d'une voix goudronnée par le tabac et en abattant la paume de la main sur les photocopies. « Étudiant en histoire, c'est ça? »

Daniel acquiesça.

« C'est bien, reprit l'homme. Je m'appelle Orn,

Jonas Orn. Ici, on me surnomme le Capitaine. C'est moi qui occupe ce poste d'habitude... »

Il avait le débit haletant, légèrement asthmatique, des grands fumeurs. Ses ongles étaient bleus, cyanosés.

« J'habite en face, lâcha-t-il en guise d'explication, de l'autre côté de la route. Je n'arrivais pas à dormir alors je suis venu chercher mon manuscrit. »

Il rit, cherchant à masquer sa gêne.

« Moi aussi je suis un peu dans l'Histoire, dit-il abruptement, j'écris mes mémoires. »

Sans plus s'occuper de Daniel il se pencha, tira une clef de sa poche et déverrouilla l'un des tiroirs du bureau. Daniel entr'aperçut une vieille machine à écrire portative et un gros dossier à couverture de toile.

« Oui, soliloqua Orn en se redressant, l'Histoire je ne me suis pas contenté de l'apprendre dans les livres. J'y ai participé. »

Daniel s'attendait à un long développement, mais Orn s'immobilisa, serrant le dossier toilé sur son cœur, les yeux fixés sur un point invisible.

« Cette route, dit-il dans un souffle, il faut y faire attention. C'est un mauvais carrefour. Toutes les semaines on a un accident. Tu es là derrière ton bureau, et d'un seul coup, "Bong!", ça cogne. Un bruit creux de tôle enfoncée. Et de l'autre côté du grillage, ça hurle, ça saigne. Des types, des femmes, prisonniers des carcasses, et qui essayent de s'échapper en rampant pendant que les flammes jaillissent du moteur. Un jour j'ai vu rôtir une gamine, comme ça, sous mes yeux. Elle avait peut-être seize ou dix-sept ans. Elle était coincée dans la voiture retournée, et elle m'appelait. "Aidez-moi! Aidez-moi!" Elle avait une drôle de petite voix, tu sais, comme les souris dans les dessins animés. L'huile et l'essence lui pissaient sur la figure et ça lui faisait une tête plutôt comique. Elle grimaçait en

36

crachant et se tortillait. Et moi... Moi j'ai appelé le poste de garde et je suis descendu jusqu'à la clôture, pour la regarder. Qu'est-ce que je pouvais faire d'autre? Il n'y a pas de porte à cet endroit, et le grillage monte à plus de quatre mètres, tu me vois l'escalader? Elle a continué à faire ses drôles de grimaces pendant deux ou trois minutes en m'appelant. Le type, à côté d'elle, était mort. Le volant lui avait transpercé la cage thoracique. Pendant ce temps-là Morteaux faisait le tour avec un extincteur, mais il est arrivé trop tard. L'auto s'est enflammée, d'un coup. "Vlouf!" ça a fait. Et j'ai senti le grillage devenir brûlant sous mes doigts. Alors la gosse m'a jeté un coup d'œil de reproche, mais je ne pouvais vraiment rien faire pour elle... que de la regarder brûler, ça n'a pas dû vraiment la consoler.»

Orn se racla la gorge. Il avait lâché le dossier. Ses mains, étendues sur le bureau, semblaient énormes. Daniel était toujours immobile sur le seuil, la braguette mal reboutonnée.

«Des accidents, marmonna le gros homme, y en a souvent. Ils roulent tous comme des fous, quand ils passent c'est comme si ça déchirait l'air. Tu as déjà entendu ça? Un bruit douloureux. Ce grillage c'est une scène de théâtre... ou plutôt un écran de télévision: je suis assis sur mon siège, et devant moi arrivent des choses horribles. Et si je descends pour essayer de porter secours je bute toujours sur cette saloperie de grillage! Tu comprends, c'est exactement comme si mes mains s'aplatissaient sur l'écran d'une télévision, comme s'il m'était interdit d'aller de l'autre côté... Là où ça se passe! Comme si en fait ça n'était pas... *complètement réel*?»

Il secoua la tête et se redressa en prenant appui sur le bureau, le dossier de toile grise glissé sous l'aisselle. Ses yeux fixaient toujours la route.

«Un jour un poids lourd va s'amener, dit-il sourdement, il dérapera et crèvera la clôture. Il roulera sur cette baraque et écrasera celui qui sera assis à ce bureau. Ce sera peut-être toi, ce sera peut-être moi... Des fois je me dis que ça ne peut pas finir autrement, n'est-ce pas? À force de voir des gens mourir sans rien faire, il faut bien que quelque part ça s'inverse... que ça s'équilibre, non? »

Il s'ébranla, massif, pesant.

«Tout ça c'est peut-être des conneries, conclut-il en s'arrêtant devant Daniel, et puis tu vas croire que je veux faire mon intéressant. Mais en fait c'est pour te prévenir. Moi, quand j'entends venir un poids lourd, je me lève et je sors de la guérite, pour pouvoir me jeter de côté, au cas où... »

Daniel chercha quelque chose à répondre. Subitement il n'avait plus envie de rester seul.

«Vous... vous revenez demain? lança-t-il, alors nous allons travailler ensemble?

— Sûrement, approuva le "Capitaine", on va me demander de te former, de te montrer le secteur des douches... »

Le vrombissement d'une voiture lancée à pleine vitesse les fit tous deux tressaillir. Le déplacement d'air les gifla, comprimant leurs tympans et ils déglutirent en même temps pour se libérer les oreilles.

«Allez, conclut le gros homme, à demain, là il faut que je travaille à mon manuscrit, sinon ça n'avancera jamais.»

Tournant le dos à Daniel, il s'éloigna sur le parking, s'arrêta brusquement au bout de dix mètres et fit volte-face.

«Oh! J'y pense, lâcha-t-il en se frappant le front de manière théâtrale, fais gaffe à toi, gamin. Les autres vont probablement te faire des coups en vache. Morteaux n'aime pas les nouveaux, surtout les étudiants, alors méfie-toi...

— Quel coup en vache? s'enquit Daniel.

— Oh! je ne sais pas. Mais si par exemple tu trouvais un billet de cinquante francs par terre, en revenant vers le poste de garde demain matin, ne l'empoche pas, ramène-le par la peau du cou, bien ostensiblement, comme si c'était une prise de guerre. Morteaux adore faire le coup du billet aux nouveaux, il dit que c'est un bon test pour s'assurer de leur honnêteté.

— Et si un jour on le lui empoche ?

— C'est un faux qu'il n'arrive pas à refiler aux commerçants. »

Sans plus d'explications Jonas Orn esquissa un sourire et s'éloigna de son pas lourd, comme si une tâche urgente l'appelait. Daniel se mordilla l'ongle du pouce et réintégra la casemate pour l'appel de contrôle. Malgré lui son regard glissa jusqu'à la route. Ainsi la guérite constituait une sorte de balcon sur la mort, une loge de grand guignol d'où l'on pouvait voir se déchirer et brûler ses congénères... À travers la vitre il inspecta la route. Un poids lourd avait dit le gros homme ? un poids lourd lancé à pleine vitesse... Daniel grimaça. Le grillage ne retiendrait pas un véhicule aussi imposant, quant à la bicoque préfabriquée, il ne faisait nul doute qu'elle se volatiliserait au premier impact.

« Et s'il s'était fichu de toi ? pensa-t-il en s'asseyant, s'ils s'étaient tous donné le mot pour te faire peur ? ça doit les amuser ce genre de bizutage. Le petit jeune à qui on peut raconter le lot habituel d'histoires macabres, c'est classique et ça fait passer le temps. Ils doivent être en train de se donner des claques dans le dos à l'intérieur du poste de garde. Les salauds ! »

Il broda un moment sur ce thème, sans que son inquiétude s'affaiblisse pour autant. À chaque vrombissement de moteur ses fesses se décollaient instinctivement de la matière synthétique gainant le siège, et il sentait tout son corps amorcer un mouvement en direction de la porte.

Il grogna une grossièreté. Au moins la peur avait

le mérite de dissiper la fatigue et il réussit à tenir jusqu'à l'aube sans succomber à la torpeur.

Ce fut, malgré tout, une très longue nuit.

5

Daniel quitta le camp dans un état d'hébétude
avancé et faillit par deux fois s'assoupir dans l'auto-
car qui le ramenait en ville. Les voix, les bruits, lui
parvenaient à travers une triple épaisseur d'ouate et
les cahots le berçaient sournoisement. Dans le bus, il
se contraignit à rester debout pour ne pas courir le
risque de s'endormir sur la banquette. Sitôt qu'il eut
regagné sa chambre de bonne il s'effondra sur le lit
et sombra dans l'inconscience. Contrairement à ce
que laissait augurer une si intense fatigue, il dormit
mal. Très vite des images inquiétantes s'emparèrent
de son cerveau, bâtissant un scénario rocambo-
lesque dont il était le piètre héros. Il courait en zig-
zag entre les bâtiments du camp, et sa fuite faisait
naître des bruits caverneux dans le sous-sol ; comme
si les pelouses et les baraquements reposaient en
réalité sur une mince plaque de tôle. Il courait sur le
parking, fuyant on ne sait qui, et chacun de ses pas
ouvrait de nouvelles crevasses à la surface du goudron. L'asphalte se fissurait telle une banquise en
plein dégel, des lézardes bâillaient, laissant deviner
des gouffres de béton au fond desquels se tordait une
humanité ravagée par les radiations. Daniel lou-
voyait entre les fissures, essayant d'échapper aux
mains des réfugiés. Il courait la tête haute, tenaillé
par le vertige. Morteaux quant à lui allait et venait,
semant d'un geste large des billets de cinquante
francs dans les entrailles de la terre. « La lune, criait-

il, la lune va nous décolorer, bientôt nous n'aurons plus d'ombre !»

Et il tournait vers Daniel un visage de craie aux yeux blancs, dépourvus de pupille. Daniel se jetait alors vers le grillage, essayant de l'escalader, mais le feu des voitures incendiées rougissait les mailles d'acier, lui brûlant les doigts.

«Aux abris ! hurlait Morteaux, tout le monde aux abris !» Et une sirène d'alarme faisait entendre son épouvantable meuglement.

Daniel se dressa dans son lit, hagard, le vagissement de la sirène lui emplissait les oreilles. Cela montait de la rue, peut-être une voiture de flics, ou une ambulance... À moins que ce ne fût les deux ! Il jura. Le vacarme lui fissurait la tête et il se boucha instinctivement les oreilles avec les paumes. Il était à peine dix heures, il n'avait dormi qu'une trentaine de minutes. Maugréant, il se leva. Ses vêtements empestaient la transpiration et le tabac, il les jeta en vrac sur le sol, et se glissa, nu, sous les couvertures. Les sirènes s'éloignaient, revenaient, se livrant à un ballet insupportable. Y avait-il donc le feu à la ville ? Avait-on posé une bombe dans une maternité ou bien le métro avait-il déraillé entre deux stations ?

Daniel frappa l'oreiller à coups redoublés, puis se rappela le conseil de Morteaux au sujet des boules Quiès. Il ne possédait pas de tampons de cire mais il pouvait toujours essayer avec du coton, n'est-ce pas ? La tentative se révéla très vite malheureuse, le coton hydrophile allumant d'insupportables démangeaisons dans ses conduits auditifs. Il dut se relever encore une fois pour mouiller les boules sous le robinet. L'énervement faisait trembler ses doigts. Il se rejeta sur le lit, s'efforçant de respirer avec lenteur, mais les bruits de l'immeuble montaient le long des murs, pour venir exploser sous sa nuque. Il entendait tout, devinait TOUT : le vacarme sourd des lave-linge, le staccato de la machine à écrire de la fille du troisième qui recopiait des thèses à domicile, le tap-tap des marteaux, le sifflement taraudant de la perceuse électrique des jeunes mariés du quatrième gauche dont l'emménagement remontait à une semaine à peine... Tout s'additionnait pour le persécuter, pour le rendre fou : les portes qui claquaient, les gosses qui couraient dans l'escalier, les chiens qu'on ramenait de la promenade-pipi, et qui aboyaient dans l'ascenseur.

Il se leva à nouveau, pensant que manger le calmerait. Il improvisa un petit déjeuner à l'aide d'un verre de lait tiède et d'un quignon de pain, mais il était trop fatigué pour avoir vraiment faim. Les boules de coton détrempé lui emplissaient les oreilles d'eau, et cette sensation n'avait rien de très agréable.

Il alla se rallonger, tira le rideau, et s'agita quelques minutes à la recherche d'une position. Il ne se rendormit que pour mieux plonger dans le monde des rêves. Cette fois il était prisonnier de la guérite du secteur des douches, dont la porte refusait de s'ouvrir alors qu'un énorme semi-remorque enfonçait le grillage au ralenti. L'action défilait image par image, interminable. Au dernier moment surgissait Jonas Orn, qui enfonçait la porte d'un coup d'épaule et tendait à Daniel une main secourable.

Le jeune homme se réveilla, haletant. Cette fois il était midi. Allait-il être condamné à dormir par épisodes ? Il se leva, enfila des vêtements propres et descendit dans l'intention d'acheter du lait et du beurre au supermarché du coin. En atteignant le bas de l'escalier, il buta sur la concierge qui paraissait en pleine effervescence.

« Vous avez entendu ce tintouin ? lança-t-elle, il paraît qu'on a cambriolé la banque du boulevard Ordaix ! Tout le monde a été tué, c'est un vrai bain de sang ! Ils viennent d'en parler à la radio ! »

Daniel acquiesça distraitement. Il éprouvait un profond mépris pour les faits divers.

Dans la rue régnait une atmosphère d'excitation morbide. Des gosses couraient en direction du boulevard Ordaix en criant : «Y a des morts! Y a des morts!» Les adultes suivaient, en se retenant de presser le pas, une lueur gourmande au fond des yeux. Malgré le froid vif, toutes les fenêtres s'étaient ouvertes et les ménagères, les retraités, se tordaient le cou au-dessus des barres d'appui pour tenter d'apercevoir quelque chose du massacre dont tout le monde parlait. Daniel fit ses courses. Au supermarché les caissières s'interpellaient sans prêter aucune attention aux clients.

«Ça aurait pu se passer ici», sifflaient-elles, haletantes, deux taches rouges sur les pommettes. «Il paraît qu'ils ont paniqué et tué tout le monde avant de s'enfuir.

— Ils étaient nombreux?

— Non, deux gars, avec des cagoules...»

Daniel s'éloigna. En passant sur le boulevard, il fut happé par la foule qui convergeait vers la banque. Malgré ses efforts il ne put se détacher du troupeau. Il entrevit des civières alignées sur le trottoir, ainsi que des housses de plastique à fermeture Éclair. Lorsqu'un des infirmiers sortit de la banque, Daniel nota que ses baskets étaient trempées de sang. Ce détail le glaça car il impliquait que le dallage de l'agence était à l'heure actuelle entièrement noyé sous le flot des hémorragies. Les agents de police essayaient de faire refluer les curieux et le ton montait. Daniel battit en retraite, se dégageant du magma des badauds, mais l'image des baskets rougies demeurait imprimée sur sa rétine. Il lui semblait presque entendre le bruit spongieux des chaussures sur l'asphalte.

«Alors? lui dit la concierge au moment où il entrait dans l'immeuble, vous avez vu? À la radio on dit qu'ils ont tué quinze personnes, à coups de fusil. Il paraît que les corps sont en charpie.»

Daniel se dégagea pour se lancer dans l'escalier.

Les locataires du sixième étage n'avaient pas le droit d'emprunter l'ascenseur. Une fois dans sa chambre, il improvisa un volumineux casse-croûte à l'aide d'une demi-baguette et d'une boîte de pâté et s'installa à la fenêtre pour manger. Il procédait souvent ainsi, car de cette manière les miettes tombaient dans la gouttière et non sur le plancher, astuce ménagère dont les pigeons étaient loin de se plaindre. La cour de l'immeuble formait un puits de brique rouge toujours à demi plongé dans la pénombre, et qui amplifiait curieusement le moindre chuchotis. Daniel, du haut de son dernier étage, se faisait l'effet d'une sentinelle accoudée aux créneaux d'une tour de guet. Souvent, l'été, quand les fenêtres étaient ouvertes, il surprenait des scènes cocasses ou impudiques. Telle cette sexagénaire, qu'il avait aperçue, un 15 août, étendue complètement nue sur la moquette de son salon, occupée à bronzer dans un rayon de soleil ! Les poils de son pubis étaient gris, et ses seins pendaient de chaque côté de son torse, comme des poches de caoutchouc vides. Indifférente au spectacle qu'elle offrait, elle souriait avec béatitude.

Daniel attaqua le dernier tronçon du sandwich. Les ardoises mouillées du toit dégageaient un parfum âcre. Déformée par le puits, une voix de fillette montait vers le ciel en chantonnant :

« C'est moi la reine des fantômes, je suis la reine des fantômes, vous devez m'obéir… », ce à quoi répondaient les protestations indistinctes d'un autre enfant. Daniel sourit. Il se sentait bien, alangui, gagné par une faiblesse douillette de convalescent. Par-dessus le muret qui séparait les deux immeubles, il distinguait la courette du boulanger. Parfois, le matin, il lui arrivait de surprendre les mitrons au sortir du travail de la nuit. C'étaient deux Africains, barbouillés de farine, qui, entre deux fournées, venaient griller une cigarette sur le seuil de la remise à poubelles. Cette image l'avait longtemps fasciné par son aspect pesamment symbolique : ainsi, durant la nuit, deux Noirs, les bras plongés dans la farine, fabriquaient le pain que les Blancs s'empresseraient de venir acheter à l'ouverture du magasin ! Il y avait là quelque chose d'exemplaire et d'ironique, une image qui paraissait sortir d'un conte pour enfants.

Daniel s'accouda au rebord de la fenêtre. Un soleil pâle lui caressait le visage, une odeur de pain chaud lui emplissait les narines. Il s'abandonna, porté par la fatigue, les nerfs détendus, tandis que les pigeons se précipitaient dans la gouttière pour dévorer les miettes tombées du sandwich. Cette illusion de bien-être dura cinq ou six minutes, puis, soudain, sans qu'il sût très bien pourquoi, un frisson désagréable lui hérissa la nuque, et les cris de la fillette exilée au fond du puits d'ombre prirent la tonalité d'une lamentation douloureuse. L'écho, déformant sa voix, ne permettait plus de déterminer s'il s'agissait d'un jeu ou d'un pleur discontinu. Le soleil avait disparu, noyant la cour dans une pénombre trouble et sale ; quant aux pigeons, il était facile de voir que nombre d'entre eux étaient rongés de vermine, et que leurs pattes, cisaillées par les ardoises coupantes, avaient le plus souvent l'allure de moignons racornis. Daniel referma la fenêtre. Il avait froid, il était même glacé jusqu'aux os. Il se déshabilla et s'étendit sur le lit. Dès qu'il ferma les paupières, l'image des baskets trempées de sang vint le hanter. Cela dura une ou deux minutes, puis le souvenir se décolora et il finit par sombrer dans un sommeil de brute dont il n'émergea qu'au coucher du soleil.

Il réenfila mécaniquement son uniforme, pesta contre la chemise qui sentait la sueur, et descendit prendre le bus. En passant devant la loge de la concierge il entendit la voix d'un présentateur télé parler de « massacre inexplicable ».

« L'un des agresseurs aurait été atteint à la cuisse », nasilla encore la télévision au moment où il sortait de l'immeuble.

Lorsqu'il arriva au camp. Morteaux et P'tit Maurice examinaient d'un œil brillant le journal étalé sur le cahier de contrôle. Leur haleine empestait le vin et ils paraissaient tous deux singulièrement échauffés.

«Au fusil à pompe, commenta P'tit Maurice, ils ont dégommé tout le monde au shot-gun. Mon beauf' travaille dans la municipale, il paraît que les corps étaient en bouillie.» Morteaux tapa de l'index sur la photo de la banque. Il avait dû répéter ce geste plusieurs fois car l'encre d'imprimerie avait noirci le bout de son doigt.

«Ils ont emporté un sacré paquet, souffla-t-il, 60 briques à ce qu'on dit.

— Le vigile a été tué, conclut sinistrement Maurice, une balle à ailettes en pleine tête.»

Devant le manque de curiosité de Daniel, ils replièrent le journal et affichèrent une mine renfrognée.

«Évidemment ça ne t'intéresse pas, observa sèchement Morteaux, mais nous on est concerné. C'est notre boulot.»

Un coup de klaxon interrompit la discussion. Une vieille voiture noire venait de se présenter au portail.

«Tiens, grogna Morteaux, le père Jonas a encore ses rhumatismes, ça va être pratique pour les rondes. C'est toujours comme ça quand on emploie des gardiens trop âgés.»

Jonas Orn entrebâilla la portière. Il était en uniforme, les épaules sabrées de barrettes métalliques. Il fit un signe que Daniel ne comprit pas.

«Il te dit d'aller le rejoindre, expliqua P'tit Maurice, prends l'horloge.»

Daniel se saisit de la pendule enveloppée de cuir que lui tendait Morteaux et descendit les marches du poste de garde. Jonas Orn attendait, son ventre proéminent coincé sous le volant.

«Bonsoir, dit-il quand Daniel se laissa tomber sur le siège, j'ai une crise de goutte, c'est pour ça que j'ai pris la voiture, sinon je viens à pied, j'habite de l'autre côté de la route… »

Il batailla avec le changement de vitesses. La voiture émit un horrible bruit de ferraille et contourna le bunker pour s'engager sur le parking. La nuit était déjà là, poussant des vagues de brume sur l'asphalte mouillé. Orn émit un ricanement feutré.

« De quoi ça causait là-haut ? dit-il, du hold-up, n'est-ce pas ? Morteaux doit en mouiller son pantalon. Des trucs comme ça, ça les excite. Ils vont passer la nuit à se monter la tête : *Et si le camp était attaqué par des terroristes ? Et si un type passait à travers la clôture pour venir poser des bombes ? Et si, et si…* ça va durer jusqu'au matin, je les connais leurs histoires, je préfère encore être tout seul dans ma guérite.

— Il s'est déjà passé quelque chose ici ? demanda Daniel.

— Des bricoles, soupira Jonas, des vols de nourriture à la cantine. Des caisses de bière envolées. De temps à autre des choses disparaissent dans les bureaux : des petits postes de radio, des chandails. La plupart du temps c'est l'équipe de nettoyage qui fait main basse sur ce qu'on a commis l'erreur de laisser traîner. Faut tout boucler à double tour. »

Une petite voix sournoise se mit à chuchoter dans la tête de Daniel. Elle disait : « *Et aux douches ? Il ne s'est jamais rien passé aux douches ? Pourquoi alors ce mot semble-t-il vous gêner à ce point ?* » Mais il n'osa pas formuler la question à haute voix. Orn freina à une dizaine de mètres de la « guérite ». Quand ils mirent pied à terre, Daniel s'aperçut que le gros homme boitait bas.

« C'est les rhumatismes, s'excusa Jonas, quand j'avais ton âge j'ai abusé de mon corps. J'ai traversé des rivières à poil, en plein hiver, plus tard j'ai pataugé dans les rizières. C'était la guerre. L'humidité, tout le temps l'humidité, ça bouffe les os. »

Ils s'installèrent dans la casemate, Orn au bureau,

Daniel sur une chaise, près de la fenêtre. Le gros homme tira une bouteille thermos de son sac. «Un coup de café? proposa-t-il, ça nous mettra en forme pour la nuit.»

Daniel accepta. Il n'avait pas assez dormi et son corps refusait encore de se plier au rythme aberrant qu'on essayait de lui imposer. Il but le café noir, terriblement amer, comme une potion magique. Orn avait déballé son dossier de toile grise, sorti sa machine à écrire.

«Je raconte mes souvenirs, dit-il en surprenant le regard du garçon, oh! pas pour les publier, je sais bien que c'est mal écrit, et puis des tas d'autres l'ont fait avant moi, non, c'est surtout pour mettre de l'ordre dans ma tête. Quand on devient vieux on éprouve le besoin de ranger sa maison... Écrire c'est comme se parler à soi-même, on peut radoter sans emmerder le monde!»

Daniel sortit ses propres papiers, les photocopies des dissertations sur la chevalerie. Pourtant il savait déjà qu'il ne les consulterait pas. Subitement tout cela lui semblait curieusement lointain, sans véritable intérêt. Le monde qui se dressait au-delà de la clôture lui devenait bizarrement étranger, comme si le camp était une sorte de territoire magique où stagnaient d'étranges forces. «C'est la nuit, songea-t-il, la nuit donne du mystère aux choses les plus banales.»

«Monsieur Orn, s'entendit-il déclarer d'une voix qui n'était pas la sienne, *qu'est-ce qui s'est passé aux douches?*»

La phrase lui avait échappé sans qu'il puisse exercer le moindre contrôle sur les mots prononcés par sa bouche. Jonas Orn tressaillit et ses doigts s'emmêlèrent sur les touches de la machine à écrire portative. Il hésita, puis laissa filer un long soupir.

«Oh! Et puis zut, maugréa-t-il, je suppose qu'il faudra bien que tu l'apprennes un jour ou l'autre, n'est-ce pas? C'est une sale histoire qui ne date pas d'aujourd'hui mais qui n'arrive pourtant pas à mourir. C'est curieux comme ce genre de chose survit malgré le temps. Cela fait partie des légendes du camp, je suppose qu'en tant qu'étudiant tu appellerais ça "l'imaginaire du lieu" ? »

Il se tut, sortit une pipe qu'il entreprit de bourrer méticuleusement.

« À une centaine de mètres sur la gauche, commença-t-il, il y a un bâtiment condamné, dans lequel personne n'entre jamais. Ce sont les anciennes douches du camp. Si tu t'approches des portes et des fenêtres tu pourras voir les volets cloués. Il y a vingt-cinq ans un crime a été commis dans la salle des douches, un crime collectif... Cela s'est passé en deux temps. D'abord un jeune gars a été violé par deux types de sa section, deux têtes brûlées qui faisaient la loi dans la chambrée. Et personne ne lui a porté secours. Il a été violé sur le carrelage des douches, devant tout le monde, mais aucun des bidasses n'a cessé de se savonner pour aller chercher de l'aide. Ils ont laissé faire, craignant d'avoir à subir les représailles des deux malabars. Ça c'est le premier épisode.

— Et le second ?

— Le jeune gars n'a pas porté plainte. Pendant une semaine tout le bataillon s'est payé sa tête, et partout on ne l'a plus appelé que l'"enculé" ou la "cantinière". À la fin de la semaine, il s'est procuré un pistolet-mitrailleur, est entré dans les douches et a fusillé tous les types qui se savonnaient sous le jet. Ça a été un massacre. Il les a tous tués, ceux qui l'avaient violé et ceux qui ne lui avaient pas porté secours. Pour finir il a mis le canon dans sa bouche et s'est fait sauter la tête. Il y a eu trente-cinq morts. Le carrelage est encore criblé de trous, et les canalisations perforées par les impacts. Il paraît qu'on y trouve des savons tachés de sang et des serviettes rougies, roulées en boule dans les coins, mais ce sont probablement des histoires. Après le départ des troupes personne n'est plus jamais entré dans le bâtiment, et les rats y pullulent, c'est pour ça qu'il vaut mieux ne pas mettre les pieds de ce côté-là.

— C'est tout ? » interrogea Daniel.

Orn battit des paupières, hésitant.

« Non, mais tu vas te foutre de moi si je vais jusqu'au bout, dit-il dans un souffle.

— Dites », lâcha Daniel.

Sans qu'il sache très bien pourquoi, cette histoire prenait subitement une importance irrationnelle. Orn se mouilla les lèvres, tripota sa pipe, puis lança, comme s'il se jetait à l'eau :

« On raconte que les soirs de pluie, les fantômes des garçons fusillés sortent du bâtiment pour se laver du sang et du savon qui les maculent.

— Pour se rincer ? hoqueta Daniel d'une voix étranglée.

— Oui, ils errent autour du baraquement des anciennes douches, nus, couverts de savon et de sang, et essayent de se rincer sous l'averse. On dit que plus la pluie est forte, plus on court le risque de les voir. C'est une histoire idiote, bien sûr, mais la nuit, quand la fatigue commence à vous manger le cerveau, elle produit toujours son effet. »

Daniel avait les mains glacées. Il lui sembla soudain que l'obscurité, de l'autre côté de la fenêtre, pesait un poids énorme.

« Vous y croyez, vous, à cette histoire ? dit-il d'une voix qui n'était pas aussi moqueuse qu'il l'aurait souhaité.

— En ce moment non, avoua franchement Jonas Orn, mais quand la nuit est très avancée, que la fatigue me bourre le crâne de coton... *et qu'il pleut*, j'évite toujours de passer près des douches. C'est plus fort que moi. Un vieux reste de superstition probablement ? Je suppose que tous ceux qui travaillent la nuit aiment se faire peur, c'est une manière de défi, d'émulation. Un jeu pervers. Et puis, ici, disons la vérité : il ne se passe jamais rien. L'histoire des morts couverts de savon doit en quelque sorte jouer le rôle de compensation, non ? »

Daniel acquiesça, mais il avait la gorge serrée et les mains moites. Le mot « bizutage » lui traversa encore une fois l'esprit, mais il le repoussa. Jonas Orn avait l'air trop mal à l'aise pour être en train de jouer la comédie, et puis c'était lui, Daniel, qui avait mis la conversation sur ce terrain.

« Encore un peu de café ? » proposa le gros homme.

Daniel accepta. Il s'aperçut qu'il avait tendance à regarder par-dessus son épaule, pour voir si quelque chose ne surgissait pas de la nuit, dans son dos, pour s'avancer vers l'entrée de la guérite.

« C'est idiot, songea-t-il, *de toute manière il ne pleut pas ce soir.* »

Cette dernière remarque lui fit passer un frisson dans le creux des reins. Bon sang ! Il était en train de perdre les pédales !

Il se rassit, vida son gobelet. Le café trop amer lui soulevait le cœur sans parvenir à diminuer sa fatigue. Orn s'était remis à écrire, l'abandonnant à l'ennui.

Un peu plus tard un fourgon de police s'arrêta sur la bordure de la route, et les flics en tenue commencèrent à contrôler tous les véhicules qui passaient.

« Tiens, nota Jonas en relevant la tête, le gradé je le connais, c'est Morel, un copain. Tu restes là, je vais lui dire bonjour à travers le grillage. Ils doivent être en train de chercher les gars du hold-up. »

Daniel le regarda s'éloigner en boitillant. Il avait sommeil. Malgré la présence des policiers, le camp pesait de tout son poids sur la guérite. C'était comme un gigantesque iceberg noir, prêt à basculer, un récif dont on ne parvenait pas à deviner les formes, quelque chose qui vous irritait la nuque, tel le regard perçant d'un prédateur embusqué dans l'ombre.

« Conneries ! » se répéta Daniel en empoignant les photocopies des dissertations sur la chevalerie.

Mais ses paupières le brûlaient, tout son corps s'engourdissait pour glisser insensiblement dans le sommeil. Il se tassa sur la chaise, le menton sur la poitrine. «Ce n'est qu'un coup de pompe, songea-t-il, tu vas connaître dix minutes de fatigue intense, et après tout ira mieux.»

Comme il s'y attendait, l'image des morts mal rincés surgit d'un recoin de son cerveau pour envahir son esprit. Il les voyait, nus, les yeux vides, la peau grise, errant sous la pluie, essayant de gratter avec leurs ongles la croûte de savon et de sang séché qui les recouvrait. Il se convulsa. Dieu! C'était un spectacle grotesque. Dans quelle imagination malade une telle idée avait-elle pu germer? Il avait entendu parler de fantômes vêtus de suaires et traînant des chaînes, des zombis à demi décomposés comme on se plaît à les représenter dans les films d'épouvante, mais jamais de spectres en quête d'eau pour se laver! C'était à se tordre de rire. Des douches hantées, ça c'était vraiment inédit!

Curieusement cependant, ce postulat délirant n'éveillait en lui aucun frisson d'hilarité. Il continuait à voir le savon séché, gris, caparaçonnant les corps poussiéreux. Dans l'air flottait un remugle d'eau sale, de siphon encrassé. Cela lui rappelait les vacances chez sa grand-mère, lorsqu'il avait onze ans et qu'on lui intimait l'ordre d'aller se décrasser avant le repas du soir. La salle de bains, quoique parfaitement récurée, empestait l'eau croupie. Les différentes plaquettes désodorisantes suspendues aux quatre coins de la pièce carrelée n'avaient jamais pu vaincre ce relent douceâtre montant des profondeurs. Daniel se glissait dans le cabinet de toilette comme un éclaireur en terrain miné. Ses yeux furetaient de droite et de gauche, inspectant les trous d'évacuation de la baignoire et du lavabo. Ces ouvertures semblaient le point de départ d'un monde de fer et de rouille assez peu ragoûtant. Les mains posées sur le rebord du lavabo, le nez sur la faïence, Daniel scrutait le trou d'évacuation comme s'il s'était agi de l'écoutille d'un sous-marin émergeant des abîmes. Tout y était : l'eau stagnante, l'odeur de vase, l'oxydation... et aussi les cheveux, les poils, qui, en se gainant de savon, avaient peu à peu pris l'aspect d'algues emmêlées. La tuyauterie semblait le point de départ d'un monde mystérieux et glauque, plein de résonances et de clapotis. Le lavabo, la baignoire, n'étaient-ils pas les évents — les sphincters ! — d'un incompréhensible organisme aux boyaux de cuivre et de plomb ? Daniel reniflait tandis que le froid de la porcelaine engourdissait son menton. L'odeur lui sautait au visage, fade, répugnante. Cela lui rappelait les remugles exhalés par son grand-père quand il dormait la bouche ouverte. Une odeur inquiétante, le signe de quelque chose qui pourrit, là, au loin, tout au fond de la carcasse, une méchante maladie embusquée au détour d'un viscère... Il finissait par se persuader qu'un jour ou l'autre le système s'inverserait, que les tuyaux se mettraient à fonctionner à l'envers, vomissant toutes les sanies qu'on les avait contraints à ingurgiter au cours des siècles. À ce moment, grand-mère tapait généralement à la porte en criant d'une voix faussement grondeuse : «Je n'entends pas beaucoup l'eau ! Tu as du mal à tourner le robinet ? Tu veux que je vienne t'aider ? »

Daniel protestait. Il était à l'âge où l'on déteste se montrer nu aux grandes personnes. Il arrachait ses vêtements, entrait en grimaçant dans l'étroite cabine carrelée de la douche. C'était là que l'odeur était la plus forte, qu'elle régnait comme un gaz toxique. L'eau chaude semblait l'exalter, comme si, en dégoulinant le long de la tuyauterie, elle précipitait la corruption des matières stagnantes gainant le plomb. Daniel saisissait le savon mou du bout des doigts. Dieu ! Qu'il détestait ça ! Chez ses grands-parents le savon était toujours mou, gluant, abandonné dans une petite flaque grisâtre. Il déposait sur la peau un film poisseux qui ne produisait presque pas de mousse. Pendant ce temps la vapeur envahissait la cabine, portant l'odeur, la faisant monter vers le plafond. Daniel se savonnait, le ventre crispé, le sexe rabougri, guettant d'un œil inquiet le trou d'évacuation entre ses pieds. Les tourbillons de l'eau y faisaient naître de grosses bulles bruyantes, des remous mourant en borborygmes. Souvent la tuyauterie régurgitait des cheveux, des poils, des matières innommables, un limon gris qui vous maculait les orteils. Daniel serrait les fesses, se rinçait en catastrophe, gagné par un sentiment de panique. L'odeur lui ravageait l'estomac, lui coupant l'appétit. Une fois, il avait évoqué le problème avec Pierrot, un cousin un peu plus âgé que lui.

« Tu trouves pas que ça pue chez mémé, dans la salle de bains ?

— Ouais, avait admis Pierrot, mais chez moi c'est pareil. C'est à cause des rats. Ils remontent dans les tuyaux d'évacuation, s'y coincent et finissent par crever. Tant que l'eau n'a pas entraîné toute la pourriture, ça continue à puer.

— Des rats ? avait hoqueté Daniel au bord de la nausée.

— Ouais, des rats ou des crapauds. Mais il faut que les crapauds soient gros, très gros. C'est plus rare. »

De ce jour il n'était plus entré dans la douche qu'avec une extrême répugnance, voyant dans chaque cheveu collé sur la porcelaine un poil de rat. Le calvaire avait duré longtemps, comme si tous les rats du voisinage avaient entrepris d'explorer les canalisations de la maison et d'y périr coincés, tels des pilleurs de tombes égarés dans le dédale d'une pyramide. Au lycée, lorsque le professeur d'histoire leur avait expliqué comment les Égyptiens protégeaient le tombeau des pharaons au moyen d'un système de labyrinthes, Daniel n'avait pu s'empêcher de penser : « C'est comme les rats, chez mémé. »

Depuis il éprouvait un méfiance instinctive envers les douches. Au cinéma c'était toujours dans les douches que les jeunes filles se faisaient assassiner. Le carrelage, l'eau et la nudité s'associaient en une équation débouchant sur le drame. Ainsi, au camp…

Fusillés dans les douches… Il lui semble voir s'approcher le garçon nu, le visage blême et crispé, dissimulant le pistolet-mitrailleur dans une serviette-éponge. Dans la salle on n'entend que le crépitement de l'eau, un fracas amplifié par le carrelage. La vapeur stagne en volutes au ras du sol. Les corps gigotent, alignés face au mur, se savonnant les aisselles, le pubis. Le garçon n'a plus devant lui qu'une rangée de culs ruisselants, de cuisses velues. Des gars bien nourris, à la chair blanche, laiteuse, gonflée au pop-corn, au Coca-Cola, au pain de maïs. Ils respirent tous la santé, la vitalité un peu vulgaire, la bonne conscience du corps en parfait état de fonctionnement. Ceux qui se savent bien « pourvus », paradent sans pudeur, pour épater les copains, pour leur en mettre plein la vue. « Regarde ça Toto ! ça c'est une paire de couilles, de vrais pamplemousses, ça a de l'autonomie des réservoirs pareils, pas besoin de ravitaillement en vol ! »

Les rires fusent, gras, flagorneurs. Le garçon pâle écarte la serviette. La chaleur a déposé un film de buée sur le canon du pistolet-mitrailleur. Il fait sauter la sécurité, pousse le sélecteur de tir sur « rafale » et bloque la crosse contre sa hanche. Tout de suite c'est l'enfer. Le fracas des détonations, les ricochets. Les carreaux de faïence volent en éclats, projetant des débris coupants à travers la salle, les canalisations crèvent, ébouillantant les malheureux qui ne se savent pas encore morts. Certains sont projetés contre la paroi carrelée, la tête couverte de shampooing, aveuglés, les mains blanches de savon, ils ouvrent la bouche, hur-

lent, et avalent la mousse qui leur dégouline sur le visage. Ils bavent des bulles, on dirait qu'ils ont la rage, qu'ils vont mordre à s'en faire éclater les dents…

Le garçon pâle enfonce la détente en balayant la salle. Il sait que le miracle ne dure pas une éternité, c'est court un chargeur, à peine un spasme, dix, quinze secondes d'enfer, un peu plus pour peu qu'on lève l'index de temps en temps. Les corps tombent avec un grand «floc!» de viande qu'on jette sur le billot. Ils sont recouverts d'un linceul de mousse blanche. Le rouge du sang gicle sur le carrelage, bouillonne dans les rigoles d'évacuation. Le garçon pâle rit douloureusement en songeant aux télégrammes qu'il faudra expédier aux familles: «Votre fils est mort en héros, les fesses à l'air et du savon plein les yeux…» Des éclats de faïence lui cinglent les jambes et la poitrine, lacérant sa peau. Maintenant il faut en finir, il lève le canon brûlant vers son visage…

«Hé! Tu dors, petit?» Daniel s'ébroua, faillit tomber de la chaise. «Tu dormais? s'enquit Jonas, t'inquiète pas, c'est normal les premiers temps. Faut que ton organisme s'habitue au changement de rythme. On va aller faire une ronde, ça te remettra sur pied.»

Daniel se passa la main sur le visage. Les échos du rêve palpitaient encore douloureusement au fond de son crâne. Il se redressa, l'humidité de la baraque lui transperçait les os.

«Je vais te montrer le secteur, expliqua Jonas Orn, et surtout l'emplacement des mouchards. Il faut que tu retiennes bien ça dans un coin de ta tête. Si tu oublies de pointer l'une des petites clefs, Morteaux en fera une maladie.»

Saisissant le téléphone, il forma le numéro du poste de garde pour annoncer qu'il «partait en ronde avec le nouveau».

«Après tu feras le circuit tout seul, commenta-t-il en

assujettissant l'horloge sur son épaule. Tu es jeune, il est probable qu'on ne t'attribuera pas de poste fixe.»

Ils sortirent. Orn verrouilla la porte de la casemate comme s'il craignait qu'on vienne voler son manuscrit en son absence. Daniel lui emboîta le pas. Ses yeux avaient du mal à percer la nuit et, une fois de plus, il était confronté à cette impression de «mur» qui l'avait déjà assailli. Le vent le poussait entre les omoplates, telle une main invisible. Ils pénétrèrent presque aussitôt dans le premier bâtiment que Daniel n'avait pas vu surgir de l'obscurité. Orn se servait d'un gros passe-partout à la découpe compliquée pour ouvrir les serrures. Derrière une porte, embusquée entre un extincteur et un panneau d'affichage syndical, une petite boîte de métal noir était vissée au mur. Jonas l'ouvrit, elle contenait une clef jaunâtre qu'une fine chaînette rattachait au coffret. Il s'en saisit, l'introduisit dans l'horloge et donna un tour de poignet. Quelque chose craqua dans les entrailles de la pendule de contrôle.

«Là, soupira Orn, maintenant c'est inscrit sur la bande, le numéro du bâtiment et l'heure de passage. Il y en a un autre à l'autre bout de la baraque, il faut qu'on la traverse dans toute sa longueur.»

Ils le firent sans allumer la lumière. De temps à autre, le gros homme projetait le faisceau d'une torche dans un bureau, éclairant un paysage banal de machines à écrire et de dossiers entassés.

«Ici on est au 12, dit-il en englobant la bâtisse dans un geste large, retiens bien l'emplacement des mouchards.»

Au bout du couloir ils ouvrirent une nouvelle boîte de fer pour libérer la clef enchaînée. La pendule craqua, poursuivant son travail d'espionnage. Dans la demi-heure qui suivit, les bâtiments succédèrent aux bâtiments. Jonas Orn boitillait, gémissant parfois quand il lui fallait escalader une marche. Daniel s'efforçait de prendre des repères, de tracer mentalement un plan susceptible de venir à bout de l'obscurité. C'était difficile. La nuit faussait les distances, truquait le volume des objets. Soudain, alors qu'ils quittaient un bâtiment, ils se trouvèrent face à face avec une bête énorme surgie de la nuit. C'était un monstre dont l'haleine empestait la chair crue, et aux mâchoires heureusement liées par une muselière de cuir. La créature se dressa sur ses pattes postérieures comme si elle essayait de sauter à la gorge de Daniel. Le jeune homme recula vivement, les mains éclaboussées de bave. La bête voulut revenir à l'assaut, mais quelqu'un freina son élan en tirant sur son collier clouté.

« Calme, Tyran, dit la voix de P'tit Maurice, c'est un collègue. »

Daniel souffla, soulagé. Jonas alluma sa torche. Maurice se tenait à l'écart, mâchonnant un mégot éteint. Il ne paraissait nullement gêné par l'incident.

« Qu'est-ce que tu fiches là, s'emporta violemment Jonas, ce n'est pas ton secteur ! Un jour il y aura un accident avec ton cabot, tiens-le en laisse, bon sang ! »

Maurice haussa les épaules.

« Il ne connaît pas le nouveau, fit-il sourdement, c'est normal. Et puis ça suffit, vous êtes si trouillards que j'ai déjà dû lui remettre sa muselière, vous ne voulez pas que je lui attache les pattes aussi ? »

Détectant une nuance d'agressivité dans les paroles de son maître, le chien s'était mis à gronder, les muscles frémissants. C'était un grand dobermann aux oreilles coupées. Son pelage sombre se confondait avec la nuit. Daniel éprouvait un curieux sentiment. Dans la pénombre du porche, la physionomie de Maurice semblait s'être modifiée. Ses traits étaient maintenant dépourvus de la moindre bonhomie, et un muscle noué tressautait nerveusement sous son œil gauche. « Il s'est… durci, pensa Daniel, comme si le chien lui avait transmis quelque chose de sa férocité ! »

Oui, c'était exactement cela ! Une transfusion inexplicable s'était opérée entre le maître et l'animal. Une mystérieuse symbiose reliait l'homme et la bête, en faisant désormais une seule et étrange créature synthétique. Maurice avait un regard rouge, un regard de chien d'attaque. Sa tête se déplaçait par à-coups, comme celle d'un prédateur suivant les évolutions d'une proie. Il paraissait plus ramassé, plus... compact. «A-t-il, lui aussi une haleine de loup ? » se demanda Daniel. Il s'attendait presque que le gardien se mette à bâiller, démasquant une double rangée de crocs et une langue interminable.

«Bon, ça va, fit Jonas dans le but évident de détendre l'atmosphère, y a pas de casse. Tu fais un bout de route avec nous ?

— Okay », marmonna Maurice.

Le chien se mit en mouvement, progressant par bonds coulés, avec une extraordinaire fluidité. P'tit Maurice ne le quittait pas des yeux, comme si son esprit télécommandait la bête, comme si un lien télépathique l'unissait au fauve.

«Il doit se faire tout un cinéma », constata Daniel, mais cette réduction n'apaisa pas son trouble. La métamorphose du gardien continuait à l'inquiéter. Où était le petit homme affable qu'il avait rencontré dans le poste de garde ? Il côtoyait à présent un inconnu aux piquants hérissés, un écorché sur le qui-vive. Une sorte de gnome au visage bestial.

«Il va finir par se foutre à poil et courir à quatre pattes ! pensa-t-il en retenant un fou rire nerveux, il faudra lui passer la muselière à lui aussi ! »

P'tit Maurice se figea au bord d'une pelouse et désigna un bloc sombre échoué sur l'herbe, peut-être une maison.

«Ce sont les rats qui énervent le chien, grogna-t-il, la nuit ils courent autour des douches. Des rats énormes, toujours affamés. J'ai peur qu'ils ne s'en prennent à Tyran. Vous savez qu'ils attaquent les chats ?

— Oh? fit Jonas, incrédule.

— Je ne raconte pas de conneries, insista Maurice, ils se déplacent en bande et attaquent n'importe quoi. J'ai déjà trouvé des chats déchiquetés aux abords de la baraque. Un jour ils s'enhardiront et sauteront sur un gardien! Tu verras ça, Jonas, tu seras moins fier quand ils te grimperont dans le pantalon pour te mordre les roubignolles! »

Il avait lâché la plaisanterie avec une sorte de joie féroce, mauvaise, qui illumina sinistrement son visage. Instinctivement Jonas alluma la torche. Une bête fila dans l'herbe, fuyant le halo de lumière. Daniel entrevit une boule de poils, une longue queue. Déjà le rat avait sauté dans une rigole d'évacuation.

« Merde! souffla le gros homme en reculant.

— Qu'est-ce que je vous disais, triompha Maurice, partout, y en a partout! Faudra bientôt s'attacher le bas du pantalon avec de la ficelle, et je ne déconne pas! »

Daniel plissa les yeux, essayant de distinguer les contours du bâtiment, mais il n'aperçut qu'un bloc compact, au même instant le chien surgit de l'ombre en grondant.

« Partons d'ici, décida Maurice, si ça se trouve ils sont déjà une trentaine à se diriger vers nous. »

À cette idée, Daniel eut envie de prendre ses jambes à son cou et de galoper en direction du parking, là où les lumières de la route repoussaient les ténèbres du camp.

La ronde se poursuivit sans incident notable. P'tit Maurice les quitta au détour d'une allée, et Jonas Orn reprit en boitillant le chemin de la guérite. De retour dans la casemate, Daniel s'appliqua à tracer un plan des lieux et à répertorier l'emplacement des différents mouchards à l'intérieur des bâtiments. Cette besogne l'exténua sans parvenir à user l'angoisse latente qui lui nouait l'estomac. De quoi avait-il peur? Il aurait été bien incapable de le dire. C'était comme un pressentiment, une impression vague de menace. Une peur d'enfant qui, soir après soir, prend un peu plus de chair pour se constituer en une créature repoussante plantée au pied du lit, les yeux brillants, la langue pendante.

Jonas Orn écrivait, faisant crisser sa plume sur le papier. Le reste de la nuit s'écoula dans le silence. Un peu avant l'aube, le gros homme demanda à Daniel d'effectuer une dernière ronde, «pour se mettre la géographie du camp en tête». Daniel se saisit de l'horloge et sortit. La fatigue le faisait tituber, et l'air du matin, au lieu de le réveiller, accentua sa torpeur. Le plan à la main, il entama le parcours de la nuit, se trompant fréquemment, revenant sur ses pas pour «pointer un mouchard oublié». Les petites clefs faisaient craquer le ventre de l'horloge de fer. Soudain il s'immobilisa dans la lumière grise. De l'autre côté de la pelouse se dressait une baraque lépreuse aux volets clos, il fut certain qu'il s'agissait des douches. Lentement, l'estomac noué par une répugnance instinctive, il décrivit un large cercle autour de la bâtisse pour l'examiner sous tous ses angles. Il se sentait dans la peau d'un chasseur tournant autour d'un fauve pour tenter de déterminer si la bête est bien morte ou si elle feint seulement l'immobilité. Le baraquement ne se différenciait des autres que par la vétusté et l'impression d'abandon qui s'en dégageait. Daniel respirait à petits coups, la poitrine serrée. Sur sa hanche, l'horloge cliquetait, lui rappelant qu'il n'avait pas de temps à perdre. Alors qu'il s'apprêtait à tourner les talons, il vit le sang...

Rouge, tachant la bordure blanche de la pelouse. Cela formait une petite flaque déjà coagulée, une sorte de peau flasque, gluante, qui noircissait au contact de l'air. Les paroles de P'tit Maurice lui revinrent à l'esprit: «Les rats, ils s'en prennent aux chats, j'en ai trouvé plusieurs aux abords des douches. Déchiquetés.»

L'horloge cliquetait comme une bombe sur le point d'exploser. Il recula, les yeux fixés sur la tache rouge. Il n'y avait pas de cadavre de chat à proximité, or les rats des douches n'étaient tout de même pas assez gros pour tirer derrière eux le corps d'un matou égorgé ! Dans ce cas où était donc le « cadavre » ?

« C'est le contraire qui s'est produit, corrigea-t-il mentalement, un chat a réussi à capturer un rat, c'est tout, il l'a saigné et… »

Mais un rat contenait-il assez de sang pour laisser une telle tache ?

Il battit en retraite, regardant fréquemment par-dessus son épaule. Alors qu'il atteignait le bâtiment 15, la pluie se mit à crépiter sur les toits goudronnés des douches. Cela produisit un son creux, assourdissant.

« Il pleut », constata Daniel en avalant péniblement sa salive.

6

De retour chez lui Daniel dormit mal. Les boules de cire, qu'il s'était empressé d'acheter chez le pharmacien tenant boutique au bas de l'immeuble, lui donnaient la sensation d'avoir les oreilles remplies de confiture. C'était chaud et poisseux, plutôt répugnant.

« Tu as des escargots dans les oreilles », lui chuchota une voix perfide au milieu de ses rêves. Il s'agita, roulant d'un flanc sur l'autre. À midi, n'y tenant plus, il se débarrassa des bouchons cireux et se rinça les conduits auditifs à l'eau chaude. Il mangea sans appétit, improvisant un sandwich à l'aide d'une demi-baguette caoutchouteuse et d'un camembert trop avancé. Il aurait dû sortir faire des courses, il le savait, mais la lumière du jour lui paraissait trop vive et blessait ses yeux. Quand il ouvrit la fenêtre pour aérer la pièce qui empestait la sueur, il fut submergé par le vacarme de la rue. Le puits de pénombre de la cour amplifiait tous les bruits, mêlant les conversations, les pleurs des enfants, les chamailleries, en une bouillie insupportable qui se déversait dans la chambre de bonne à la manière d'un monceau d'ordures. Daniel ferma aussitôt la fenêtre et tira le rideau. La lumière blême le faisait grincer des dents.

«Je suis en train de devenir comme les vampires, songea-t-il, bientôt je ne pourrai plus m'exposer au soleil sans courir le risque de tomber aussitôt en poussière!»

Il se recoucha. Ces troubles provenaient sans aucun doute du manque de sommeil et de la fatigue nerveuse dont il ne parvenait pas à se débarrasser, mais comment aurait-il pu dormir avec tous les bruits qui couraient dans les murs? À peine la tête sur l'oreiller, il entendait déjà les bourdonnements des lave-vaisselle, et encore le tac-tac de la machine à écrire de la mère Juvier. Les sons se répandaient dans la brique, mangeant les cloisons comme une armée de termites en progression constante. Ils s'introduisaient dans les tubes creux du lit de fer pour s'épanouir en échos tenaces. Daniel avait l'impression de se tenir l'oreille collée aux omoplates d'un géant, comme les médecins de jadis avant l'invention du stéthoscope. Il entendait les grouillements viscéraux du colossal organisme, le bouillonnement des fluides vitaux dégringolant la pente des tuyauteries et des canalisations. Les cataractes des chasses d'eau, les roulements des sanibroyeurs. Jusqu'à présent il n'avait jamais eu conscience que les gens passaient autant de temps dans les chiottes. Cette révélation éveilla en lui un vague dégoût pour toutes les fonctions organiques.

Lorsque le réveil sonna, il n'avait dormi que par à-coups et maudissait le téléphone dont les sonneries lointaines l'avaient persécuté tout l'après-midi.

À peine était-il arrivé au camp que Morteaux lui signifia une nouvelle affectation dans le secteur du gymnase.

« Tu vas tourner avec Pointard, lui décréta-t-il, ça l'empêchera peut-être de picoler. »

Le dénommé Pointard était un grand type osseux, presque décharné, au teint jaune, et qui flottait dans son uniforme. Sa « guérite » était plus exiguë que celle de Jonas Orn et empestait le vin. La surface du bureau était d'ailleurs constellée d'auréoles laissées par les multiples verres trop remplis qu'elle avait vus défiler.

Pointard ricanait sottement, en se balançant d'avant en arrière. Il dévisageait Daniel d'un air sournois, les paupières à demi baissées.

« Alors t'es à la fac, laissa-t-il tomber au bout d'un moment, ça doit bien baiser avec les petites étudiantes. C'est vrai que ça partouze sec à la cité universitaire ? »

Le reste de la conversation fut du même acabit. Pointard paraissait persuadé que l'université française constituait un haut lieu de débauche et une annexe des *Cent vingt journées de Sodome*. Toutefois, loin de condamner cet état de choses, il souhaitait manifestement qu'on l'accable de détails salaces jusqu'à l'aurore. L'heure de la ronde vint heureusement briser le cours d'une conversation dans laquelle Daniel s'empêtrait chaque seconde davantage.

« Y'a du boulot, grogna Pointard, faut qu'on pose des pièges à rats. Normalement c'est pas notre job, on n'est pas dératiseurs, mais le chef de la sécurité exige qu'on donne la main. Ce serait un coup à se mettre en grève… »

Ils sortirent dans la nuit, traînant un caddie de supermarché rempli de boîtes de carton sur lesquelles était figurée l'image d'un rat agrémentée d'une tête de mort.

«C'est des trucs modernes, glosa Pointard, les tapettes et les nasses c'est fini. Là, il suffit de poser les boîtes par terre. Y'a un trou à une extrémité et de la bouffe à l'intérieur, c'est tout prêt, comme les surgelés dans les supermarchés !»

Il rit longuement de sa plaisanterie puis reprit : «Le poison leur liquéfie le sang, après, quand ils s'écorchent, ils se vident par hémorragie, sans pouvoir s'arrêter, comme des hémophiles.»

Daniel songea aussitôt à la flaque de sang aperçue le matin même. C'était donc cela l'explication ? Un rat qui s'était vidé à la suite d'une égratignure. Un rat saigné à blanc. Il sourit intérieurement, navré de sa détestable propension au mystère.

Abandonnant chaque fois le chariot sur le seuil, ils visitèrent les bâtiments entourant le gymnase. Pointard semblait véritablement obsédé par la notion d'étanchéité. Il allait d'une fenêtre à l'autre pour s'assurer qu'elles étaient bien fermées. On eût dit que son imagination voyait dans chaque baraquement une sorte de bateau susceptible d'embarquer de l'eau par l'ouverture de ses sabords. Il arpentait les couloirs, les salles de travail, se suspendant aux crémones avec une énergie disproportionnée.

«Tout doit être bien fermé, répétait-il, étanche, faut que ça soit étanche.»

Daniel le laissait faire, n'osant risquer aucun commentaire, songeant à part lui que les secrétaires devaient pester le lendemain matin contre l'abruti qui avait fermé les fenêtres avec tant de force ! Alors qu'ils achevaient la visite du bâtiment 8, Pointard s'arrêta subitement au milieu de ce qui semblait être un secrétariat. Son visage, éclairé par la lune, trahissait une expression de concupiscence.

«Ici c'est rien que des belles filles qui travaillent, souffla-t-il comme s'il révélait un secret, j'aime bien faire une pause, m'asseoir là où elles posent leur joli cul, ça m'excite, pas toi ? Des fois j'ai l'impression de sentir la chaleur de leurs fesses sur la moleskine des sièges. Tu reniflles leur parfum ? »

Il s'assit, ouvrit délicatement un tiroir.

« Je touche les objets qui leur appartiennent, chuchota-t-il, elles oublient toujours des trucs. Leurs petits tampons périodiques par exemple. C'est vachement intime ça, pire que si elles laissaient leur culotte dans le tiroir ! »

Sa bouche se fendait en un sourire de prédateur béat. Ses longues mains maigres parcouraient les objets entassés, telles des araignées dépourvues de poils. Daniel était fasciné et effrayé tout à la fois par le climat étrange qui s'était installé dans la pièce. Il aurait voulu être dégoûté, hausser les épaules et se détourner, abandonnant le pauvre type à son fétichisme de bas étage... mais il n'y arrivait pas. Quelque chose en lui vibrait. Une excitation sourde et noire. Un courant d'air venu des profondeurs. La nuit réveillait la part sombre de sa conscience, la sollicitait, lui permettait de s'épanouir. Une bouffée de honte lui brûla les joues. Pointard s'était emparé d'une boîte de tampons périodiques et en avait vidé le contenu sur le sous-main.

« Il en manque trois, constata-t-il, c'est vachement émouvant...

— On prend du retard, objecta Daniel, l'horloge tourne.

— T'excite pas, fit le gardien, faut savoir profiter du moment. Moi j'ai une âme de poète. »

Il avait dit cela sans aucune trace d'humour. Avec une minutie d'horloger recomposant une montre, il rangea les tampons dans leur boîte de carton.

Une fois dehors Daniel respira à grands coups pour chasser les miasmes fantasmatiques qui lui encombraient l'esprit. Il était dépassé par les événements, par cette pente qui s'ouvrait sous ses pieds. Une fois dans le gymnase, sonore et noir comme une épave retournée, Pointard entraîna le jeune homme dans les vestiaires pour recommencer son numéro de voyeurisme.

« Des fois ça baise, murmura-t-il, les douches des filles et des gars ne sont séparées que par une petite cloison, ça fait travailler l'imagination tu comprends ? Tu es là sous le jet, et tu penses que la fille, de l'autre côté du mur, est justement en train de se savonner le minou... Y'a de quoi en faire une remontée de foutre, non ? »

Mais Daniel n'écoutait plus, le mot « savon » l'avait fait se crisper. Devant le peu de succès de ses confidences, Pointard s'enferma dans une morosité bougonne. Le tour du gymnase achevé, ils allèrent déposer les pièges dans divers recoins et regagnèrent la guérite. Sitôt assis, Pointard sortit une bouteille de vin de l'un des tiroirs du bureau et but au goulot. Cette formalité accomplie, il parut glisser dans un état somnambulique ponctué çà et là de grommellements incompréhensibles.

Daniel se fossilisait sur sa chaise, les yeux dans le vague. Trop fatigué pour lire ou pour entreprendre le moindre effort mental. Son esprit dérivait, brassant des images incohérentes, des bribes de phrases, des souvenirs. Il se sentait sans force, anémié. Les heures s'étiraient, interminables. Enfin, vers trois heures, il se mit à pleuvoir. L'averse martelait le toit de la guérite, produisant un grondement assourdissant. À travers la vitre Daniel regardait les trombes parcourir l'asphalte, mitrailler le gravier des allées. Des flaques énormes s'installaient dans les déclivités du parking.

« C'est pas de bol, mon pote, ricana Pointard la bouche en coin. Juste à l'heure de ta ronde ! »

Daniel haussa les épaules. Il préférait déambuler sous la pluie que de demeurer statufié dans la guérite au milieu des odeurs de vin bon marché. Il enfila son ciré dont il rabattit le capuchon sur sa tête et saisit la pendule.

« Profites-en pour te laver les pieds ! » gouailla Pointard avec son humour inimitable. Daniel ne répondit pas et s'éloigna sous l'averse. Les gouttes tambourinaient durement sur ses épaules. Sans le secours du ciré, il aurait été trempé jusqu'aux os en l'espace de quelques secondes. Malgré la visibilité réduite il parvint à retrouver son chemin. Marcher sous la pluie lui faisait du bien, le mouvement et l'eau glacée atténuaient sa fatigue. Il respira à fond, s'emplissant les narines de l'odeur acide de l'herbe. Les graviers crissaient sous ses semelles, comme seuls savent crisser les graviers mouillés. « Je marche au fond d'un aquarium », pensa-t-il en prenant la direction du bâtiment 7. Enfant, il adorait la pluie à la campagne. Les trombes ravageant les champs, faisant ployer les blés, les chemins secs et durs qui se changeaient soudain en coulée de boue. Et les bêtes, surtout… Les bêtes qui sortaient de terre ou de dessous les pierres : les escargots, les limaces, les vers. Chaque fois la pluie libérait une faune rampante, élastique et baveuse. Il fallait zigzaguer en travers des chemins pour ne pas poser le pied sur ces bestioles caoutchouteuses qu'on aurait crues découpées dans de la guimauve. Parfois Daniel voulait s'abriter, attendre la fin de l'orage. « Pas sous les arbres ! hurlait le cousin Pierrot, on va être foudroyé ! » Et pour la millième fois il racontait l'histoire du petit garçon fusillé par la foudre, et qu'on avait découvert au pied d'un chêne carbonisé, transformé en statue de goudron : « Il était tout nu, ses vêtements avaient brûlé, mais il était toujours debout, dans la même position… sauf que son corps était devenu noir et dur, comme du charbon ! »

Pierrot sautillait, regardant autour de lui avec anxiété.

« Si t'entends bourdonner, c'est la foudre qui s'approche ! criait-il d'une voix aiguë.

68

— Et alors ? objectait Daniel, qu'est-ce qu'on peut faire ?

— Faut sortir sa quéquette et pisser, expliquait doctement Pierrot, paraît que ça fait paratonnerre et que la foudre suit le jet de pisse pour aller se perdre dans la terre.

— Tu déconnes », concluait Daniel. Et la polémique repartait de plus belle. Daniel sourit à ce rappel. Par la suite il n'avait plus jamais connu ce bonheur, la pluie des villes ne valait rien, elle vous tombait dessus, acide, chargée de saloperies chimiques qui vous bouffaient les cheveux. On prétendait qu'en ville le nombre des chauves était bien plus important qu'à la campagne, en raison du voile de pollution chaque jour plus épais. D'ailleurs lorsqu'il pleuvait, Daniel ne sortait jamais sans une casquette ou un vieux chapeau de brousse que Marie-Anne lui avait jadis ramené d'Amérique latine.

Abîmé dans ses souvenirs, il tourna au coin du bâtiment 12. À cet instant un éclair illumina le ciel, noyant le camp dans un brasillement de lumière bleue. Cela ne dura qu'une fraction de seconde mais Daniel se figea, la bouche ouverte, comme s'il venait d'être foudroyé...

À travers le rideau de pluie, en bordure de la grande pelouse au centre de laquelle se dressait la baraque des anciennes douches, il avait aperçu une silhouette...

La silhouette d'un homme nu titubant sous la pluie, les mains levées au-dessus de la tête.

Il crut que son estomac se décrochait, que ses intestins se liquéfiaient sous l'effet de la peur et qu'il allait déféquer debout, là, au beau milieu du chemin, incapable de contrôler ses sphincters. Ses cheveux se hérissèrent sur sa nuque, telle la crinière d'un cheval de parade, et ses mains lâchèrent l'horloge de contrôle qui tomba dans une flaque.

Un homme nu, sous la pluie.

Il grelottait, en proie à une violente réaction nerveuse. L'image l'avait cueilli par surprise, la garde baissée. Il dut s'appuyer contre un mur, ne sachant s'il devait s'enfuir en hurlant, donner l'alarme, ou se cacher dans un buisson en fermant les yeux pour ne plus rien voir.

Un homme nu…

Sous la pluie, zigzaguant à dix mètres à peine des douches désaffectées. Qu'avait donc raconté Jonas ? *« On dit que les fantômes des fusillades sortent à chaque grosse averse, pour se rincer, pour pouvoir enfin se débarrasser du savon qui a séché sur eux dans la mort… »*

Bon sang, c'était grotesque ! Il n'allait tout de même pas croire à ce genre de conneries ? Pourtant ses jambes tremblaient et ses genoux paraissaient modelés dans des boules de glaise. Il chercha sa lampe d'une main mal assurée tandis qu'une voix lui murmurait : « Fiche le camp crétin ! Fiche le camp avant que cette CHOSE ne s'occupe de toi ! »

Un nouvel éclair illumina le camp. Cette fois la pelouse était déserte et aucun spectre ne se rinçait plus sous la pluie. Daniel expulsa l'air bloqué dans ses poumons. « Ou j'ai eu une hallucination, décida-t-il, ou un quelconque connard a décidé de se payer ma tête en s'embusquant à poil derrière les douches ! »

C'était bien une blague digne de Pointard, et probablement exécutée avec la complicité de Morteaux et de P'tit Maurice ! Un fameux bizutage, pour sûr, avec la collaboration du père Jonas pour la mise en condition psychologique ! Une tradition du camp, une spécialité qu'on réservait à chaque nouvelle recrue, avec un bonheur toujours égal ! Il imaginait Pointard, convulsé de rire, racontant l'anecdote aux autres gardiens hilares : « Il a dû faire dans son froc le jeunot ! Ah ! Il avait les yeux qui lui sortaient de la tête ! Quelle crise ! »

Il se baissa pour ramasser l'horloge. Ses doigts

tremblaient encore. Il revoyait la silhouette blême, se profilant derrière le rideau de pluie. Un corps long à la démarche incertaine. L'apparition n'avait duré qu'une seconde. À cette évocation sa peau devint grumeleuse et la légende des douches défila une nouvelle fois dans sa tête. C'était plus fort que lui, il ne pouvait pas s'en empêcher. Les hommes abattus, fusillés, les balles qui ricochent sur le carrelage, les morts qui s'effondrent, le crâne et le visage recouverts de savon... *Ils sortent pour se rincer*... avait dit Jonas Orn. Il alluma sa lampe, fit quelques pas en direction de la pelouse, mais la nuit le repoussait comme un mur élastique. Il serra les dents. Il ne devait pas se laisser impressionner par un conte à dormir debout. Les fantômes n'existaient pas, il en était certain. Il avança, décidé, hargneux, espérant surprendre Pointard dans une posture grotesque : accroupi derrière un massif en train d'enfiler son pantalon, ou à quatre pattes à la recherche de son slip maculé de boue. «Alors, Pointard, dirait-il, vous n'avez pas peur que les rats vous bouffent les roubignolles ? »

Cette repartie à peine formulée, il s'immobilisa. Quelque chose ne fonctionnait pas. En effet, les gardiens avaient visiblement trop peur des rats infestant les abords du bâtiment pour que l'un d'eux accepte d'aller faire le guignol en tenue d'Adam dans le seul but d'effrayer un bizut... Alors ?

Daniel se figea, balayant la pelouse du halo de sa torche. Il avait toujours la chair de poule et la terreur crépitait encore au long de ses nerfs. Une terreur superstitieuse, irréfléchie. Un spasme surgit de l'inconscient collectif et sur lequel son intelligence n'avait pas de prise. La nuit lui semblait emplie de choses informes et menaçantes, de peurs enfantines soudain réactualisées. Il agita sa torche, mais la lumière en était trop faible pour constituer une arme réellement efficace.

Une arme contre QUOI ?

Il était en train de devenir stupide. Il tourna les talons.

«Je suis simplement fatigué, se répéta-t-il sur le chemin de la guérite, je n'ai pas dormi de manière satisfaisante depuis trois jours, j'ai les nerfs en pelote. J'ai peut-être été victime d'une mauvaise farce mais j'ai pu aussi délirer… interpréter un reflet, un jeu de lumière. »

Il se rappelait ses peurs d'enfant, la lueur de la lune se faufilant dans la chambre pour dessiner au pied de son lit des êtres fantastiques. Un chandail se changeait alors en gnome, une chaussure en rat. Une paire de bretelles devenait un serpent, un pantalon une pieuvre redoutable… et toutes ces choses grouillaient autour du lit pour finalement disparaître dès qu'on allumait la lumière.

Il rejeta le capuchon en arrière, laissant la pluie lui baigner le visage. «Surmenage! dit-il entre ses dents. Rien qu'un peu de surmenage! ».

Et il décida de ne plus y penser. En réintégrant la guérite il examina les cheveux de Pointard. Ils étaient secs, mais bien sûr, cela ne prouvait rien. Accablé il s'effondra sur une chaise et ne desserra plus les dents. Un peu avant l'aube Pointard se tourna vers lui pour lancer :

«À propos, j'ai eu Morteaux au téléphone, c'est demain ton jour de repos. Tu vas pouvoir pioncer. Remarque, t'en as besoin, t'as une vraie tête de déterré. Tu devrais boire un peu de vin. »

Un peu plus tard, alors qu'ils descendaient tous deux vers le poste de garde, Pointard lui dit encore :

«T'as une petite amie ? Alors demain tu vas la tringler toute la journée mon salaud! »

Daniel ne répondit pas. Il se sentait exsangue.

7

La brusque vacuité de son emploi du temps le laissa déboussolé, en état de manque. Pis, il constata avec stupeur qu'il n'éprouvait aucun soulagement à la perspective de ne pas travailler le soir même. Il rentra chez lui et dormit sans volupté, se réveilla maussade et demeura allongé sur le dos à fixer le plafond. Le camp lui manquait déjà...

Il était effrayé de se découvrir si vite intoxiqué, mais il y avait dans l'atmosphère nocturne des rondes quelque chose qu'il ne retrouvait pas ailleurs. Une excitation trouble, une accélération du corps et de l'esprit, un jeu avec la peur et les fantasmes. Il aimait le paysage ténébreux des bâtiments, allongés au milieu des pelouses comme des épaves, il aimait l'herbe noire, les massifs que la lumière de la lune travestissait en gros hérissons bleus. La nuit il marchait dans une ville fantôme, il entrait dans des maisons désertes, il était le maître des clefs, aucune porte ne lui résistait, il pouvait aller PARTOUT. Il adorait ce paysage dépeuplé que n'habitait aucun rire, aucun bruit mécanique, cette impression de fin du monde. Cela lui rappelait les histoires du cousin Pierrot, les légendes qu'ils fabriquaient de concert lorsque, le soir, ils revenaient du cinéma par les rues désertes. Ils avaient douze et quatorze ans et la nuit leur appartenait, la nuit, la ville... et les dormeurs. Ils marchaient, auscultant du regard les façades aux volets bouclés, écoutant l'écho de leurs pas se répercuter à l'infini. Alors, d'une voix chuchotante, Pierrot entamait pour la millième fois l'histoire de la Belle au bois dormant. «Imagine qu'ils soient tous anesthésiés, disait-il, ceux qui dorment en ce moment au creux des lits. Oui, anesthésiés par un gaz de combat, une arme bactériologique, quelque chose qui les maintient en état de vie suspendue. Ils sont là, ils dorment, ils n'ont plus besoin de boire ou de manger, ils sont en hibernation.

— Et nous ? intervenait Daniel.

— Nous on est naturellement immunisés. On fait partie des sujets réfractaires. C'est normal, aucune arme bactériologique n'est efficace à cent pour cent. Alors on marche dans les rues et on a dans la poche un passe-partout qui permet d'ouvrir toutes les portes de la ville. Les portes de tous les appartements, de toutes les boutiques… On peut aller chez la fille du pharmacien, soulever les draps, lui enlever sa chemise de nuit et voir si elle a du poil à la zézette comme elle le raconte partout. On peut même…

— La toucher, complétait Daniel en avalant sa salive.

— Ouais, soufflait Pierrot. On peut toucher toutes les filles de la ville. On peut les mettre dans toutes les positions, comme si c'étaient des poupées. Et elles ne peuvent rien dire.

— Elles dorment ?

— Ouais, et leurs parents dorment aussi. On peut boire la gnôle de leur paternel, et fumer ses cigarettes, et décrocher son fusil du mur pour tirer par la fenêtre !

— Mais tirer sur qui ? Si tout le monde dort…

— Bof ! Y'a toujours quelque chose sur quoi on peut tirer : les lampadaires, les vitrines, les voitures…

— Ce serait bien si les bêtes étaient elles aussi réfractaires au gaz, hasardait Daniel, elles se baladeraient dans les rues.

— Non, c'est idiot, coupait Pierrot, elles auraient faim et elles commenceraient à bouffer les dormeurs. Non, y'aurait que nous. Uniquement.

— Et ça durerait toujours ?

— Non, toujours c'est trop long. Mettons un an ? Au bout d'un an ils se réveilleraient, ne se doutant de rien. Et les filles pourraient bien faire leur pimbêche

74

après ça. On les aurait toutes touchées pendant leur sommeil.

— Les grandes aussi ? interrogeait Daniel avec un soupçon d'angoisse dans la voix.

— Ouais, toutes », décidait Pierrot d'un geste de conquérant.

Aujourd'hui, Daniel retrouvait quelque chose de cette atmosphère magique dans l'enceinte du camp. La clôture, les barbelés, délimitaient un territoire onirique où portes et serrures ne constituaient plus un obstacle réel. La clef magique à la main, il passait d'une maison à une autre, se moquant des verrous dont se bardait le petit peuple diurne. Son uniforme fonctionnait à la manière d'un costume de passe-murailles, il faisait de lui un fantôme capable de traverser les cloisons. Même les curieuses manies de Pointard ne parvenaient pas à le dégoûter, il comprenait ce qu'il y avait de fascinant à recomposer une vie à partir de quelques objets intimes prélevés dans un tiroir. Isolés dans le halo d'une torche, une paire de bas filés, un agenda de cuir noir, un slip en papier dans son emballage plastifié, prenaient soudain une résonance étrange. Ainsi l'acte de fouiller, de perquisitionner, se doublait-il d'une excitation sexuelle latente. C'était une sorte de viol métaphorique, comme si, en palpant les objets, on posait la main sur leur jolie propriétaire. Comme si on avait soudain le pouvoir de la caresser au travers du sommeil et de la distance. Oui, les bas, les tampons périodiques, les tubes de rouge à lèvres, fonctionnaient à la manière de ces poupées de cire qu'employaient les sorciers de jadis au cours des cérémonies d'envoûtement. Et plus l'objet avait un caractère intime, plus la magie agissait. La main de Pointard traversait la nuit, volait au-dessus de la ville, s'insinuait dans un appartement, là-bas, quelque part, à des kilomètres, rampait sous un drap, sous une chemise de nuit, sur une cuisse, sur...

La nuit du camp ressuscitait les vieilles pratiques magiques, soufflait sur les braises mal éteintes tapies dans le cerveau des hommes. La nuit du camp était un tourbillon noir, un maelström auquel il convenait de résister le plus possible si l'on ne voulait pas sombrer dans le cloaque de toutes les transgressions. Daniel flairait le danger... mais lui trouvait également une odeur alléchante. Jusqu'à présent il avait mené une vie morne, toute consacrée à l'étude et à peine égayée d'aventures sans lendemain. Il n'avait connu que les livres, les bibliothèques, les manuscrits. Souvent, le soir, il s'écroulait dans son lit, vaincu par la fatigue et la migraine. Le camp, Pointard, et les autres lui faisaient soudain entrevoir un monde trouble, un univers vénéneux fleurissant à l'insu de tous, pendant le sommeil des «honnêtes gens». Il lui semblait que la vraie vie se tenait là, tapie dans un quadrilatère de grillage, dans ce jardin nocturne gardé par des sentinelles aux curieuses manies. Un monde parallèle surgissait avec l'obscurité. Pointard, Jonas Orn, Morteaux, sortaient des limbes, se réincarnaient l'espace d'une veille. P'tit Maurice arrachait son masque humain, dévoilait son visage de chien et soufflait à la face des intrus une haleine de loup. Les personnalités se métamorphosaient. Et lui-même, Daniel Sarella, devenait un autre Daniel Sarella. La nuit faisait son œuvre...

Il se leva vers cinq heures, se lava et passa des vêtements «civils». Il n'avait aucun projet précis. Il descendit avec l'intention de flâner dans les ruelles du quartier étudiant. Entre deux échoppes de livres en solde il acheta un quignon de pain empalé sur une saucisse graisseuse, qu'il dévora avec délice. À la sortie d'un cinéma qui projetait un film chinois sous-titré en anglais, il se heurta à Marie-Anne. Ils échangèrent quelques mots, la jeune fille paraissait désœuvrée.

«Tout le monde est parti en vacances, se plaignit-elle, la ville est déserte. Moi je reste pour bosser sur ma thèse, j'ai pris du retard.»

Ses cheveux avaient poussé. Daniel les trouva plus blonds que par le passé, mais peut-être les décolorait-elle?

«On fait un tour? proposa-t-elle, j'ai pas envie de rentrer. Mes parents sont partis, l'appartement est vide, j'ai l'impression d'habiter un salon d'exposition funéraire!»

Daniel rit. Il connaissait la maison de Marie-Anne: les pièces tout en longueur que submergeaient d'énormes bahuts noirs, sinistres et des chaises Renaissance, massives, aux pieds torturés se terminant par des têtes de lions ou de gargouilles. Ils déambulèrent le long des présentoirs, Daniel s'arrêtait, feuilletait de vieux romans policiers moisis. Marie-Anne faisait la moue, dégoûtée. «Tu t'intéresses encore à ces conneries, gémit-elle, tu as toujours eu des goûts de chiotte!»

Elle prenait plaisir à égrener les obscénités d'une voix précieuse et posée de jeune fille du meilleur monde. Daniel remarqua qu'elle contraignait sa bouche à adopter une moue boudeuse et tombante. Une sorte de lippe blasée qui semblait dire: «J'ai usé tous les plaisirs, le monde n'est plus pour moi qu'un vieux chewing-gum sans parfum…»

«Toi non plus tu ne pars pas?» remarqua-t-elle au bout d'un moment. Daniel évoqua ses problèmes financiers sans toutefois parler de son emploi de veilleur de nuit.

«Pourquoi n'écris-tu pas un roman historique? gloussa-t-elle, tous les romans historiques sont des best-sellers. Tu deviendrais riche. Il suffit d'inventer une héroïne, un peu de documentation, et hop! Tiens, j'ai déjà les titres:

Angéla chez le sultan, Plaisirs et tortures au harem, Saint-Lazare ou les malheurs d'une prostituée, Le

Bourreau de la Brinvilliers ou "Comment j'ai tranché le cou d'une empoisonneuse"… Tu en veux d'autres ? »

Il se récria en riant. Alors que la nuit tombait, Marie-Anne lui prit la main en lui chuchotant à l'oreille : « Arrête d'être aussi crispé, bon sang ! Détends-toi. On est de vieux copains, non ? On s'est même livrés à un certain nombre de pratiques génitales, si je me souviens bien ? »

Daniel réprima un hoquet. Le romantisme de sa compagne l'avait toujours laissé profondément perplexe.

« Tu as encore ta piaule ? interrogea tout à trac la jeune fille, alors on va baiser chez moi, là au moins y'a une douche, je ne tiens pas à me savonner le minou sur le palier ! »

Les mots « douche » et « savon » nouèrent désagréablement l'estomac de Daniel, et, l'espace d'un battement de paupières, il vit se profiler la silhouette d'un homme nu titubant sous la pluie.

« Connerie, grogna-t-il mentalement, c'était Pointard… ou Morteaux… Ou rien du tout, juste une ombre. »

Mais le malaise demeura accroché à son plexus, comme un doigt de fer appuyant douloureusement à la base de son sternum.

Chez Marie-Anne, en pénétrant dans l'immense salle de bains carrelée, il eut toutefois un mouvement de recul. L'odeur flottait, fade, une odeur de vieux tuyaux béants et limoneux. Le ciment entre les carreaux était jaune, taché de moisissure. La jeune fille se dévêtit rapidement et joua avec les robinets pour régler la température de l'eau. Depuis l'année précédente son corps avait pris de l'ampleur, de la chair. « Tu viens ? » s'impatienta-t-elle. Daniel se dépouilla de ses vêtements. Il ne voyait que le carrelage, cette étendue de faïence couvrant les murs, à la fois luisante et poisseuse. Marie-Anne remarqua son regard.

« C'est moche, hein ? dit-elle, on dirait une

morgue… ou un laboratoire de dissection. C'est une vieille installation. »

Les robinets étaient piquetés de rouille, le savon mou…

Lorsqu'elle commença à se frictionner et que la mousse blanche se répandit sur ses épaules, ses seins, Daniel crut qu'il manquait d'air. Le bruit de l'eau sur la faïence se confondait dans son esprit avec celui de la pluie. Il se fit la réflexion que tout complotait pour lui rappeler le camp, qu'il était victime d'une sorte… d'envoûtement. Et, pour la première fois depuis qu'il avait endossé l'uniforme, une évidence terrible flamboya dans son esprit. « Il va se passer quelque chose ! »

C'était brûlant comme une prémonition. C'était… inévitable.

Il ne savait pas d'où venait cette certitude, mais elle lui apparaissait subitement dans toute sa crudité. Quelque chose se tramait dans l'ombre, quelque chose dont il ne parvenait pas à deviner la physionomie. En pénétrant à l'intérieur du camp il avait dérangé un ordre subtil, il avait perturbé les échanges physiologiques d'une bête assoupie. Une bête énorme, dont la nuit masquait les formes.

Malgré ses préoccupations il fit l'amour avec efficacité. Curieusement dédoublé, il se regardait agir, bouger. Au terme de leurs ébats, Marie-Anne se dégagea d'un coup de reins brutal. Elle s'était donné beaucoup de mal pour cacher son plaisir et jouir en conservant un visage imperturbable. La moue blasée, elle déclara : « Finalement, la baise c'est toujours pareil. »

Elle courut à la cuisine en négligeant ostensiblement de se laver, et s'absorba dans la confection d'énormes sandwiches.

« T'es toujours aussi parano ? » s'enquit-elle en coupant une tomate en tranches. Et, comme Daniel ne répondait pas, elle ajouta : « T'as commencé une analyse ? »

Quand elle revint, elle portait un plateau sur lequel elle avait posé les casse-croûte ainsi que deux bouteilles de bière. Ils mangèrent en silence.

«T'as fait beaucoup l'amour depuis la dernière fois qu'on s'est vus? interrogea-t-elle la bouche pleine, moi oui. Pour m'en détacher, pour banaliser. Je me dis qu'une fois qu'on a commis certains excès on n'a plus besoin de rien. On est débarrassé pour toute la vie... Je voudrais être débarrassée du sexe. Être rassasiée pour toutes les années à venir. Ne plus avoir à compter avec *ça*.»

Daniel hocha la tête sans répondre. Il pensait au camp. Le désenchantement de Marie-Anne, la volonté de désacralisation qu'elle mettait dans chacun de ses actes, le poussaient à rejoindre le territoire magique que défendaient les clôtures du bunker. Il aurait voulu grimper dans l'autobus, s'embarquer pour la nuit comme on part pour une expédition lointaine et mystérieuse. Il voulait connaître à nouveau l'excitation sourde de la ronde, la métamorphose des apparences. Marie-Anne appartenait au monde diurne, à la raison, à l'ennui. Malgré (ou en raison de) sa formation psychologique, elle n'avait nullement conscience de la charge magique du réel, des bombes qui dorment à l'ombre du quotidien.

«Tu peux rester dormir ici, si tu veux», dit la jeune fille d'un air indifférent, mais Daniel se rhabillait déjà. Il marcha toute la nuit, au hasard, usant son impatience au long des rues désertes. L'absence d'horloge creusait un vide sur sa hanche. Parfois il levait la tête, regardant les immeubles avec envie, regrettant de n'avoir pas au fond de sa poche une clef qui lui eût permis d'ouvrir toutes les portes, de visiter tous les appartements, de traverser les chambres à coucher comme une ombre... Il ne rentra qu'à l'aube, pour s'abattre sur son lit, mort de fatigue.

DEUXIÈME PARTIE

Perspectives de guerres et d'exil.
Le Deutéronome (Dt 28-47).

8

Les choses basculèrent le lendemain à la ronde de minuit, alors que l'obscurité s'entassait entre les clôtures du camp comme une flaque de goudron.

Daniel était fatigué et ses paupières le brûlaient. En passant au poste de garde il avait entendu Morteaux déclarer à P'tit Maurice que «le père Orn n'était pas venu travailler la veille, et qu'on ne le verrait pas avant un bon moment car une crise de rhumatisme le tenait cloué au lit».

«Si l'agence ne nous expédie pas de remplaçant, on va être dans la merde!» avait ajouté sombrement l'homme aux cheveux décolorés par la lune.

Tout au long de la nuit Pointard n'avait cessé de boire, de fumer, et la minuscule guérite était à présent remplie d'un brouillard bleu qu'on eût dit vomi par une quelconque cartouche fumigène. Entre les rondes, Daniel était resté vissé sur sa chaise, le cerveau vide, les bras ballants, les yeux fixes, contaminé par la minéralité qui s'emparait régulièrement des gardiens dès qu'ils avaient fini de dépouiller le journal et que la conversation s'enlisait. Pourtant Daniel préférait cet engluement hypnotique aux monologues de Pointard dont les fantasmes l'incommodaient. Il s'était donc laissé couler dans cet état intermédiaire durant lequel le temps se contractait, concentrant son attention sur les pulsations sourdes du sang dans les veines de ses poignets. Ses mains étaient peu à peu devenues lourdes, pesantes comme des quartiers de viande suspendus à un crochet. Au fil des minutes, son corps inerte lui devint étranger. Son esprit se promenait à l'intérieur de cette carcasse à la manière d'une souris trottinant dans les corridors d'un château désert. Sa chair s'engourdissait, il ne percevait plus ses limites corporelles, il...

« C'est la ronde de minuit », hoqueta tout à coup Pointard qui venait de lancer une main tâtonnante en travers du bureau pour saisir la bouteille posée sur le sous-main de plastique vert. Daniel s'ébroua, reprenant possession de ses membres. Légèrement ankylosé, il s'empara de l'horloge de fer et sortit. La nuit était en train de s'installer et les bâtiments se dressaient au-dessus des pelouses comme des quartiers de roc tombés d'une montagne éparpillée par la foudre.

Daniel marchait à pas lents, les jambes raidies par la longue immobilité. Sans savoir pourquoi, il avait fait un crochet de manière à longer la baraque des douches. La terre spongieuse collait à ses semelles, accompagnant son avance de chuintements humides. Il fit le tour de la maison, la touchant du bout des doigts comme on effleure la carcasse d'un pachyderme abattu ou d'une baleine échouée et à demi pourrie. La peinture couvrant les murs n'était plus qu'une pellicule cloquée, lépreuse, se soulevant en grosses boursouflures. Alors qu'il s'apprêtait à revenir sur ses pas, il aperçut une ombre qui traversait la pelouse, et son estomac se serra. Tout d'abord il pensa au chien de P'tit Maurice et crut que le dobermann, ayant senti sa présence, courait vers lui pour l'attaquer. Il chercha la torche, dans l'intention d'aveugler la bête, mais l'ombre se redressa soudain comme si, jusque-là, elle s'était tenue courbée. À présent elle était beaucoup trop grande pour un chien. Daniel retint son souffle, la silhouette rasa le mur, monta les marches... et disparut.

«Elle est entrée dans les douches», constata le jeune homme avec un début de panique. Il n'osait décoller ses épaules de la peinture cloquée du bâtiment. Quelqu'un venait d'entrer dans le baraquement condamné, quelqu'un qui se déplaçait dans le noir, comme un voleur, avec des précautions de Sioux. Un gardien? Il songea soudain à la silhouette de l'homme nu qu'il avait entrevue sous la pluie, deux jours auparavant. «Et si quelqu'un se cachait?» La petite voix avait grésillé au fond de sa tête comme un signal d'alarme. La prudence lui commandait de revenir à la guérite, de décrocher le téléphone et de signaler l'incident… Pourtant il répugnait à ce rôle de mouchard. Il avait endossé l'uniforme des gardiens mais pas l'état d'esprit qu'impliquait la fonction. Il n'avait aucune envie de jouer au flic. Il voulait juste SAVOIR, s'assurer qu'il ne perdait pas les pédales, qu'il n'avait pas d'hallucinations. Il fit lentement le tour de la bâtisse, escalada les marches. Normalement la porte ne pouvait pas s'ouvrir, il se rappelait les gros clous rouillés enfoncés sur le pourtour du battant… et pourtant l'ombre avait disparu. Debout sur le perron il tendit la main vers la poignée oxydée. «Bon sang, haleta-t-il intérieurement, de l'autre côté CE SONT LES DOUCHES! Où vas-tu mettre les pieds? Fiche le camp! Mais fiche donc le camp. Tu n'as rien vu, dis-toi que tu n'as rien vu, d'ailleurs ce n'est pas ton secteur, tu n'avais rien à faire ici ce soir, laisse donc cela au père Orn, c'est son territoire après tout!»

Mais sa main s'était posée sur la poignée rugueuse. À sa grande surprise, le battant pivota sans le moindre bruit comme si les gonds venaient juste d'être huilés. À la lueur de la lune, il vit que les clous avaient été cisaillés au ras du cadre, laissant la porte libre de toute attache. Une bouffée d'air moisi lui sauta au visage et il eut l'impression de pénétrer dans un tombeau.

« Mais c'est exactement cela, lui chuchota sa voix intérieure, un tombeau de carrelage. Un abattoir… Te rappelles-tu ce qui s'est passé entre ces murs il y a vingt-cinq ans ? »

À nouveau la petite flamme superstitieuse flamba au creux de son ventre et la nuit du couloir lui parut compacte, solide… gélifiée.

Il dut faire un effort considérable pour saisir sa torche, la masquer de ses doigts et l'allumer. Il répugnait à faire un pas de plus, à entrer dans cette caverne de faïence. Enfin il bougea un pied, fit un pas, puis deux… Il avançait en silence, promenant le faisceau réduit de la lampe sur les parois. Il traversa ainsi un couloir, puis ce qui semblait être un vestiaire jalonné d'armoires métalliques complètement oxydées. La rouille était partout, couvrant le moindre tuyau. Enfin il déboucha dans la salle des douches… et vit les impacts criblant les murs. Cette fois il ne put réprimer un frisson. Tout autour de lui le carrelage était fendu, émietté, la porcelaine avait volé en éclats et les courbes des lavabos offraient au regard des moignons déchiquetés.

« C'est là qu'ils sont morts », pensa-t-il en serrant la torche à s'en faire mal. La poussière avait déposé une peluche grise sur le sol et les toiles d'araignée engluaient les recoins. Il n'osait aller plus loin. Les ténèbres perturbaient son appréciation des distances, il avait la sensation que la salle atteignait des proportions gigantesques, qu'elle s'étirait à perte de vue, tel un couloir de métro. Sans cesse ses yeux revenaient vers les impacts, cherchant avec une avidité perverse les cavités noirâtres dont on avait extrait les balles. Il réalisa qu'il était en sueur et que le vacarme de son cœur lui emplissait les oreilles. Il avait à peine parcouru dix mètres, mais c'était comme s'il marchait depuis des heures au long d'un tunnel. Il grelottait de peur en même temps qu'une effroyable gourmandise le poussait à aller de l'avant, à marcher vers l'horreur, vers ce qui ne pouvait manquer de surgir de la nuit. Il lui semblait qu'il avait toujours redouté — et toujours souhaité ! — ce moment, qu'il n'avait vécu que pour cette ultime confrontation, que tout allait se résoudre, là, dans quelques secondes... Toutes les questions, toutes les peurs qu'il avait senties grouiller en lui, oui, tout cela allait enfin prendre un visage tangible. « Je déraille complètement ! » haleta-t-il en faisant un effort pour se ressaisir. Comme il allait battre en retraite, le halo de la torche éclaira quelque chose au ras du sol. Une image fripée, à demi recouverte de boue, et à vrai dire presque incrustée dans les rainures du carrelage. Il se baissa, gratta des ongles pour décoller le chiffon de papier. Son cœur changea aussitôt de rythme. C'était un billet, un billet de cinq cents francs amidonné de boue. Tout de suite il songea à l'avertissement que lui avait donné Jonas Orn, à ce faux billet que Morteaux disposait sur le chemin des nouvelles recrues pour éprouver leur honnêteté. Mais Orn avait précisé qu'il s'agissait d'une modeste coupure de cinquante francs... De plus Morteaux n'aurait pas poussé le vice jusqu'à aller disposer son appât au fond d'un bâtiment désaffecté dans lequel personne n'était censé pénétrer ! Non, ça ne tenait pas debout ! Il se redressa, roula avec précaution le rectangle fripé dans sa poche. Il devait continuer la ronde afin d'éviter d'être trahi par la pendule. Il recula en silence, remontant le couloir à petits pas. La porte lui semblait terriblement lointaine et il était maintenant convaincu de l'imminence d'une attaque. Quelque chose allait surgir de l'obscurité pour s'abattre sur lui, une menace qu'il entrevoyait mal, une monstruosité abstraite qui lui nouait pourtant les omoplates et faisait ruisseler la sueur aux creux de ses reins. Il atteignit enfin le perron et rabattit le battant. La nuit du camp lui parut moins noire que les ténèbres qui régnaient au cœur de la baraque. Il s'éloigna rapidement, traversa la pelouse pour retrouver l'allée. Dans les toilettes du bâtiment 13, il lava le billet sous le jet du lavabo, le savonnant avec délicatesse pour le débarrasser de sa croûte boueuse. C'était bien une coupure de cinq cents francs, mais qui conservait, comme en surimpression, le dessin d'une semelle striée de découpes antidérapantes...

Une semelle de chaussure de sport, tennis ou basket.

Basket ?

Daniel approcha le billet de son visage. Les dessins imprimés dans une couleur brun rougeâtre lui rappelaient soudain un fait désagréable, un peu nauséeux. Et subitement l'image le submergea : *L'infirmier sortant de la banque au terme du hold-up du boulevard Ordaix, l'infirmier dont les baskets engluées de sang laissaient des marques en V sur le trottoir. Des marques rouges.*

Les mains tremblantes, il étendit les cinq cents francs sur le bord du lavabo. Quelqu'un avait marché sur le billet, quelqu'un dont la chaussure était remplie de sang frais. Comme dans un rêve il entendit nasiller la télévision de sa concierge, un nasillement déformé par la caisse de résonance du hall : «L'un des voleurs a été blessé à la cuisse, mais on ignore la gravité de la blessure...»

Des images hétéroclites s'emboîtaient soudain comme un puzzle, indépendamment de sa volonté. La flaque de sang découverte près des douches l'autre matin, le billet... Il imaginait un homme blessé, titubant dans la nuit, boitant. Le sang coulait le long de sa jambe. À un moment il avait dû perdre l'équilibre, laisser échapper un billet sur lequel il avait marché sans s'en rendre compte.

Daniel se pencha pour boire au robinet. Il avait la bouche sèche et la figure enfiévrée. D'un seul coup sa fatigue s'était envolée. Il plia le billet dans un mouchoir et reprit sa ronde. L'horloge tournait et il ne pouvait pas se permettre de prendre trop de retard.

«Je deviens fou, pensait-il en pointant mécaniquement les "mouchards". Qu'est-ce que je suis en train d'imaginer? Que l'un des gardiens a participé au hold-up, a été blessé... et est venu cacher son butin à l'intérieur du camp, dans la baraque des douches?»

Il secoua la tête pour se débarrasser de cette idée, mais le venin de la spéculation se répandait déjà dans son cerveau, bâtissant des plans, des hypothèses... Il boucla la ronde en un temps record et réintégra la guérite. Pointard dormait sur sa chaise, les omoplates collées au dossier, le menton sur la poitrine. Daniel se débarrassa de la pendule. L'excitation lui ravageait les nerfs et il ne tenait plus en place. Il avait l'impression que le billet, au fond de sa poche, allait s'enflammer, le transformant en torche vivante. Une question le taraudait: qui était entré dans les douches? Un gardien venu s'assurer que le butin se trouvait toujours à sa place? Car qui aurait pu aisément cacher le produit du vol à l'intérieur du camp sinon un gardien? Et un gardien de l'équipe de nuit! Mais la presse avait parlé de deux hommes. Deux hommes dont l'un avait été vraisemblablement blessé à la cuisse et qui, depuis, devait se trouver en piteux état, ou du moins éprouver beaucoup de peine à se déplacer.

... éprouver de la peine à se déplacer?

Daniel battit des paupières pour chasser l'image de Jonas Orn, traversant le parking son manuscrit sous le bras. C'était le premier soir, lorsqu'il était venu récupérer le dossier oublié... À ce moment il ne boitait pas. La claudication n'était apparue que le lendemain, le jour du hold-up. Le second soir Jonas était venu en voiture, prétextant une crise de goutte qui l'avait empêché de venir à pied alors «qu'il habitait de l'autre côté de la route». C'était un fait troublant. De plus il boitait bas, grimaçant chaque fois qu'il devait lever la jambe, et la ronde effectuée en compagnie de Daniel lui avait manifestement été très pénible. « L'argent était dans la voiture, conclut le jeune homme ; lorsqu'il a transporté les sacs dans le baraquement désaffecté, sa blessure s'est rouverte et… »

Non, c'était idiot, la nuit du hold-up ils avaient partagé la même guérite. Orn n'aurait pu s'absenter sans que son coéquipier s'en aperçoive. Daniel hésita, décontenancé, puis lâcha un juron tandis que son visage s'illuminait.

« Mais cette nuit-là, justement, *tu as dormi* ! triompha-t-il, tu as dormi après que Jonas t'a fait boire du café… Et c'est lui qui t'a réveillé ! Il a très bien pu te droguer, profiter de ton sommeil pour monter aux douches et accomplir sa besogne ! »

Daniel courut au fond de la guérite se passer de l'eau sur le visage. « Je perds la boule, se répéta-t-il, je vais beaucoup trop vite, j'invente, je bâtis un roman à partir d'un simple billet… » Non, pas un simple billet : un billet taché de sang. Et quelle merveilleuse idée de cacher le butin à l'intérieur d'un camp protégé en permanence par une brigade de vigiles, tandis qu'à l'extérieur les flics s'épuisaient à contrôler des voitures, à faire ouvrir des coffres, à enquêter sur place chaque fois qu'une dénonciation anonyme leur signalait un voisin suspect, un locataire douteux.

« Allons, se gourmanda Daniel, s'il ne s'agit pas d'une coïncidence il existe une preuve irréfutable : la blessure qui doit, en ce moment même, zébrer la cuisse de Jonas Orn ! »

Lorsqu'il était passé par le poste de garde, tout à l'heure, Morteaux avait parlé de Jonas, il s'en souvenait à présent. Qu'avait-il dit ? Quelque chose comme : « Le père Orn n'est pas venu travailler cette nuit, il paraît que ses rhumatismes le tiennent cloué au lit, ça va être pratique pour nous si l'agence n'envoie pas de remplaçant!»

«La blessure, songea immédiatement Daniel, la blessure est en train de s'infecter, il ne peut plus marcher! J'avais vu juste!» Puis, aussi soudainement qu'elle s'était emparée de lui, l'excitation le quitta, n'était-il pas en train de succomber une fois de plus aux méfaits de son imagination? Pourtant il avait vu une ombre se glisser dans les douches… et puis il y avait cet homme nu, entr'aperçu sous la pluie. Le complice de Jonas dans l'attaque de la banque? *Mais pourquoi un voleur recherché par la police prendrait-il le risque de se faire ainsi remarquer?* Tout cela ne tenait pas debout. «En sortant du camp j'oublierai cette histoire, décida-t-il, mieux: j'irai à l'agence donner ma démission et je ne remettrai plus jamais les pieds ici!»

Mais il savait qu'il n'en ferait rien. Il avait envie de connaître la vérité, de se déplacer en équilibre au-dessus du gouffre. Lorsque le jour se leva, Daniel était décidé à poursuivre son enquête. En quittant le camp, il demanda à Pointard l'adresse de Jonas Orn. L'alcoolique éructa une phrase incompréhensible puis désigna un groupe de maisons grises qui se dressaient de l'autre côté de la route.

«C'est là, bafouilla-t-il, l'une des trois, j' sais plus laquelle. Doit y avoir son nom sur la grille, de toute façon.»

9

Daniel traversa la nationale. Les pavillons délabrés disparaissaient à demi derrière de hautes grilles rafistolées au fil de fer. Il n'eut aucun mal à dénicher le nom de Orn sur une antique boîte aux lettres au volet battant.

Daniel poussa la grille dont le vantail lui écorcha les mains. Dix mètres carrés de jardin séparaient la rue du perron, mais sur cet espace réduit foisonnait une incroyable épaisseur de ronces et de mauvaises herbes. C'était comme une jungle domestique, un carré de *sertão* greffé sur le bitume. Les buissons avaient poussé au hasard, envahissant les marches, le lierre s'était lancé à l'assaut des balustres, de la rampe et des grilles. Ses nervures serpentines tire-bouchonnaient autour des barres de fer obturant les fenêtres du rez-de-chaussée. Sur la minuscule pelouse on pouvait encore distinguer les cadavres de quelques nains de plâtre décolorés par les pluies. Dépourvus de la moindre écaille de peinture, réduits à l'anonymat d'une silhouette blême, ils avaient l'air d'ectoplasmes fossilisés… Ou d'enfants recouverts par la lave. Daniel referma le vantail et se fraya un chemin jusqu'au perron. L'herbe imprégnée de rosée mouillait ses chaussettes et le bas de son pantalon. Les trois marches franchies, il arriva dans le hall. Le carrelage était jonché de feuilles mortes desséchées qui craquaient sous la semelle. Un escargot escaladait paresseusement le porte-parapluies de cuivre. L'habitation respirait l'abandon et la démolition prochaine. Le lierre s'était infiltré par les carreaux cassés et poussait sur la tapisserie jaune, abolissant la frontière entre le jardin et la maison. La bâtisse tout entière s'abîmait dans une sorte de digestion végétale à la lenteur opiniâtre. Le jeune homme parcourut rapidement les pièces du rez-de-chaussée. Il y en avait trois et elles étaient vides, uniquement peuplées de caisses de déménagement qu'on ne s'était jamais donné la peine de déballer. Il regagna le hall et appela.

«Jonas? Vous êtes là? C'est moi, Daniel Sarella, le nouveau…»

Un grommellement incompréhensible retentit au premier étage. Daniel cramponna la rampe et se lança dans l'escalier. Le tapis recouvrant les marches était raide de crasse et de boue séchée. Les murs empestaient la cave et la moisissure. Jadis la maison avait dû constituer un univers spacieux et agréable, mais aujourd'hui elle ressemblait à l'épave d'un vaisseau fantôme dont seule la timonerie serait encore habitée. Au premier la lumière brillait dans une pièce aux volets clos. C'était une chambre à coucher en désordre, au milieu de laquelle un radiateur soufflant dispensait une chaleur infernale. Des photos couvraient les murs, épinglées au hasard et tremblotant dans le courant d'air. D'anciens clichés jaunis, mais aussi de petites épreuves «couleur» bon marché dont les teintes viraient au violet. Sur une table de bois blanc trônait une vieille machine à écrire entourée de brouillons raturés, de cahiers et de carnets. Jonas Orn, lui, était couché, le buste émergeant d'un édredon pisseux. Il avait les traits tirés et la peau cireuse. La chambre empestait la sueur et la maladie, une odeur aigre qui donnait envie de pousser les volets et de faire entrer le vent. Daniel s'immobilisa au pied de la couche. Machinalement son regard rampa sur l'édredon, cherchant à détecter une éventuelle tache de sang ou la boursouflure d'un pansement.

«La blessure doit être infectée, pensa-t-il, il a visiblement la fièvre. Il a dû tenter d'extraire la balle par ses propres moyens, et de se recoudre sans anesthésie…»

Cette simple éventualité lui noua l'estomac. La table de chevet était encombrée de fioles et de cachets.

«Tu es venu? s'étonna Jonas, c'est gentil. Je ne me sens pas très bien. J'ai les os qui pourrissent, tu comprends? À ton âge je nageais à poil dans l'eau glacée, mes fringues et mes armes sur la tête. Je restais en planque une nuit entière dans les rizières, de l'eau jusqu'au menton. Parfois, lorsque j'émergeais, à l'aube, j'avais les jambes noires de sangsues... »

Daniel parcourait du regard les photos punaisées au mur. Elles représentaient toutes Jonas Orn en tenue léopard. Un Jonas Orn plus jeune, moins empâté, au visage encore dur. Sur une table basse, dans un vieux compotier, on avait jeté pêle-mêle d'anciennes grenades. Le jeune homme identifia sans peine une grenade à manche, du type « presse-purée », de celles que les Allemands avaient coutume de glisser dans leurs bottes. Il y avait aussi une Mills, anglaise, et l'une de ces curieuses grenades japonaises que les fils du Soleil levant fixaient sur une perche de bambou et dont l'emploi relevait du suicide pur et simple. Elles reposaient en vrac, au fond de la coupe de porcelaine, curieux fruits à la peau de fonte quadrillée.

« Des souvenirs, souffla Jonas en surprenant la direction de son regard, des bêtises qu'on aime avoir sous la main pour se prouver qu'on n'est pas complètement rassis. Elles sont désamorcées. »

Il s'était redressé. Des cicatrices constellaient ses épaules émergeant du tricot de corps, de vieilles cicatrices épaissies par le temps, disgracieuses.

« Il faut que j'aille pisser, dit-il en détournant la tête, est-ce que tu peux m'aider à me lever ? »

Il avait repoussé le drap. Daniel sursauta, sous l'édredon Orn ne portait qu'un slip. Ses jambes étaient nues... *et il ne présentait aucune blessure à l'une ou l'autre cuisse !*

« Tu m'aides ? répéta le gros homme, sinon je vais pisser sous moi. »

Daniel s'avança. Orn était lourd, terriblement lourd et il eut l'impression de haler un quartier de viande suintante. Ils titubèrent jusqu'aux toilettes, se meurtrissant les épaules au chambranle des portes.

« Ne me lâche pas pendant que je pisse, supplia

Jonas, sinon je vais tomber, t'as qu'à tourner la tête si ça te gêne. Mais à ton âge faudrait commencer à t'endurcir... »

Daniel se contenta de fixer le mur, droit devant lui, tandis que le gros homme vidait sa vessie en ahanant. Le jet sonnait sur la porcelaine, intermittent, hasardeux, prostatique. Lorsqu'ils regagnèrent la chambre, Daniel s'aperçut que Jonas l'avait copieusement éclaboussé d'urine, et que son pantalon était constellé de taches humides à la hauteur des genoux, mais — tout à sa déconvenue — il ne prêta aucune attention à ce détail. En allongeant Jonas sur le lit, il examina à nouveau les jambes du gros homme, elles ne présentaient aucune trace de blessure. Orn se méprit sur cette attention et caressa du doigt une granulation sombre qui soulevait sa peau au-dessus du genou gauche.

« Une autre sorte de souvenir, railla-t-il, du plomb enkysté dans l'os. Tu as entendu parler des mines Shrapnell ? La mine chérie des Allemands ? C'était une sorte de marmite qu'ils enterraient dans le sol. Une marmite surmontée par deux petites antennes qui se confondaient avec les brins d'herbe. On marchait dessus sans s'en rendre compte. Il suffisait d'une pression de trois kilos pour déclencher le détonateur... Dès que tu étais passé, la mine jaillissait de terre comme un diable ! Oui, je n'invente rien, elle sautait en l'air comme propulsée par un ressort, jusqu'à une hauteur d'un mètre cinquante environ, et là, elle explosait, arrosant les alentours de billes d'acier. Une véritable boucherie. »

Il retomba sur l'oreiller, la figure luisante de sueur.

« Mes os pourrissent, dit-il en rabattant l'édredon, c'est pas la goutte, c'est la guerre, les colonies. J'ai l'impression que des termites me rongent la moelle, que mes jambes vont tomber en poussière. Parfois la nuit, je me réveille, j'allume la lumière et j'examine mes genoux avec une loupe. Dans ces moments-là je suis persuadé que je vais découvrir un millier de petits trous à la surface de ma peau. Tu comprends? Ils me bouffent de l'intérieur. Là-bas, aux colonies, j'ai vu des meubles rongés par les termites, des maisons aussi. Ils paraissent solides, intacts, et dès qu'on les touche…»

Il était manifestement en proie à la fièvre. Daniel s'assit sur une chaise, coula un œil vers la table de chevet. Il y avait là beaucoup de somnifères et d'antalgiques. La chaleur étouffante qui régnait à l'intérieur de la pièce décuplait son envie de dormir. Il décida de passer à l'attaque, sans préambule, sans stratégie préconçue.

«Jonas, dit-il en détachant clairement les mots, *qui se cache dans le bâtiment des douches?*»

Orn ferma les yeux, comme s'il n'avait pas entendu. Il demeura un long moment inerte. Sa figure cireuse n'avait plus rien d'humain.

«Je savais que tu t'en apercevrais, gémit-il, les paupières closes, j'ai tout de suite remarqué que tu n'avais pas les yeux dans ta poche.

— Qui est-ce? martela Daniel.

— Ma fille, murmura Jonas.

— Quoi? hoqueta le jeune homme.

— Ma fille, répéta Orn, je l'avais perdue de vue depuis trois ans. Elle m'a quitté à la mort de sa mère pour entrer dans une secte… L'Église lumineuse des quêteurs du jour d'Après… Je n'ai pas réussi à la retenir, elle m'a échappé. Elle était devenue fuyante, étrange. J'avais l'impression de côtoyer une inconnue… Une ennemie. Je crois qu'elle me faisait un peu peur. C'était ses yeux surtout. Elle n'avait plus le même regard. C'était comme si on lui avait mis les yeux de quelqu'un d'autre. C'est idiot, hein? Mais quand elle me regardait, le matin, j'avais du mal à avaler mon café. Il m'a fallu du temps pour comprendre qu'elle fricotait avec des illuminés. Et puis un jour elle est partie, elle m'a laissé un mot, sur la table de la cuisine, un mot écrit au dos d'une sorte de tract religieux. Elle me disait qu'elle avait enfin compris que les militaires représentaient l'antéchrist, et que la course aux armements causerait la fin du monde. Elle m'accusait en gros d'avoir été tout au long de ma vie un suppôt du Diable. Elle avait peur, écrivait-elle, en restant à mes côtés d'être un jour forcée de me supprimer... Bon sang! En lisant ça j'ai compris qu'elle était folle, qu'ILS me l'avaient rendue dingue.

— Vous avez tenté de la retrouver? demanda Daniel.

— Non, avoua Jonas Orn dont la voix n'était plus qu'un murmure, j'étais déjà malade, très malade. Je n'avais plus la force, la combativité. Jadis j'aurais entrepris une enquête, monté un commando, j'aurais pris d'assaut leur monastère à la noix, pendu leur gourou et arrosé la baraque d'essence. Oui, j'aurais dispersé tous ces couillons de fidèles à coups de pied dans le derrière, j'aurais récupéré Christine et nous serions rentrés ici pour... parler, pour... je ne sais quoi, mais enfin nous aurions essayé! Non, je n'ai rien fait, j'étais anéanti, et j'avais tous ces termites dans le corps. Est-ce qu'on peut vraiment partir en campagne quand on risque à tout moment de s'effondrer en poussière? Je les sentais grignoter mes articulations, tu comprends? Le gourou n'aurait eu qu'à me taper sur le front pour me réduire en sciure... Je l'ai laissée partir, ma petite, je me suis enfermé ici. J'ai commencé à écrire ce livre idiot, pour m'occuper l'esprit, et parce que le bruit de la machine à écrire couvrait le grignotement des termites... Ses yeux avaient changé, ils n'étaient plus verts et ronds comme des billes, comme lorsqu'elle était petite. Je me rappelle encore sa frimousse de grenouille, avec sa bouche trop grande et ses taches de rousseur. Elle avait l'air d'un lutin, d'un petit être hors du temps. Je me disais qu'elle ne grandirait jamais, qu'elle n'aurait pas besoin, ELLE, de se faire grimper par un type, que je ne la découvrirais jamais en train de sucer la queue d'un mec en blouson de cuir, mais tous les pères doivent se raconter la même chose, n'est-ce pas ? Et tous les pères doivent s'entendre dire un jour "je ne t'appartiens pas ! Ne me prends pas pour ta femme !". Ses yeux ont commencé à changer, ils sont devenus plus froids, plus étroits. Durs. Et sa bouche s'est crispée, suturée. J'ai compris qu'elle se fermait de partout, que bientôt elle n'aurait plus de bouche pour parler ou manger, plus de sexe pour faire l'amour, plus rien. ILS me l'avaient cousue, les autres, ils me l'avaient fermée au monde. Et puis elle est partie, sans rien emporter. Je me rappelle qu'elle m'a écrit que c'était pour mon bien, pour ma sauvegarde !

— Cette secte, hasarda Daniel, vous avez une idée de sa… philosophie ?

— Oui, soupira Jonas, quand j'ai eu fini de lire la lettre de Christine, j'ai retourné le tract. Il était question de la Bombe, de la fin du monde, et du grand abri antinucléaire qu'il fallait bâtir pour sauver les élus.

— Un abri ?

— Une arche enfouie dans le sol, une caverne où les disciples du maître n'auraient qu'à attendre la disparition des rayonnements nocifs pour sortir et repeupler le monde. Il n'y avait qu'un problème : construire cet abri réclamait énormément d'argent. Et le postulat était le suivant : plus l'abri serait grand, plus le nombre des survivants serait élevé. Il fallait donc susciter les dons, les oboles, quêter et quêter encore pour sauver l'humanité, pour agrandir l'Arche.

— Vieille histoire, observa Daniel, et Christine est partie quêter ?

— Je le suppose. Pendant trois ans je n'ai plus eu aucune nouvelle. Je pense que j'ai pris ça comme une punition. Je me suis répété que je méritais cette épreuve. Lorsqu'on a été soldat presque toute sa vie et qu'on voit arriver le dernier épisode, on se pose des questions. On se demande si Dieu était bien dans notre camp, comme on nous le répétait, et les bilans sont parfois durs à dresser. Le livre que j'écris, c'est un peu comme une comptabilité. Des colonnes : actif, passif. C'est difficile de ne pas frauder, de ne pas maquiller les écritures. Je me suis cloîtré ici, je me suis couvert de lierre et de feuilles mortes, comme la maison. Et puis, il y a quatre jours Christine est revenue. Elle était accompagnée d'un grand type maigre et blond. Un Anglais je crois… Du moins elle lui parlait dans cette langue. Lui n'a pas desserré les dents. Ils étaient décharnés, tous les deux. Deux sacs d'os avec une tête vide. Des yeux avec rien derrière, et une espèce de sourire horrible sur les lèvres. Une béatitude de plaie souriante, de martyrs qui souffrent dans le bonheur. Elle m'a dit : "Nous sommes de passage, nous venons quêter dans la région." Je leur ai offert l'hospitalité mais elle m'a répondu que ce n'était pas la peine, qu'ils repasseraient le lendemain pour me dire au revoir. On a parlé de mon travail, de mon poste au camp… J'aurais dû me méfier, mais j'étais déboussolé, hagard. Elle n'avait pas menti, ils sont bien revenus le lendemain. Le garçon avait la jambe en sang, et ils traînaient derrière eux un gros sac poubelle rempli de billets.

— Le hold-up du boulevard Ordaix ?

— Oui. Christine était calme, incroyablement calme. Elle m'a expliqué qu'ils avaient été désignés par la secte pour une quête exceptionnelle, que le jour de l'holocauste approchait et que les futurs survivants avaient terriblement besoin d'argent pour l'Arche. J'étais effondré. Je lui ai dit : "Mais vous avez tué tout le monde ! La radio a parlé d'une quinzaine de morts…" Elle m'a répondu : "Ce n'est pas moi, c'est Michael, il a trouvé que la banque empestait le péché, et que c'était la seule façon de purifier l'argent que nous devions prendre. Il s'est servi de son fusil, moi j'avais oublié de charger le mien. J'avais confiance en Dieu, je savais que tout se passerait bien." »

Orn se dressa sur un coude, la sueur dégoulinait sur son front et ses joues.

« Tu comprends ? martela-t-il, elle n'a rien fait, elle. C'est l'autre, ce dingue à cheveux blonds.

— Ils vous ont demandé de les cacher au camp ? coupa Daniel.

— Oui, souffla Jonas à bout de forces, c'était ça l'astuce suprême, la superplanque ! Mettre une bande de criminels sous la protection d'une agence de gardiennage ! À l'insu des vigiles. Les cacher derrière une muraille de barbelés, pendant que les flics s'épuisaient à fouiller les voitures, à patrouiller dans la campagne, dans les vieilles maisons, à monter des barrages sur les routes. Personne n'aurait l'idée d'aller perquisitionner à l'intérieur du camp, il suffisait d'attendre quelques semaines. Comment imaginer qu'un voleur puisse avoir l'idée de se dissimuler au cœur d'un site placé sous surveillance ? On pense à tout : à la maison de campagne isolée, au studio loué en pleine ville au-dessus d'un parking à double entrée, mais pas à ça !

— Vous ne pouviez pas les garder chez vous ?

— Non, j'ai des amis dans la gendarmerie, d'anciens coloniaux, ils viennent toutes les semaines ici, pour taper le carton, ou pour m'aider à rafistoler la maison. C'était trop risqué, Christine le savait. Il m'aurait fallu les boucler dans la cave ou au grenier, ça aurait paru bizarre cette porte brusquement fermée. Le camp c'était une idée géniale. Je crois que Christine s'est souvenue de tout ce que je lui racontais par le passé au sujet des douches, des rats. Elle a dû donner tous les détails à Michael... Ce salopard s'en est servi pour son plan.

— Vous les avez fait rentrer dans le coffre de votre voiture ?

— Oui. Tu étais là, à demi somnolent, je t'ai endormi avec un somnifère, c'était facile. Dans la nuit je suis monté aux douches, je ne courais pas grand risque, personne ne vient dans ce coin-là. Ils ont peur des rats. Ils se sont cachés dans la cave du bâtiment, avec l'argent. Je leur avais donné un peu de nourriture, de l'eau.

— Et la blessure de Michael ?

— Christine prétendait que c'était juste une égratignure, une coupure en séton, rien de grave. Je leur ai filé une trousse de premiers secours. Normalement je devais les ravitailler toutes les nuits. Il me suffisait de déposer, à heure fixe, un sac sur les marches du bâtiment. J'ai donné un passe-partout à Christine, elle n'avait qu'à verrouiller la porte derrière elle. La réputation de la baraque suffisait à tenir les curieux à l'écart.

— Mais vous êtes tombé malade, continua Daniel, ça veut dire qu'ils étaient bloqués là-bas sans nouvelles, sans eau, dans des conditions d'hygiène épouvantables.

— Oui, haleta Jonas, j'aurais voulu y aller mais je ne pouvais plus marcher. Tu vois mon état… »

Il fit une pause, puis demanda : « Alors, tu les as vus ?

— Non, pas vraiment, j'ai vu une ombre. Je suppose que Christine a utilisé le passe que vous lui avez fourni pour tenter d'entrer dans les autres bâtiments et se procurer de l'eau… ou de la nourriture.

— C'est possible, haleta Jonas. Et puis la lampe que je leur ai donnée est peut-être tombée en panne, ça veut dire que, la nuit, ils n'ont plus rien pour écarter les rats. »

À cette pensée Daniel frissonna.

« Les rats, murmura-t-il, vous auriez dû y penser plus tôt !

— Christine y a pensé! Elle estimait qu'ils tiendraient les chiens et les gardiens à l'écart. J'avais préparé des pièges, des produits, mais je n'ai pas pu effectuer les livraisons prévues. La maladie m'est tombée dessus, je me suis réveillé grelottant de fièvre, incapable de tenir sur mes jambes.»

La main du gros homme vola soudain au-dessus de l'édredon, et saisit Daniel au revers.

«Tu ne vas pas la dénoncer, dis? haleta-t-il, tu ne peux pas…»

Daniel recula précipitamment pour se dégager. Jonas perdit l'équilibre, faillit basculer hors du lit.

«J'ai préparé une musette, insista-t-il, dans la cuisine, en bas, prends-la en passant. Tu la laisseras sur les marches du bâtiment…

— Vous réalisez ce que vous me demandez? gronda Daniel, c'est de la complicité…

— Tu te dégonfles? renifla le gros homme en s'abattant sur les oreillers. Bien sûr, je suis idiot, le seul risque que tu consens à prendre c'est d'attraper un coupe-papier pour cisailler les pages de tes foutus livres, hein? Vous n'avez plus de courage, vous les jeunes. Si un conflit éclatait vous préféreriez vous rendre avant d'avoir entendu un seul coup de feu… Et dire que tu passes ton temps dans les récits de batailles, les grands faits d'armes. Quelle connerie!»

Daniel baissa la tête, gêné. Orn sentit l'ouverture.

«C'est une gamine, dit-il d'une voix suppliante, dix-huit ans tout juste. Bon sang! Tu ne vas pas la laisser crever. Donne-lui la musette et ferme les yeux si tu ne veux pas la voir. Je ne te demande pas de lui amener des cartouches, rien qu'un peu de nourriture…»

Daniel serra les poings.

«D'accord, capitula-t-il en se maudissant, mais pour ce soir, seulement pour ce soir. Après vous prendrez le relais et vous appuierez ma mutation dans un autre poste.

— Tout ce que tu veux. Un rapport élogieux en dix pages si ça te fait plaisir. La médaille du gardiennage, des barrettes de brigadier en métal inoxydable…

— Ne vous foutez pas de moi. C'est une histoire entre votre fille et vous, je n'ai rien à faire là-dedans. Si j'étais sensé je donnerais ma démission sur l'heure.

— Une gamine, murmura Jonas, elle est si fragile. C'est de ma faute tout ça. Les hommes ne sont pas faits pour élever des filles. Seulement des garçons… ou des chiens, de sales clébards comme celui de P'tit Maurice. »

Sa voix devenait pâteuse, Daniel comprit qu'il succombait à l'influence des antalgiques. Il se retira, furieux contre lui-même. En bas, dans la cuisine sale et encombrée de vaisselle ébréchée, il rafla une musette militaire couturée de reprises.

Il rentra chez lui, rédigea une lettre de démission qu'il déchira, dormit trois heures et passa le reste de la journée à regarder le plafond en se traitant d'imbécile.

10

Le soir il dissimula la musette à l'intérieur de son sac et partit travailler avec l'entrain d'un soldat montant en première ligne. Il passa au bunker, prit connaissance des dernières consignes de sécurité et gagna sa guérite en évitant soigneusement de regarder du côté des douches. Il savait qu'il commettait une erreur mais il ne supportait pas qu'on puisse le croire lâche. Peut-être parce qu'il l'était, tout simplement ?

La nuit tarda à venir, comme si elle s'amusait à faire durer le plaisir, à retarder l'échéance. Il faisait lourd et des nuées de moustiques bourdonnaient sous les lampadaires.

Daniel attendit patiemment que Pointard atteigne ce degré de somnambulisme alcoolique dans lequel il sombrait généralement au terme de sa deuxième bouteille. Ses pupilles prenaient alors un aspect minéral et sans vie qui leur donnait l'allure de ces yeux d'émail peint dont on affuble parfois les statues de saints dans certaines églises. On ne savait alors s'il devenait totalement aveugle ou si, au contraire, il assistait à de prodigieux spectacles intérieurs organisés à sa seule intention par quelque maître de festivités invisible. Daniel ne cherchait jamais à le réveiller et le laissait osciller sur sa chaise, des bulles au coin des lèvres, s'attendant à tout moment à le voir se changer en pierre.

Il quitta la guérite vers une heure du matin, la ronde de minuit effectuée, et se dirigea d'un pas vif vers le bâtiment des douches, la musette de Jonas en bandoulière. À plusieurs reprises il se retourna pour vérifier que personne ne croisait dans les parages. Rassuré, il grimpa les trois marches menant au perron. Christine avait oublié de verrouiller la porte. Il entra et alluma la torche qu'il avait masquée pour la circonstance d'un chiffon de couleur. Il était extrêmement tendu et la personnalité de Christine, telle qu'il l'avait imaginée au travers des récits de Jonas, lui faisait peur. Il avança lentement, soulevant un nuage de poussière grise.

«Ils sont peut-être là, pensa-t-il, recroquevillés dans le noir, à te guetter, le fusil calé au creux de l'épaule…»

ILS avaient tué quinze personnes à la succursale du boulevard Ordaix. Quinze hommes et femmes hachés par la mitraille, et qu'il avait fallu ramasser dans des sacs afin qu'ils ne perdent pas leurs entrailles sur le trottoir, devant les badauds rassemblés.

Il s'immobilisa, le souffle court, la sueur dans les yeux. Il hésitait à ouvrir la bouche, de peur de provoquer l'orage.

«C'est idiot, se répétait-il, ils ne peuvent pas tirer sans aussitôt donner l'alarme! Ils ne peuvent rien contre toi.»

Mais la voix de la raison lui chuchotait en écho: «Un vrai voleur ne tirerait pas, mais tu n'as pas affaire à des professionnels, ce sont des dingues, Daniel, de véritables dingues! Avec eux tout est possible… et surtout le pire.»

Il choisit de s'agenouiller, dans une attitude de méditation. Les yeux baissés vers le carrelage, sans chercher à percer les ténèbres, il murmura: «*Qui lance une pierre sur un oiseau le fait s'envoler, qui fait un reproche à son ami tue l'amitié.*»

Il improvisait, récitant approximativement ces bribes de l'Ecclésiastique qu'il avait rapidement feuilleté avant de se rendre au camp. Rien ne bougea dans l'obscurité. Il se dépêcha de récidiver, craignant que sa mémoire ne se dilue sous l'effet de la peur: «*Je n'aurai pas de honte à protéger un ami et de lui je ne me cacherai jamais…*»

Une interminable minute s'écoula, puis il entendit quelque chose crisser dans la nuit, comme le bruit d'un soulier sur le carrelage.

«Christine? dit-il, je viens de la part de votre père, j'ai de l'eau et de la nourriture dans ce sac.»

Sa voix sortait mal. Fluette, trop haut perchée, elle trahissait sa peur. Il répéta, lentement, s'efforçant de ne pas hoqueter sur les syllabes. Une odeur d'huile flottait dans l'air, d'huile ou de… graisse d'arme. Il sentit qu'on bougeait autour de lui et posa les paumes de ses mains sur ses cuisses pour les empêcher de trembler. Enfin, quelque chose se matérialisa, un masque de craie, un petit visage triangulaire, osseux, aux pommettes saillantes. C'était une tête de chair pâle aux yeux profondément cernés, aux cheveux noirs coiffés en casque et visiblement coupés à la diable, sans souci d'esthétique.

«Une coiffure de soldat», pensa Daniel malgré lui.

À présent elle était là, presque entièrement dégagée de l'obscurité, enveloppée dans un blouson de cuir comme dans une cuirasse. Elle avait l'air irréelle, désincarnée, poupée modelée dans la cire d'un cierge. Ses doigts maigres se serraient sur la crosse d'un fusil, mais ses mains étaient si petites qu'on avait du mal à leur prêter la moindre intention de nuire. C'était les mains d'une enfant amaigrie, d'une convalescente de douze ans. Des mains qu'on imagine éternellement tachées d'encre et couronnées de petits ongles rongés, piteux. De ces mains de sœur, de cousine, qui, lorsqu'on se prend à les lécher, vous laissent sur la langue un éternel goût de crasse et de confiture.

C'était une écolière perdue dans le noir, une gosse qui peine en portant un paquet trop lourd. Dans ses bras le shot-gun semblait soudain aussi incongru et inoffensif qu'une machine à coudre. Daniel respirait par à-coups, hypnotisé par cette Cosette au perfecto trop large, par ces cuisses d'adolescente, fines, sans chair. Des cuisses asexuées dépourvues de viande et de fantasmes. Des cuisses dont on imaginait aussitôt les genoux badigeonnés de mercurochrome et les chevilles encerclées de socquettes blanches, un peu grises, affaissées en accordéon. Ce n'était pas une femme, non, plutôt une gamine à la chair de poisson, à la peau trop blanche, anémiée. Un être hybride, coincé entre deux âges, entre deux vies. Une gamine qui joue encore à la poupée, mais qui, tous les mois, a déjà «des problèmes de femme»…

Daniel leva les mains, paumes ouvertes. La torche posée sur le sol éclairait les pieds de la jeune fille:

106

des pieds nus, constellés d'éraflures et glissés dans des spartiates de cuir.

«Qui êtes-vous? dit-elle d'une voix curieusement détimbrée.

— Un ami de votre père, répondit Daniel, il ne peut pas venir, il est très malade.

— Ah.»

Elle parlait presque sans remuer les lèvres, comme si son visage, terriblement fragile, risquait de se déchirer à la moindre mimique un peu trop appuyée. On avait l'impression d'une voix filtrée par un masque à la bouche immobile.

«Ça n'a pas été trop dur? s'enquit Daniel.

— Si. J'ai très soif, répondit-elle, Michael a eu de la fièvre, il a bu tout le contenu du bidon. J'ai l'impression que ma langue a doublé de volume.

— Vous voulez que je vous verse un peu d'eau? proposa le jeune homme.

— Oui, fit Christine, et vous boirez d'abord.»

Daniel retint une grimace. La bouche était boudeuse, avec une lèvre inférieure frissonnante, comme au bord d'un perpétuel sanglot. Il devina qu'elle faisait partie de ces petites filles qui pleurent sans larmes, le visage figé, la bouche ravagée de spasmes secs. Une petite fille au chagrin de grande personne, trop sérieux, et qui transporte sa peine entre ses dents, en silence, à la manière d'une chatte soulevant son unique chaton par la peau du dos. Mais ce n'était pas une petite fille, plutôt une gamine montée en graine, avec un gros fusil entre les mains, un fusil dont la mitraille avait fait saigner une douzaine d'innocents sur le marbre vitrifié d'une banque.

«Elle n'a pas tiré, avait dit Jonas, c'est l'autre... L'Anglais. Christine n'avait même pas chargé son arme!»

Vrai? Faux? Daniel chassa le dilemme d'un froncement de sourcils.

« Votre ami, murmura-t-il en dévissant la bonbonne, comment va-t-il ?

— Il a la fièvre mais ça passera, souffla la jeune fille. Il faut le laisser dormir. Il est très nerveux, il vaut mieux que vous restiez à l'écart. »

Daniel porta le gobelet à ses lèvres, but ostensiblement. Christine lui arracha aussitôt la timbale. Elle avalait le liquide avec des coups de glotte douloureux. Le canon du fusil s'était abaissé.

« Vous avez faim ? chuchota Daniel, et les rats ? Vous avez un problème avec les rats ? »

Elle secoua négativement la tête.

« Non, Michael avait acheté un gadget électronique, expliqua-t-elle, une boîte qui émet des ultrasons, il paraît que ça fait fuir les rongeurs. »

Daniel hocha la tête, il connaissait. Ce détail lui prouva toutefois que l'opération avait été planifiée dans ses moindres détails. Il esquissa un mouvement pour se redresser.

« Vous partez déjà ? » dit-elle avec une précipitation d'enfant apeurée. Daniel la fixa. Un visage d'éternelle petite sœur, oui, c'était bien ça. Une bouche qui n'embrassera jamais les garçons autrement que sur la joue, des jambes qui ne s'écarteront que pour jouer à la marelle. Il lui sembla que s'il se penchait pour déposer un baiser dans ses cheveux sales, il serait aussitôt submergé par une odeur de caramel ou de chewing-gum à la fraise. Un parfum de confiserie à deux sous et d'eau de Cologne de Prisunic. Ce trouble subit l'épouvanta.

« Il faut que je retourne à mon poste, précisa-t-il, je ne peux pas m'absenter trop longtemps, mais je repasserai entre deux rondes. Surtout ne sortez pas... Je vous ai vue l'autre nuit, c'était bien vous ?

— Oui, j'avais trop soif. J'ai pris le passe que m'a donné mon père et j'ai essayé de rentrer dans un bâtiment, pour boire dans les toilettes. Ici plus rien ne marche.

— Je sais. Michael aussi est sorti, n'est-ce pas ? C'est lui que j'ai aperçu sous la pluie ?

— Oui, il avait la fièvre, il délirait. Il voulait de l'eau, je n'ai pas pu le retenir. Quand il a entendu la pluie il est sorti, j'ai eu du mal à le faire rentrer.

— Où êtes-vous installés ?

— Dans l'ancienne chaufferie, en bas. Comme ça, du dehors, on ne peut pas apercevoir la lumière. »

Elle avait abandonné le fusil sur le sol. Daniel fit un pas vers la porte. La main de Christine vola vers le visage du garçon, parcourant rapidement la ligne du nez et de la bouche. Elle avait fermé les yeux, comme si elle était aveugle et cherchait à se représenter les traits d'un inconnu par simple toucher.

« Je sais qui vous êtes, dit-elle d'une voix à peine perceptible. Vous connaissez ce passage du Deutéronome ? *D'avance la vie te sera une fatigue, tu auras peur jour et nuit sans pouvoir croire en elle. Le matin tu diras : "qui me donnerait d'être au soir" et le soir tu diras : "qui me donnera d'être au matin ?"* »

Daniel déglutit.

« Le Deutéronome ? dit-il, quel chapitre ?

— "Perspectives de guerres et d'exil" », répondit la jeune fille d'une voix blanche.

Daniel rebroussa chemin et sortit sans un mot. Plus tard, alors qu'il se dirigeait vers la guérite, la voix de Christine résonna dans sa tête : « *D'avance la vie te sera une fatigue...* »

11

Pointard s'étant réveillé, il ne put pas passer par les douches à la ronde suivante, mais il revint le lendemain, et les autres jours. Il se surprit très vite à souhaiter ces rencontres chuchotées, à les attendre avec une impatience douloureuse, comme un moment privilégié, une sorte d'instant magique pendant lequel le pouls de la vie se mettait soudain à battre plus vite. Alors le sang coulait plus fort dans ses veines, son corps s'allégeait et ses mains devenaient chaudes. La jeune fille montait du fond de la nuit, émergeant des entrailles du bâtiment comme une figure de proue. C'était toujours son visage trop blanc qui captait la lumière, laissant le reste du corps dans l'ombre. Et souvent, Daniel avait la sensation bizarre d'être en train de dialoguer avec une tête tranchée. Elle n'élevait jamais la voix, et parlait en fixant obstinément l'une ou l'autre partie de son anatomie. Parfois c'était la paume de sa main, dont elle détaillait la ligne de vie avec une attention goguenarde, à d'autres moments c'était son index, son poignet, l'ongle de son pouce. En l'observant on avait la sensation qu'elle avait vécu jusqu'alors en parfaite étrangère à l'intérieur de son corps, et qu'elle en découvrait subitement la présence, de façon inopportune, à la faveur de la lumière jaune de la torche. Elle touchait sa main gauche à l'aide de sa main droite, avec l'hésitation mêlée de crainte d'un enfant s'apprêtant à caresser pour la première fois un animal vivant. Et ses yeux semblaient dire : « Est-ce que c'est méchant ? Est-ce que ça va mordre ? » Lorsqu'elle relevait la tête, la surprise baignait son visage, comme si elle était stupéfaite de se découvrir une enveloppe apprivoisée, domestique, ne nourrissant aucune intention belliqueuse à son égard. Elle visitait son corps comme on se promène au zoo, en hésitant à tendre la main entre les barreaux des cages. Avec un mélange d'ébahissement et de peur.

Daniel l'écoutait, la regardait. Elle avait l'air d'appartenir à une race différente, une race de petites filles condamnées à ne jamais grandir, comme les caniches nains. Une éternelle écolière cramponnée à un gros cartable, trop lourd pour elle, et qui lui met du cal aux mains. Une petite fille qui avance, la poitrine creuse, le dos rond, ses lunettes de plastique rose glissant à la pointe du nez. Une gamine qu'on a envie de secourir mais qu'on n'ose aborder à cause des voisins, des badauds aux sourires en coin, et qu'on laisse finalement s'engouffrer dans un immeuble sans ascenseur en détournant la tête.

Elle lui parlait des rats, et de la boîte à ultrasons à la musique répulsive. Dans un premier temps le gadget avait fait merveille, émettant un sifflement ténu, inaudible, et la vermine avait fui la cave. Les cafards s'étaient terrés au fond des crevasses du béton, les rats avaient décampé. Elle décrivait la cave comme un monde de fer et de rouille, un labyrinthe de tuyaux et de machines mortes.

« Les intestins d'un robot gigantesque, disait-elle en dilatant les pupilles, des intestins d'acier qu'on vient de mettre au jour à l'occasion d'une autopsie. »

Et elle étouffait un gloussement qui devait être un rire. Ils s'étaient installés dans cette épave, elle et Mike, après s'être ouvert un chemin au milieu des toiles d'araignée.

« Quand j'étais petite, je n'ai jamais eu peur des bêtes, expliquait-elle, je n'étais pas comme les autres filles, je ne poussais pas de cris en apercevant un crapaud, un ver de terre, ou une araignée. Les garçons me détestaient à cause de cela. Je n'étais pas intéressante pour eux, pire : ils trouvaient ça louche. Lorsqu'ils racontaient à leurs parents que la petite Christine Orn ne hurlait pas en s'arrachant les cheveux quand on lui brandissait un rat mort sous le nez, ils s'entendaient toujours répliquer : "Elle ne doit pas être bien normale cette enfant !" »

Elle ne craignait pas le petit peuple de la nuit, les bêtes à carapace qui filent en diagonale, portées par un millier de pattes véloces. Elle avait appris à les côtoyer dans la maison de son père, à les chasser d'une main distraite lorsqu'elle les découvrait assoupis sur son oreiller ou son gant de toilette. La nuit, elle avait vu déambuler sur les murs de sa chambre toutes les tribus de cafards répertoriées par les marchands d'insecticides. Les bruns, allongés, aux longues antennes ; les petits, noirs et durs comme des grains de café.

« Je les regardais courir sur les taches d'humidité de la cloison, disait-elle, j'avais l'impression de voir une armée se déplacer sur la carte du monde. »

Elle avait donné des noms à ces pays imaginaires. Là où les cloques soulevaient la peinture en une série de petits cratères, elle voyait une terre volcanique, taillée dans la lave, qu'elle avait baptisée Vulcania. Plus loin la moisissure bourgeonnante avait dessiné une jungle duveteuse et sombre qu'elle se représentait sous l'aspect d'un territoire à la végétation serrée, et qu'elle nommait Sylvus. Elle suivait les allées et venues des insectes, pensait : « Les Bruns envahissent Vulcania, ils cherchent à jeter une tête de pont en direction de la terre des forêts. » Elle inventait des conflits, des rivalités politiques, des légendes, et finissaient par s'endormir au milieu des complots de palais, des rois tyrans, et des usurpateurs. À l'aube le soleil envahissait les murs, chassant les insectes, et le monde redevenait vierge, inhabité.

En arrivant dans la cave elle avait raconté cette histoire à Mike, mais il ne l'avait pas trouvée amusante.

« Tu sais que les cafards existaient déjà à l'époque des dinosaures ? avait-il lâché d'une voix sourde, ils ont survécu aux grands reptiles, puis à tous les changements climatiques. Ils sont invulnérables. Il est probable qu'ils survivront encore à l'holocauste nucléaire, à l'espèce humaine. C'est pour cela qu'il est capital de construire l'Abri, pour que la Création ne se trouve pas réduite au seul ordre des cancrelats ! »

Comme tous les êtres profondément religieux, Mike manquait un peu d'humour. Christine avait déballé les sacs de couchage sur le béton, après avoir grossièrement balayé la poussière. Elle ne craignait pas de dormir à la dure ; au Monastère, les simulations d'holocauste les avaient habitués à faire contre mauvaise fortune bon cœur.

« Les simulations d'holocauste ? » s'étonna Daniel.

Christine avait haussé les épaules. Oui, c'était évident, il fallait bien s'habituer au pire si l'on voulait survivre ! Souvent, la nuit, alors que vous dormiez dans votre baraquement, une sirène retentissait, vous perçant les tympans, il fallait alors se lever, prendre son paquetage et courir pour s'éloigner au plus vite du point d'impact, sans tenir compte de la pluie, du froid, de l'obscurité. Elle avait dormi dans des conditions épouvantables, bien plus difficiles que celles rencontrées dans la cave. Cependant il y avait les rats. Elle savait leur morsure redoutable. Et puis il fallait compter avec l'odeur de sang qui montait des pansements de Mike. Tôt ou tard la gourmandise serait plus forte que la peur de la lumière ou les ultrasons, les rongeurs reviendraient, un par un, les narines frémissantes, appâtés par le fumet de l'hémorragie.

« Il saigne beaucoup ? s'inquiéta Daniel, si c'est grave il faut faire quelque chose… »

Encore une fois, Christine éluda la question. Les frères du monastère lui avaient donné une formation de chirurgie élémentaire. Elle savait stopper une hémorragie, recoudre une plaie, extraire une balle.

« Extraire une balle ? souffla Daniel.

— Oui, parfois ils tiraient à la carabine sur des animaux, pour les blesser, et nous demandaient ensuite de les opérer pour tester notre habileté.

— Des animaux ?

— Des chiens, la plupart du temps. Des chiens errants. On commençait avec une balle dans la cuisse ou dans le gras du dos, ensuite c'était plus compliqué, on passait aux blessures abdominales, les éventrations, les choses comme ça. C'est très compliqué de recoudre une bête éventrée. Si le chien survivait on passait au niveau supérieur… et ainsi de suite.

— Et vous en sauviez beaucoup ?

— Pas mal, oui. Parfois j'ai fait des erreurs, bien sûr. C'est facile de crever un poumon avec une sonde mal dirigée. »

Daniel rentrait la tête dans ses épaules, submergé d'images sanglantes. Il lui semblait les voir, les écolières de l'horreur, le tablier rougi, les mains et les joues barbouillées de sang, triturant des chiens aux pattes ficelées, à la langue pendante. Ravaudant, cousant, taillant dans la viande et le poil avec leurs petits ciseaux. Elles rafistolaient les cabots truffés de plombs avec une application d'apprenties brodeuses, maniant le fil à suture en plissant les yeux, soufflant sur leurs doigts pour chasser les bulles de sang masquant le champ opératoire.

« Je couds très bien », répéta-t-elle avec une évidente satisfaction. On eût dit qu'elle se glorifiait d'un beau monogramme brodé au coin d'un mouchoir. Daniel dérivait entre la fascination et le dégoût, salivant pour diluer sa nausée.

Oui, ils s'étaient installés entre les chaudières rouillées, dans le dédale des canalisations rougies. Ils avaient même découvert de vieux illustrés pornographiques des années 50, et Mike s'était amusé à lui traduire les textes indigents calligraphiés à l'intérieur des bulles. Ils avaient ri, puis Mike avait dû se tenir tranquille, à cause de sa blessure. Ensuite il y avait eu l'attente, la fièvre et la soif. Christine avait réduit le débit de la lampe à gaz, pour faire durer la lumière. Mais depuis quarante-huit heures, elle entendait les rats se frayer un chemin à l'intérieur des tuyaux.

« Ça frotte, murmurait-elle, comme la brosse d'un ramoneur dans une cheminée, c'est leur pelage, dur, hérissé. Ils reviennent. La gourmandise est plus forte que la musique de la petite machine. Peut-être se sont-ils habitués à la fréquence du signal ? »

Elle lui avoua qu'elle avait déjà tenté de faire du feu, à l'aide de débris de caisses. Elle utilisait l'une des canalisations comme cheminée, mais elle avait peur que l'odeur de fumée ne finisse par alerter les gardiens.

« Je vous amènerai du gaz, décida Daniel, des bonbonnes de camping. En attendant je déposerai des pièges, je sais où on peut en trouver. Et comment faites-vous pour… vos besoins ? »

Il avait un peu honte de poser cette question, mais Christine lui répondit avec un grand naturel. Ils utilisaient les anciens w.-c. des douches, se contentant de recouvrir les excréments à l'aide d'un produit désagrégeant spécialement conçu pour les toilettes chimiques.

« Il n'y a presque pas d'odeur, commenta-t-elle, c'est à base de formol. »

Elle parlait avec la tranquille impudeur des infirmières que ne déroutent ni la scatologie ni les histoires de sphincters. À cette occasion elle regarda la gêne du jeune homme et s'en amusa.

« Vous êtes trop timide, dit-elle. J'étais comme vous. Au monastère on nous a appris à n'accorder aucune importance à la pudeur, à ne pas nous cacher pour faire nos besoins, à prendre une douche en compagnie d'un garçon sans que celui-ci se mette immédiatement à bander. Nous avons dépassé ce stade, nous sommes des soldats. Nous sommes investis d'une mission trop importante pour penser au sexe. Cela viendra plus tard, lorsque nous serons dans l'abri, et qu'il faudra se préparer à repeupler le monde. »

Elle précisa toutefois que cette tâche serait probablement dévolue aux bonnes reproductrices mais qu'elle n'en ferait pas partie.

« Les frères trouvent que j'ai le bassin trop étroit, fit-elle, il faut des filles qui puissent accoucher sans problèmes. De bonnes pondeuses que les maternités n'abîment pas. »

Qu'entendait-elle par là ? Qu'on l'avait soumise à une sorte d'examen... « gynécologique » ? Daniel préféra ne pas insister, le sujet le mettait mal à l'aise.

Christine parlait, inlassablement, sans réticence, comme si elle n'avait rien à cacher, comme si elle évoluait dans un univers limpide et calme, sans ombres. La tuerie de la succursale du boulevard Ordaix ne l'avait pas atteinte. Là où il s'était attendu à découvrir une névrosée au bord de la crise nerveuse, une écorchée vive ne s'exprimant que par hurlements et hoquets, il découvrait une voix monocorde et apaisée, ignorant toute démesure. Son débit ne commença à s'altérer qu'une fois prononcé le nom de son père. Alors quelque chose se dérégla et son chuchotis devint sifflant, glacial. Il sonnait aux oreilles de Daniel comme une bise coupante. « Elle me parle avec sa voix d'hiver », songea-t-il aussitôt. Les mots tombaient, glaçons d'effroi maîtrisé, mais qui ne sortaient de sa bouche qu'au prix d'un accouchement douloureux. Elle lui parla des colonies, des pays qu'elle avait traversés sans jamais retenir leurs noms.

« On ne se mêlait pas aux habitants, dit-elle, nous vivions en retrait, entre colons. J'allais dans une école privée uniquement fréquentée par des petites filles blondes, à la peau pâle. Du moins il me semble à présent qu'elles étaient toutes blondes. Elles avaient peur du soleil, on leur avait dit que c'était mal de bronzer. Les institutrices nous répétaient que si nous passions outre, notre peau resterait foncée à jamais, et qu'une fois rentrées en métropole on nous prendrait pour des négresses. »

Les pays ? Elle n'avait jamais su vraiment les

situer sur la carte. Elle ne se souvenait que des maisons blanches et des gros ventilateurs aspirant les mouches dans leur maelström. Il y avait des palmes, des fruits très sucrés aux parfums un peu écœurants, et dans le lointain, au bout des rues étroites, des gens bruyants, enveloppé dans des djellabas, des boubous. Et partout des mouches, d'effroyables quantités de mouches. Le dimanche sa mère l'emmenait sur une plage qu'on disait «réservée», et où elle retrouvait les petites filles blondes et pâles de l'institution. Il fallait alors s'affubler de chapeaux de paille gigantesques dont l'ombre vous couvrait les épaules... Cela durait un moment, et puis, fatalement, on finissait par entendre des grondements et des cris au bout des rues étroites, là où s'agitaient les personnages vêtus de boubous et de djellabas. Il y avait des cris scandés, incompréhensibles, des «youyou» stridents que Christine trouvait amusants et qu'elle avait essayé d'imiter, ce qui lui avait valu une gifle retentissante de son père. Elle était tombée sur le dallage, la tête pleine d'étoiles. Les fesses transies par le marbre glacé. «Jonas, avait protesté sa mère d'une voix chevrotante, elle ne peut pas comprendre, ce n'est qu'une enfant!» Peu à peu le grondement s'amplifiait au bout des rues, et des explosions sèches ponctuaient les cris. Christine, haussée sur la pointe des pieds, apercevait des fumées noires dans le ciel, et parfois même des flammes. Des brasiers rougeoyaient à l'horizon des ruelles, et des mots mystérieux faisaient leur apparition dans la conversation : couvre-feu, barricades... Au début elle avait cru à un incendie gigantesque que les pompiers n'arrivaient pas à maîtriser. Elle avait pris l'habitude de guetter le retour de son père, le soir. Cela se passait toujours de la même manière, il ouvrait la porte et sa silhouette se détachait durant une seconde sur le fond pourpre, embrasé du ciel. On devinait que le feu grondait dans son dos, lui cuisant les omoplates à travers la toile de son uniforme. Durant ce court instant, sa peau devenait rouge, et il avait l'air d'un diable embusqué à l'entrée des enfers. «C'est le moment où il change de visage!» se répétait chaque fois Christine, et lorsque son père dénouait la jugulaire de son casque, elle s'attendait presque à voir un masque se détacher de ses traits. Un masque qui n'aurait fait qu'un avec le couvre-chef d'acier, une espèce de trogne terrible aux traits convulsés, à la bouche mauvaise et toujours hurlante. Oui, soir après soir, debout dans l'entrebâillement de la porte, il changeait de visage puis secouait d'une main pressée la poudre de gravats couvrant ses épaulettes. Il avait l'air d'un géant au seuil d'une caverne, d'un géant occupé à se débarrasser de la poussière d'apocalypse incrustée dans chacune de ses rides. Elle n'osait courir l'embrasser. Elle avait peur des boutons d'uniforme, de ces boutons de fer qui lui entraient dans la peau chaque fois que Jonas Orn la pressait contre lui. Et puis il y avait son odeur, une odeur de loup, chaude et puissante, qui montait du col ouvert de sa vareuse. Il la fixait, avec quelque chose de rouge au fond des pupilles, comme si les étincelles du brasier s'étaient incrustées derrière ses yeux et continuaient à brûler là, au mépris des lois élémentaires de la physiologie, à couver au fond de ses orbites, telles des braises. C'est à cette époque qu'elle avait commencé à le surnommer «l'ogre». Elle ne parvenait pas à démêler ce qui se passait réellement au-dehors. Lorsqu'elle posait des questions, sa mère répondait invariablement: «Tu es trop jeune» ou bien: «Une jeune fille bien élevée ne s'intéresse pas à ces choses-là. Ce sont des affaires d'hommes.» Alors elle imaginait des choses troubles et rouges sur fond de flammes et de cris. Le casque de son père, d'abord flambant neuf, s'était peu à peu couvert de bosses et d'éraflures. «Je suis épuisé», soupirait Jonas, et il s'abattait sur un sofa, les pieds chaussés de brodequins cloutés, pour s'abîmer dans un sommeil lourd. Christine s'approchait sur la pointe des pieds, pour l'observer. Il ronflait, la figure rouge, la gorge luisante de transpiration. Une haleine de loup montait de sa bouche ouverte… et elle ne pouvait s'empêcher de songer qu'il avait l'allure d'un ogre qui digère. Elle regardait son ventre ceinturé de cuir, n'avait-il pas grossi ? La nuit, dans ses rêves, elle l'imaginait courant par les ruelles, entre d'immenses bûchers au sommet desquels rôtissaient ces gens en boubous ou djellabas, qu'elle n'avait jamais eu l'occasion d'approcher réellement. Jonas Orn n'était plus qu'un ogre parmi d'autres ogres. Il mangeait dans son casque, avec ses doigts, réclamant sans cesse qu'on remplisse cette gamelle improvisée.

Oui, durant toute sa petite enfance, Jonas n'avait été qu'une silhouette géante sur fond rouge. Un homme bardé de cuir et de fer, et qui rentre chez lui, les épaules roussies par l'incendie qui fait rage au-dehors. De sa mère, au contraire, elle conservait le souvenir d'une petite femme geignarde, ayant trop chaud en été, trop froid en hiver. Une ménagère occupée à briquer méticuleusement son argenterie pendant que les bombes pleuvent au-dehors. «Je ne lis jamais le journal!» décrétait-elle avec une fierté naïve, comme elle aurait dit «je change de sous-vêtements tous les jours».

Puis il y avait eu d'autres pays, d'autres incendies au bout des ruelles… et le retour en France. Là tout avait continué comme par le passé, il y avait aussi des nuits rouges, et des explosions, de longues périodes durant lesquelles sa mère refusait d'allumer la radio ou la télévision. Un jour elle lui avait dit, en avalant les mots : «À l'école, ce n'est pas la peine de dire ce que fait ton père!»

Christine avait alors compris qu'elle avait eu raison d'avoir peur, que Jonas empesterait toujours la sueur et la fumée, qu'il sortirait toujours bardé de cuir et de fer pour courir avec les loups. C'était une malédiction. Un mal honteux qu'il fallait surtout ne jamais évoquer. Le temps avait passé, la mère était morte, mais la peur était restée à l'intérieur de la maison, imprégnant les murs, les objets. Parfois Christine devait lutter contre l'envie de tracer une grande croix noire à la peinture sur la porte pour signaler aux passants qu'ils devaient s'écarter de cette bâtisse infectée par l'angoisse, sous peine de contracter le virus des cauchemars !

Puis les radios s'étaient mises à parler de «bruits de bottes», et l'expression avait envahi les journaux, les magazines. Christine l'avait retrouvée partout, jusque sur la feuille de papier recueillant les épluchures de pommes de terre. «Bruits de bottes.» Cela roulait sur la langue de façon menaçante, avec un son de graviers malmenés. Le monde tout entier s'était soudain empli de *bruitsdebottes*. Alors la peur s'était infiltrée en elle pour ne plus la lâcher. Elle avait ouvert les yeux, la nuit surtout, fixant les insectes sur le mur, sans cesse plus nombreux et qui couraient d'un «pays» à l'autre, zigzaguant tels des envahisseurs sur le planisphère dessiné par l'humidité. *Bruitsdebottes* disaient les craquements des armoires, *Bruitsdebottes* chantonnait le réfrigérateur en bas, dans la cuisine. Suffoquant d'angoisse, elle se levait, repoussait les volets pour contempler le ciel. Il lui semblait chaque fois détecter des luisances suspectes sur la voûte obscure. Des clignotements de satellites en maraude, d'objets volants mal intentionnés. Dans la presse on murmurait des «choses» à propos des prédictions de Nostradamus, et, plus ou moins consciemment, elle avait commencé à chercher des… «signes», des symptômes. Parfois, en quittant le pavillon pour se rendre au lycée, elle comptait les chats morts sur la route. Il y en avait de plus en plus, comme si un instinct mystérieux leur commandait de se faire écraser par un camion avant que…

« Les choses s'altéraient, soufflait-elle. De manière infime, à peine perceptible, mais elles s'altéraient. »

Elle avait lu un article dans lequel le survivant d'un grand tremblement de terre racontait comment il avait deviné l'imminence de la catastrophe en constatant que le tiroir de sa table de chevet refusait tout à coup de s'ouvrir. « Le tiroir était coincé parce que le meuble n'était plus d'aplomb, commentait-il, et si le meuble n'était plus d'aplomb, c'est que le parquet avait bougé, et si le parquet avait bougé, c'était parce que la maison elle-même était en train de se tasser sur ses fondations, et si les fondations… »

Cet enchaînement de causes et d'effets avait profondément frappé la jeune fille. Elle avait pris conscience que la fin du monde pouvait se lire dans la réticence d'un tiroir, dans le renâclement d'une porte. La maison constituait désormais un champ de diagnostic illimité, et les grenades fétiches que son père s'obstinait à conserver dans une coupe de porcelaine agissaient dans son esprit à la manière d'antennes captant les forces mauvaises planant sur le monde. Quand elle faisait le ménage, elle ne les époussetait jamais, et évitait même de les regarder. Au lycée, en classe de sciences naturelles, la première fois qu'elle avait entendu prononcer le mot « gonades », elle avait compris « grenades », et les garçons s'étaient moqués d'elle.

« Woua ! criaient-ils, viens ici, ma petite Christine viens donc tirer sur ma goupille et tu assisteras à une belle explosion ! »

Pendant ce temps les signes s'accumulaient. Beaucoup d'oiseaux morts dans le jardin, beaucoup trop… « C'est l'hiver », disait son père, mais elle savait bien que ce n'était pas ça uniquement.

Jonas avait commencé à travailler pour l'agence de gardiennage, un poste obtenu grâce aux relations qu'il entretenait avec d'anciens gendarmes. Chaque nuit Christine se retrouvait seule dans la maison, seule avec les insectes.

« Ferme bien les volets, et la porte, insistait Jonas, et n'oublie pas que mon pistolet est dans la table de chevet de ma chambre. »

Elle hochait la tête sans répondre. D'ailleurs elle ne lui parlait déjà presque plus à cette époque. Elle l'écoutait partir pour le camp, lourdement, écrasant les graviers sous ses gros souliers. Et elle constatait alors avec dégoût que ses rangers faisaient un *bruit-debottes* quand il traversait la route. Elle attendait un peu, puis ouvrait les volets pour ausculter l'obscurité et détecter la valse des satellites. Leurs petits yeux de prédateurs volants clignotaient dans les ténèbres. On racontait qu'ils étaient équipés de caméras surpuissantes capables, à vingt mille mètres d'altitude, de photographier un grain de beauté sur l'épaule d'une fille et que rien ne leur échappait. Peu à peu grandissait en elle le besoin de se préparer à l'exode. Elle acheta de bonnes chaussures de marche, inesthétiques, mais pourvues d'une robuste semelle, ainsi qu'une valise dans laquelle elle entassa une couverture, un imperméable, des tubes de lait concentré. Elle voulait être prête. De plus en plus souvent il lui arrivait de dormir tout habillée, « au cas où… ». Elle se réveillait le matin, entortillée dans ses vêtements chiffonnés et devait se changer avant d'aller au lycée. Les garçons la laissaient en paix car elle les mettait mal à l'aise. Au bac, l'examinateur d'histoire lui laissa le choix de son sujet. Elle décida d'évoquer le bombardement d'Hiroshima. Elle parla longtemps, d'une voix vibrante et étouffée. Lorsqu'elle se tut, le professeur lui jeta un coup d'œil gêné et détourna précipitamment la tête. Malgré cela, elle eut une très bonne note.

Souvent, la nuit, elle restait assise sur la première marche de l'escalier, dans le hall, la valise posée sur les genoux, attendant la sirène qui donnerait le signal de l'exode. Rituellement, vers une heure du matin, elle débouchait un tube de lait concentré et le suçotait, pour tromper l'attente. Le sucre lui enflammait la gorge, la conduisait rapidement au bord de l'écœurement.

« Et puis un jour Mike est passé, conclut-elle avec un sourire lointain, il a sonné à la grille. Il était debout sous la pluie, mais ne grimaçait pas comme les gens le font d'ordinaire. En fait il avait l'air de se moquer totalement de l'averse. Il se tenait droit, la tête bien dégagée des épaules, et pourtant sa chemise collait complètement à son torse. Je me rappelle qu'à travers l'étoffe mouillée on apercevait en transparence le crucifix de fer qu'il portait autour du cou. Il s'est penché vers moi et a murmuré : *"Les mille ans écoulés, Satan, relâché de sa prison, s'en ira séduire les nations des quatre coins de la terre, et les rassembler pour la guerre…"* Je ne savais pas qu'il s'agissait d'un fragment de l'Apocalypse mais soudain j'ai eu très froid et mes dents se sont mises à claquer. Nous sommes restés dans le jardin, sous la pluie qui collait nos vêtements. Je lui ai parlé des signes, de mon père qui ne voulait rien comprendre. Alors il m'a récité un passage de l'Ecclésiastique : *"N'adresse pas de longs discours à l'insensé, ne va pas au-devant du sot, garde-toi de lui pour n'avoir pas d'ennuis ni te souiller à son contact."* Et j'ai compris qu'il avait raison. »

Soudain elle n'était plus seule, quelqu'un marchait avec elle sur la route de l'exode. Le garçon blond lui avait expliqué avec son accent anglais et chantant qu'il quêtait pour l'ordre du jour d'Après. Elle lui avait donné un peu d'argent, il lui avait remis un opuscule relatif à la nécessité d'entreprendre au plus vite la construction d'un abri anti-atomique, d'une Arche.

12

Daniel écoutait, se gardant de toute interruption et de tout commentaire. Une interrogation sournoise s'emparait peu à peu de son esprit. Cette voix apaisée, angélique, n'essayait-elle pas de le convertir ? N'agissait-elle pas à la façon d'une lente hypnose, réveillant habilement les peurs enfouies, les terreurs millénaristes dormant en chacun de nous, pour leur opposer une solution lumineuse et rassurante ? Christine parlait-elle uniquement pour se confier ou bien poursuivait-elle ici, dans des conditions pourtant invraisemblables, son travail de recruteuse ? En la quittant à l'aube, Daniel se sentait parfois la tête lourde, comme un fumeur d'opium, et, le manque de sommeil aidant, il lui arrivait de détecter lui aussi des « signes » : Un dessin étrange dans le ciel. Des nuages dont l'agencement faisait penser à un immense visage penché sur la Terre, ou bien une coloration surprenante du ciel, un rougeoiement de fin du monde explosant sur la ligne d'horizon tel un champignon atomique lointain. Il secouait la tête pour se débarrasser de ces « visions », mais la voix de Christine continuait à le poursuivre dans son sommeil, insinuante, chuchoteuse, plus incommodante que le vrombissement d'un moustique. Elle dominait les bruits de l'immeuble, repoussait les claquements de portes et le tac-tac des machines à écrire au second plan. En fait il n'entendait plus qu'elle !

Parfois il se réveillait en sursaut, suffoquant d'angoisse à l'idée de ce qui était en train de lui arriver. Dans quel engrenage avait-il mis le doigt ? Il fallait faire marche arrière au plus vite, quitter la ville, descendre dans le Midi pour s'engager dans l'un de ces bataillons de jeunes gens que les cultivateurs engageaient à l'occasion de la cueillette des fruits...

La panique le ravageait pendant quelques secondes, intense, insupportable, puis il retombait sur l'oreiller, contraint d'admettre tout au fond de lui qu'il aimait sa peur. À plusieurs reprises, par le passé, il avait éprouvé cette excitation sourde et perverse, défiant toute logique, tout sentiment. Chaque fois qu'un accident avait lieu sous les fenêtres de ses parents (la maison familiale se dressait à un carrefour réputé dangereux), il se précipitait, le cœur battant la chamade ; son sang devenait plus chaud dans ses veines, les odeurs plus violentes, tandis qu'une voix intérieure lui clamait : « Ça y est ! Il se passe enfin quelque chose ! » Alors le monde sortait de ses rails, la vie n'était plus ce wagon tiré par une locomotive poussive qu'il avait la sensation d'habiter depuis des siècles. L'inconnu était là, le fusillant tel un rayon mystérieux tombant des nuages et l'électrisant, une sorte de foudre domestique, bienfaisante qui changeait les couleurs ternes en un vernis rutilant.

Christine était cette foudre. Tapie au fond de sa cave, elle avait le pouvoir d'accélérer la vie.

Il allait et venait, son sac rempli de bouteilles de gaz, d'eau, de nourriture. Il profitait des somnolences de Pointard pour s'éclipser entre deux rondes, et si l'alcoolique, ayant par le plus grand des hasards ouvert les yeux pendant son absence, lui demandait : « Où t'étais passé ? », il répondait sans se démonter : « Le sommeil me tombait dessus, alors j'ai fait un tour. »

Pointard hochait la tête, approuvant cette initiative, et reprenait doucement le chemin du coma éthylique.

Christine continuait à chuchoter, de sa curieuse voix hivernale, évoquant l'enseignement du monastère où l'avait conduite Mike.

« Lors de l'explosion il y aura une boule de feu dans le ciel, expliquait-elle, une boule dévorante qui brûlera les yeux de tous ceux qui la regarderont. Il faudra se jeter sur le sol et se creuser un abri avec les mains, un terrier… car ensuite viendra le souffle, une haleine de loup, terrible, capable d'écorcher vif tout être vivant dans un rayon de trente kilomètres. Et ceux qui seront restés debout verront leur peau s'en aller en charpie, et leurs muscles devenir noirs comme une viande oubliée sur le gril… »

Elle parlait en avalant les mots, et son chuchotis s'amenuisait au fur et à mesure que se constituait le tableau d'épouvante.

« Cinq minutes, soufflait-elle, il restera cinq minutes entre l'explosion et la retombée des rayons gamma, cinq minutes pour se trouver un abri, pour se creuser une cache. Connaissez-vous les épaisseurs requises des divers matériaux utilisables ?

— Non… bafouilla Daniel.

— Il faut soixante centimètres de béton pour vous isoler des radiations, décréta-t-elle, ou quinze centimètres d'acier… ou encore quatre-vingt-dix centimètres de terre… »

Elle récitait cela comme une table de multiplication, égrenant ses mathématiques d'apocalypse d'une voix chantante d'écolière.

« Ensuite, poursuivit-elle, il faut attendre deux cents heures avant de pouvoir sortir. Si l'on doit tuer un animal pour le manger, il ne faut pas toucher à la peau, au cœur ou au foie. Même chose pour les testicules et les reins. Les os aussi sont dangereux, c'est dans le squelette que se stocke toute la radioactivité. Le plus difficile c'est de trouver de l'eau pour se laver des particules nocives. De l'eau non irradiée. On ne peut la capter qu'en profondeur, dans les rivières souterraines… ou bien au fond des puits couverts. »

Elle avait maintenant les yeux fixes, comme si elle assistait à la projection d'un film intérieur. Elle passait tout en revue, méthodiquement, l'arrivée des rayons bêta, les brûlures, les abris qu'il faut consolider, rendre étanches.

«Vous savez qu'on peut utiliser de simples magazines? lança-t-elle, des journaux qu'on empile? Il suffit de quarante centimètres de livres pour arrêter les radiations, vous le saviez?» Daniel secoua négativement la tête. Il s'imaginait, prisonnier d'un terrier capitonné d'encyclopédies et de dictionnaires. Christine lui communiquait ses secrets à la manière d'une ménagère détaillant une recette de cuisine.

«Au monastère on nous apprenait à creuser, le plus vite possible, sans outils, à l'aide de nos seules mains, dit-elle avec fierté, nous appelions ça : des concours de taupes. Les frères nous surveillaient, un œil sur le chronomètre. Ils disaient : "Plus que quatre minutes, plus que trois…" Et je creusais, comme les autres, à m'en arracher les ongles, en serrant les dents, parce que je savais que c'était le seul moyen de survivre.»

Elle tendit les mains dans le halo de la torche, et Daniel put voir que ses doigts étaient constellés de cicatrices. Elle eut un petit rire d'excuse : «J'ai perdu l'ongle de l'index et aussi celui du pouce, précisa-t-elle en levant la main gauche, depuis ils ont repoussé, mais de travers, on dirait des griffes.»

Mais les moniteurs leur avaient inculqué d'autres principes de prudence.

«Lorsque débutera la fin du monde, avaient-ils coutume de répéter, il n'y aura pas forcément d'alerte, de sirène, ou d'annonce télévisée. Le cataclysme vous surprendra alors que vous ne vous y attendez pas, au cours de l'occupation la plus banale… ou dans la position la plus incongrue. C'est pourquoi il est important que vous développiez un sixième sens, que vous deviniez l'arrivée de la menace avant que le flash de l'explosion n'embrase le ciel. Vous devez sentir l'approche de la bombe, à fleur de peau. Cela se manifestera par une angoisse intense que vous devrez dominer de manière à pouvoir utiliser au mieux cette minute supplémentaire dont ne disposeront pas les autres humains. »

Christine avait été très frappée par ce discours. Plus tard, lorsqu'elle entreprit son trajet de quête en compagnie de Mike, elle le poussa à multiplier les exercices préparatoires. Ainsi, alors qu'ils traversaient une prairie, une forêt, ils décidaient d'entamer une simulation et se mettaient à creuser comme des fous, pour entretenir leurs réflexes. De même elle devint extrêmement attentive aux « signes », aux brusques changements de luminosité.

« Une fois, murmura-t-elle, c'était à Paris, nous sortions de la gare Montparnasse. J'avais posé mon sac à dos sur un banc pendant que Mike achetait des tickets de métro... Soudain le soleil s'est voilé, et une lumière verte est tombée sur la place. C'était irréel, les promeneurs avaient brusquement l'air de cadavres ambulants. J'ai cru que le souffle de la bombe les avait cuits sur pied, sans qu'ils s'en aperçoivent, et qu'ils continuaient à marcher par pur automatisme. Je me suis dit "le vent va leur arracher la peau, la chair va se détacher de leurs os comme de la viande bouillie". Même le béton des immeubles semblait poreux, friable. Les tours ressemblaient à de gigantesques chandelles de cendre... à des châteaux de sable gris. J'ai pensé que le vent allait les éparpiller, elles aussi. Je regardais autour de moi, à mes pieds les pigeons étaient solidifiés ; à tel point qu'on aurait pu les prendre pour de petits blocs de pierre ponce, et les ombres coulaient sur le sol comme de la peinture noire ou du goudron. Elles fondaient, se déformaient, comme si le soleil n'était plus le soleil et qu'il se mettait subitement à réfracter les choses de manière aberrante. J'étais glacée. Mike est revenu, il a posé sa main sur mon bras et il est devenu pâle. Avec son drôle d'accent il a dit : "Tu sens quelque chose ? ça y est... c'est le moment ?" Nous en parlions souvent entre nous, nous disions :

128

"quand viendra le moment...", c'était une sorte de repère temporel, d'échéance. Je n'ai pas pu répondre. Je regardais la gare Montparnasse, j'attendais que le souffle l'éparpille. Mike m'a secouée. Il cherchait du regard l'entrée du métro, il m'a tirée et nous avons couru comme des fous pour nous cacher sous terre. Nous sommes restés toute la journée dans les couloirs, sautant d'une rame à l'autre, sans oser remonter à la surface. Nous étions persuadés que l'explosion était imminente et qu'il fallait rester à l'abri. Je claquais des dents et les gens nous regardaient de travers. De temps en temps, nous nous arrêtions sur un quai pour regarder défiler les rames, et je pensais : "ça va venir, ça va venir". Nous examinions les voyageurs, nous écoutions les conversations. Nous avons erré jusqu'à ce que les couloirs se vident, jusqu'à la dernière rame, jusqu'à ce qu'on ferme les grilles. Alors nous sommes remontés à la surface. Paris était toujours là. Mike m'a caressé les cheveux. J'avais honte, j'ai dit : "je me suis trompée", il a secoué la tête. "Peut-être pas, a-t-il murmuré, tu as dû détecter une explosion souterraine, un essai militaire, un truc secret dont les journaux ne parleront pas." Le lendemain, dans la presse, on faisait mention d'un accident léger dans une centrale nucléaire. Mike a triomphé. Il m'a serrée dans ses bras et murmuré à l'oreille : "Je le savais, tu as l'instinct, tu as senti l'odeur de la Bête. Lorsque viendra le Moment, tu seras probablement l'une des premières à le savoir." »

Daniel n'osait interrompre la jeune fille, la nuit dissolvait son sens critique. Frissonnant, il partageait les prémonitions de Christine, sa fuite dans les couloirs du métro, son attente du cataclysme.

«Les animaux le sauront avant nous, martelait-elle en le fixant dans les yeux, les chats deviendront fous et se jetteront dans le vide, les lapins s'entre-dévoreront, les chiens se mettront à hurler à la mort jusqu'à s'en faire éclater les veines du cou et les oiseaux se casseront la tête contre les barreaux de leur cage. Mais bien des jours avant, la nature sera pleine de signes. Les champs, les forêts, pleureront la fin prochaine de la Terre. Les fleurs perdront leurs couleurs, et l'herbe deviendra jaune. Dans les recoins des greniers, les araignées devenues folles tisseront des toiles invraisemblables avant de s'engluer elles-mêmes dans leurs propres fils. Ceux qui seront attentifs sauront alors qu'il est temps de se cacher, de descendre dans les caves et les cavernes, de chercher refuge dans les entrailles du sol, mais la plupart mourront au cœur des villes calcinées. »

Elle raconta comment, au monastère, on leur avait projeté toutes les archives photographiques des ruines d'Hiroshima. Elle avait vu des hommes soudés à leur bicyclette, chair et métal mêlés en une même coulée, elle avait vu les pierres fondues, les cadavres changés en statues de charbon. Elle n'ignorait plus rien des ravages de la Bête. À la suite de ces projections, l'une des novices, une jeune femme qui s'était récemment enfuie d'un couvent, fut prise de convulsions et se couvrit de stigmates. Des brûlures — semblables à celles qu'on avait pu observer sur les photos des victimes irradiées — apparurent sur son corps. En l'espace de quelques heures, son visage disparut sous les ulcérations et l'on dut la lier sur sa couche pour éviter qu'elle ne se brise un membre. Christine avait senti ses cheveux se dresser sur sa tête. L'un des frères avait ordonné aux jeunes gens de reculer. « Elle risque de devenir radioactive ! avait-il déclaré, nous ne devons prendre aucun risque. Il faut l'isoler dans une cellule de plomb, que personne ne s'approche d'elle, vous pourriez être irradiés ! »

Mike avait entraîné Christine à l'extérieur tandis que deux frères passaient en toute hâte des combinaisons de protection antirad.

« Viens, lui avait-il murmuré, il faut se doucher tout de suite. L'eau entraînera les particules nocives. »

Tout le monde s'était précipité vers les douches pendant qu'on emmenait la convulsionnaire vers son cachot de plomb. Le soir, au réfectoire, le père prieur avait improvisé une brève allocution pour rassurer l'assemblée.

« Ne craignez rien, avait-il déclaré, cela se produit parfois avec les sujets extrêmement religieux. Cette femme est une sainte, elle réactualise les souffrances de ceux qui ont déjà connu le souffle de la Bête, qui ont senti passer sur leur chair l'haleine du loup. La crise passera, je suis certain que demain elle ne sera pratiquement plus radioactive. »

Il ne s'était pas trompé, une semaine plus tard la stigmatisée avait fait sa réapparition, les ulcérations rongeant son visage étaient pratiquement toutes cicatrisées. Christine n'avait pu s'empêcher d'aller lui baiser les mains. Daniel, en entendant cette histoire, avait dû se mordre les lèvres pour ne pas éclater d'un rire nerveux. Des images faciles lui étaient venues à l'esprit : notamment celle d'une infirmière se dirigeant vers la chambre de la malade, non pas armée d'un thermomètre mais d'un compteur Geiger !

« Plus tard, reprit Christine, Mike m'a montré comment on pouvait utiliser une peinture au plomb, très toxique, pour rendre de simples vêtements imperméables aux radiations. Il appelait ça des "scaphandres de pauvres". Certains d'entre nous avaient coutume de sucer de minuscules parcelles de plomb, pensant que cette pratique homéopathique les protégerait des rayonnements. Mike m'a déconseillé de le faire. Il paraît que l'organisme humain digère très mal le plomb, et que cette habitude engendre d'abominables coliques. »

13

Ainsi, nuit après nuit, la jeune fille au visage blême déroulait son cortège de confidences horribles et grotesques. Il lui arrivait de ressasser plusieurs fois le même épisode, comme une mécanique enrayée, répétant deux ou trois fois de suite la même anecdote sans y introduire la moindre variation.

Le matin, dès que la barrière du camp avait claqué dans son dos, Daniel prenait le chemin de la maison grise et montait dans la chambre de Jonas Orn. Le gros homme allait de plus en plus mal, et parfois il demeurait figé, fixant le plafond, sans paraître comprendre ce que lui disait son visiteur.

«Qu'est-ce que je vais faire? répétait Daniel, vous aviez prévu quelque chose?

— Oui, finit par haleter Jonas, je devais les sortir dans le coffre de la voiture… Une fois que l'affaire serait tassée et qu'il n'y aurait plus de contrôles routiers.

— Mais je n'ai pas de voiture! s'emporta Daniel, *et d'ailleurs JE NE SAIS PAS CONDUIRE!* Comment voulez-vous qu'ils sortent du camp? On ne peut pas escalader le grillage ni le couper, il est sous alarme! Ils ne peuvent tout de même pas creuser un tunnel depuis le bâtiment des douches jusqu'à la route! Il faut que vous repreniez des forces, que vous veniez avec la voiture! Appelez un médecin, bon sang!»

Orn avait eu un pâle sourire.

«Tu dis des bêtises, gamin, si j'appelle un toubib on m'hospitalisera en urgence et je ne sortirai pas de l'hosto avant des mois, si toutefois j'en sors!»

Daniel avait senti un frisson d'épouvante lui secouer les vertèbres.

«Mais, avait-il hoqueté, ils ne peuvent tout de même pas rester cachés pendant des mois dans le sous-sol des douches!»

Orn avait fermé les yeux sans répondre. Son visage avait la couleur d'un gros cierge fondu.

« Il s'en fout, avait intérieurement explosé Daniel, il m'a passé le relais, c'est tout ce qu'il voulait, maintenant à moi de me débrouiller ! Je suis dans la merde... DANS LA MERDE ! »

Il avait dû se retenir de saisir le vieil homme aux épaules et de le secouer pour lui faire rendre gorge. Mais Jonas semblait réellement au plus mal. Les muscles de ses jambes avaient fondu, révélant les contours des os sous la chair fripée. Son ventre, toujours proéminent, semblait brusquement gonflé d'humeurs. Pire que tout, son regard avait désormais un côté absent, détaché, qui n'annonçait rien de bon. Si Orn mourait, Christine et Michael se retrouveraient prisonniers du camp.

Le soir, en retournant aux douches, il n'eut pas le courage de révéler à Christine que son père était au plus mal. D'ailleurs l'aurait-elle seulement écouté ? Parfois il avait l'impression qu'elle ne lui prêtait aucune attention, qu'il n'était somme toute qu'un prétexte à confession, et il se demandait si, par hasard, elle ne continuait pas à parler toute seule lorsqu'il avait quitté le bâtiment, tel un robot déréglé poursuivant le monologue pour lequel on l'a programmé sans se soucier le moins du monde de l'absence de public.

Au monastère elle avait appris la technique des pièges. Elle n'ignorait plus rien des machines compliquées qu'on peut improviser avec deux morceaux de bois taillés en pointe, une pierre, un lien d'herbe tressée et un système de contrepoids. Elle pouvait capturer des lapins, écraser des oiseaux, sans autre matériel qu'un canif et un peu de ficelle.

Avec Mike, elle avait survécu de cette façon des semaines entières, traversant des forêts, des plateaux, des causses. Ils restaient des jours et des jours sans voir un être humain, s'enfonçant avec délectation dans cette demi-sauvagerie qui préfigurait à leurs yeux ce que serait le monde d'APRÈS. Souvent ils ôtaient leurs vêtements et s'obligeaient à vivre nus, pour s'endurcir. Ils se baignaient dans les torrents glacés et leurs dents s'entrechoquaient comme si elles allaient se fendre.

En trois occasions ils se sentirent en « danger », et se réveillèrent tremblants, pétrifiés par la certitude d'une catastrophe imminente. Mais peut-être la fatigue et la sous-alimentation étaient-elles pour beaucoup dans ces crises d'hyperlucidité ? Le soir, avant de s'endormir, ils prirent l'habitude de tester le sol au moyen du vieux compteur Geiger qu'on leur avait remis au monastère.

La nuit, roulée dans son sac de couchage, Christine entendait bruire la forêt, courir les animaux, et elle se mordait les lèvres pour ne pas sangloter. Ainsi tout cela allait disparaître ? Les arbres ? Les bêtes ? Elle s'en ouvrit à Mike qui confirma ses craintes.

« Tout est condamné, chuchota-t-il dans la nuit, tu n'as pas remarqué comme la radioactivité de l'air augmente ? Tous les jours l'aiguille du compteur s'avance un peu plus vers la zone rouge du cadran, c'est infime mais la progression est constante. Nous sommes environnés de pièges mortels : les appareils de radiographie, les centrales nucléaires, les postes de télévision, les écrans des ordinateurs... Toutes ces choses émettent des rayonnements nocifs, des "fuites" qu'on qualifie de négligeables mais qui s'additionnent les unes aux autres. As-tu pensé à tous ces gosses penchés sur leurs micro-ordinateurs, qui passent des heures et des heures à combattre les envahisseurs de l'espace au moyen d'une petite manette ? La machine fait "crac", "pschuiit", et les soucoupes volantes explosent, et les gosses rient. Crois-tu que leurs parents se soucient des rayons nocifs qui s'échappent des écrans et bombardent les gamins ?

Bien sûr que non… Et tous ces terminaux qui encombrent les agences de voyages, les bureaux, les administrations ? On ne peut plus aller quelque part sans avoir affaire à une fille qui pianote sur un clavier. Chaque fois qu'elle se penche sur son monitor, elle encaisse une bonne dose de radiations. Des études ont été réalisées, elles prouvent que les femmes enceintes travaillant sur écran mettent au monde des enfants anormaux dans une proportion supérieure à la moyenne. Les fœtus ont subi le bombardement quotidien des fuites radioactives sans que les mères en aient conscience ! Même chose pour les gosses qui passent leur journée devant la télévision à regarder des émissions idiotes. Les rems pénètrent dans leur organisme, se fixent dans leurs os, favorisant les aberrations cellulaires, préparant un terrain favorable aux tumeurs ! Mais personne ne veut en prendre conscience, explique cela aux gens, ils te riront au nez. Ils te diront : "Si c'était vrai ça se saurait !" Braque un compteur Geiger sur un ordinateur, il deviendra fou. Les écrans sont de mauvaise qualité, conçus non pour la sécurité de l'utilisateur, mais pour permettre au fabricant de réaliser un profit substantiel. La fin du monde a déjà commencé, Christine, une fin du monde domestique, quotidienne, au goutte-à-goutte. Dans les villes il faudrait vivre constamment revêtu d'une combinaison de protection, un masque sur la figure. C'est pour cela qu'il est capital de se doucher fréquemment, pour se débarrasser des particules nocives, pour empêcher qu'elles ne s'infiltrent dans notre organisme. »

Christine s'était recroquevillée au fond de son duvet. Durant la nuit, elle rêva que son squelette s'émiettait et que son corps, privé d'armature, coulait sur le sol comme une boule caoutchouteuse, un sac de viscères.

Ils se lavaient souvent, le plus possible en vérité. Une pompe, une fontaine, un lavoir, étaient pour eux l'occasion d'ablutions fiévreuses. Ils se dévêtaient à la sauvette et se nettoyaient à l'aide d'une grosse éponge. Quand le bassin le permettait, ils s'y plongeaient franchement pour se débarrasser de la vermine radioactive qu'ils sentaient grouiller sur leur peau. Des paysans les surprirent et les accusèrent de polluer l'eau, ils durent s'enfuir avant que les choses ne tournent vraiment mal. Dans les villes, ils fréquentaient assidûment les douches municipales. Ils avaient besoin de sentir l'eau ruisseler sur eux pour retrouver, l'espace d'une nuit, un semblant de quiétude morale. Dès que le jour commençait à baisser, Christine se sentait accablée de démangeaisons. Il lui semblait voir les morpions atomiques courir sur ses bras, en colonies lumineuses. C'était comme des puces phosphorescentes s'accumulant dans les replis de sa peau, s'accouplant dans les poils de son pubis, elle se grattait à travers ses vêtements, férocement, désespérément. Elle se cramponnait à Mike, l'interrogeait : ne sentait-il rien ? Ne percevait-il pas ce chatouillis répugnant à la surface de son épiderme, comme si des milliers de poux galopaient sous sa chemise ? Elle disait : « Nous n'aurions pas dû aller à la gare, tu as vu, la salle des réservations était remplie de terminaux d'ordinateurs... En plissant les yeux on voyait un brouillard phosphorescent monter des écrans. Et tous ces types qui pianotaient, ILS ÉTAIENT VERTS, déjà pourris jusqu'à la moelle par les rayonnements. Celui à qui tu t'es adressé, il avait une grosseur sur la tempe... une espèce de boule de peau molle qui palpitait, c'était horrible. Ils sont tous condamnés et ils ne le savent pas. Il faudrait peut-être leur dire, coller des affiches ? »

Michael haussait les épaules.

« Nous ne sommes pas là pour sauver l'humanité tout entière, rétorquait-il, seulement les meilleurs, ceux qui descendront dans l'abri, dans la nouvelle Arche. Mais tu as raison sur un point, les signes de la fin sont de plus en plus évidents, c'est pour cela qu'il importe de ramener beaucoup d'argent au monastère, pour qu'on puisse entreprendre la construction de l'abri sans tarder. »

Ils repartaient, par les rues, avec toujours la même sensation de grouillement sur la peau. Christine le suppliait : « Allons prendre une douche, s'il te plaît. »

Mais parfois il n'existait pas de bains municipaux, ou ceux-ci étaient fermés pour cause de délabrement. Ils devaient repérer une fontaine, à l'écart, et attendre la nuit en priant pour qu'aucune ronde de flics ne vienne à passer au moment des ablutions.

Il fallait quêter, tout le jour, quadrillant systématiquement les quartiers, arpentant les rues pour solliciter des dons, des aumônes. Ils sonnaient aux portes, toujours souriants. Et les gens restaient bouche bée devant les cheveux blonds et les yeux bleus de Mike. Cette tête angélique désarmait leur agressivité. Le jeune homme sortait alors de son sac le vieux compteur Geiger et le promenait sur la poitrine de son interlocutrice tandis qu'un grésillement inquiétant s'échappait de l'appareil.

« Savez-vous, madame, attaquait-il, que votre taux de radioactivité est très supérieur à la normale ? Possédez-vous une télévision ? Vos enfants jouent-ils avec un micro-ordinateur ? Votre mari ou vous-même exercez peut-être une profession vous obligeant à vous servir d'un écran ? Bref, savez-vous que la fin du monde a déjà commencé ? »

Il parlait d'une voix posée, développant ses arguments habituels sur les rayonnements domestiques nocifs.

« Pas besoin d'une bombe atomique ou d'une centrale nucléaire pour être irradié ! » insistait-il.

On lui claquait rarement la porte au nez, car il était beau et dégageait une aura de persuasion au charme indéniable. Il ne repartait jamais sans une petite somme. De temps à autre ils tombaient sur des jeunes dont les parents travaillaient, et qui leur offraient de bon cœur l'argent que leur mère avait laissé sur un coin de table « pour les commissions ». C'était un travail de fourmi, épuisant, répétitif, et dans lequel il fallait, à chaque sonnette enfoncée, jeter tout son charme dans la bataille en essayant d'oublier la fatigue.

Ils mangeaient peu, dormaient dans les caves, dans les jardins publics, pour ne prélever sur le pécule que le strict nécessaire.

Toutefois ils veillaient à tenir leurs vêtements propres afin de ne pas être pris pour des clochards. Mike, pour parfaire son image d'étudiant étranger en vacances, portait ostensiblement en sautoir un vieil appareil photo dont le mécanisme avait rendu l'âme depuis bien longtemps. Quelquefois, au passage d'une ronde de police, il feignait de photographier Christine, et lui lançait des plaisanteries sonores, en anglais.

Ils marchaient, inlassablement, écoutant le tintement des pièces au fond de leur bourse. Lorsqu'ils avaient trop de monnaie, ils s'arrêtaient dans une banque pour changer les rouleaux de ferraille contre des billets. Mike craignait par-dessus tout les voyous. Au cours d'une précédente quête, il avait été dépouillé par une bande de loubards, depuis il roulait les billets dans un tube inoxydable qu'il portait dans l'anus, selon la méthode mise au point par les bagnards, jadis. Il avait demandé à Christine d'utiliser la même ruse en précisant : « Vous les filles, avec votre vagin, c'est plus facile et moins douloureux. » Il prononçait « vagin » à l'anglaise, et Christine avait mis quelques secondes à comprendre de quoi il retournait. Elle avait appris à marcher avec ce tube de fer caché au creux de son ventre en se répétant : « À présent je suis vraiment une tirelire ! »

Puis il y avait eu la journée de la grande panique. C'est comme cela qu'ils l'avaient désignée par la

138

suite. Depuis plusieurs jours ils dormaient mal, des clochards les avaient chassés d'une cave où ils comptaient prendre un peu de repos, et ils n'avaient pas été plus heureux avec les portes cochères et les cours d'immeubles. La quête avait été mince, et un type odieux chez qui ils avaient eu le malheur de sonner leur avait arraché le compteur Geiger des mains en éclatant d'un rire insultant.

« Il est détraqué votre truc, avait-il ricané, c'est un vieux modèle périmé qui vient tout droit des puces, je sais ce que je dis, je suis ingénieur ! »

Et il avait jeté le compteur dans la cage d'escalier avant de claquer ostensiblement sa porte blindée.

Christine avait été submergée par une bouffée de panique. Sans détecteur, elle se sentait nue, vulnérable.

« Maintenant on ne pourra plus mesurer les radiations, avait-elle sangloté en s'accrochant à Michael, elles grouilleront autour de nous et on n'en saura rien ! »

Son compagnon était blême, ses lèvres minces tentaient désespérément de ravaler sa terreur. Ils avaient ramassé les débris du compteur et s'étaient enfuis avec la sensation que la fin du monde pesait sur leurs épaules.

De ce jour ils vécurent dans la crainte. La simple vue d'un poste de télévision dans la vitrine d'une boutique d'électroménager les faisait changer de trottoir. Il leur sembla que la ville bourdonnait de radiations mortelles, que leur chair changeait de couleur et se marbrait de flétrissures. Christine se grattait à longueur de journée, des croûtes sanguinolentes constellaient ses bras et ses épaules. Elle se sentait souillée, malade. Mike, lui-même, ne cessait de se passer la main dans les cheveux en répétant : « Ils tombent, ça y est, ils tombent... Je dois être presque chauve, non ? »

Christine l'observait, réfléchissait, ne parvenait pas à se faire une idée. Avait-il toujours eu le front aussi haut ? Et cette tache rose au sommet du crâne, cette zone où les mèches se faisaient plus rares, existait-elle une semaine auparavant ? Elle ne savait plus. Ils cultivaient leurs peurs, se détaillant à la dérobée, guettant les taches, les cloques.

« As-tu la diarrhée ? interrogeait Mike.

— Non, je... je ne sais pas.

— Fais attention, martelait-il, regarde bien dans tes matières s'il y a du sang ! »

Ils quittèrent la ville pour fuir les rayonnements. Depuis qu'ils avaient perdu le compteur Geiger les quêtes ne donnaient plus rien et les gens leur claquaient de plus en plus fréquemment la porte au nez. Ils s'élancèrent sur une route interminable et poussiéreuse. Il faisait affreusement chaud et le goudron amolli collait à leurs semelles. C'était une chaleur de... fin du monde. L'air vibrait, déformant le paysage, et Christine avait l'impression que l'univers était en train de s'effacer, que les atomes des pierres, des maisons, des poteaux télégraphiques, se mélangeaient en un même essaim. Elle avait été assaillie par un horrible pressentiment.

« Tu ne sens pas comme tout est mauvais autour de nous, dit-elle à Mike, ces vibrations... ce n'est pas normal. Le goudron fond, les pierres ont l'air... *molles* ! »

Michael s'agenouilla pour toucher les cailloux. Il les pétrissait comme de la pâte à modeler. Le soleil lui avait brûlé la peau et il avait le visage rouge, à vif, horrible.

« Il faut se doucher, décida-t-il, il doit y avoir une fuite de radioactivité quelque part dans le coin...

— Mais il n'y a pas de centrale, objecta Christine.

— Et alors ? s'emporta le garçon, comme si tu ne savais pas qu'ILS stockent les déchets atomiques dans les cimetières ou sous les parkings ! Il paraît même qu'à Paris certains tunnels du métro sont remplis de containers plombés. Les stations désaffectées servent de dépotoirs nucléaires, même chose pour les H.L.M : on noie les barils dans le ciment des fondations et le tour est joué. Ces saloperies sont tellement nombreuses qu'on ne sait plus où les mettre. Même ici, à la campagne, on n'est nulle part en sécurité. Ce château d'eau, c'est peut-être un entrepôt de déchets radioactifs... et ce vieux manoir, là-haut, sur la colline, et... »

Il haletait. Ils se mirent à courir, peinant sous le poids des sacs, mais il ne trouvèrent aucune fontaine, aucun abreuvoir. Malgré la chaleur, Christine claquait des dents. Il lui semblait que sa chair devenait transparente et qu'elle voyait ses os. Ils finirent par découvrir une maison au bord de la route. Un pavillon de vacanciers, aux barrières trop blanches, aux volets trop neufs. Mike sonna. Des enfants jouaient dans le jardin. Une femme d'une quarantaine d'années vint ouvrir, indolente, les yeux gonflés comme si elle émergeait du sommeil.

« Madame, dit Mike, pouvez-vous nous laisser prendre une douche dans votre salle de bains ? C'est très important pour nous. C'est même une question de vie ou de mort. Vous devriez d'ailleurs en faire autant. »

La femme sursauta, brusquement réveillée.

« Vous êtes fou, souffla-t-elle, allez-vous-en ! »

Elle allait tourner les talons, Mike la rattrapa par le bras. Il avait plongé la main dans son sac pour en tirer son poignard scout. La large lame étincela sous le soleil, il en posa la pointe sous le sein gauche de la femme.

« S'il vous plaît, répéta-t-il, je n'aime pas faire ça, mais c'est très important... »

Ils entrèrent. La femme respirait à petits coups, comme si elle voulait empêcher ses seins de peser sur la lame. Elle était devenue très pâle et inerte. Les enfants délaissèrent leurs jouets et commencèrent à pleurnicher en répétant «M'man... M'man... M'man». Leurs voix rappelaient ces musiques qu'on cousait jadis dans le ventre des ours en peluche. Ils cherchèrent la salle de bains, ouvrant des portes au hasard. La grosse femme paraissait incapable de prononcer un mot, elle respirait en émettant des râles grotesques. Christine se dénuda sous le regard des gosses en larmes et grimpa dans la baignoire. Le flexible en main elle se nettoya longuement et sans pudeur, puis elle lava ses vêtements à cause des particules qui pouvaient les imprégner. Quand elle eut fini, Mike lui passa le couteau et la remplaça dans la baignoire. Les gosses ne pleuraient plus, la petite fille leva la main, désignant le sexe du jeune homme et murmura «zizi» en étouffant un rire bête. Dès qu'il se fut séché, Mike ordonna à la grosse femme de se déshabiller et de se doucher à son tour.

«C'est pour votre bien, expliqua-t-il, vous êtes imprégnée de radiations, pensez à vos gosses...»

L'inconnue obéit en tremblant. Elle était grasse et ses cuisses tremblotèrent lorsqu'elle enjamba le bord de la baignoire. Mike poussa les enfants dans sa direction.

«Allez les mioches, commanda-t-il, au bain, vite!»

La femme se savonnait en pleurant, comme si elle effectuait sa propre toilette mortuaire. Ses yeux restaient fixés sur la lame du poignard de chasse.

«Et rincez-vous bien! dit Mike en reculant, rincez-vous longtemps!»

Il donna le signal de la retraite. Christine lui emboîta le pas. Ils s'enfuirent sur l'image de la mère en larmes, un enfant agrippé à chacune de ses cuisses, et dégoulinant d'une mousse rose au parfum douceâtre. Ils quittèrent immédiatement la route pour s'enfoncer dans les bois.

La panique commandait à tous leurs gestes et il leur semblait entendre grésiller les feuilles au bout des branches. Dans quelques minutes les écureuils tomberaient des arbres, carbonisés, la sève se mettrait à bouillir dans les veines du bois, elle en gonflerait les fibres jusqu'à faire éclater les écorces et coulerait sur les troncs comme un caramel fumant. Ils se jetèrent dans un fossé, pelletant la terre avec leurs doigts, ne désirant plus qu'une chose : s'enfouir, se couler dans le tunnel d'un terrier protecteur. Couverts de terre, les mains en sang, ils se pelotonnèrent l'un contre l'autre, pleurant silencieusement la mort du monde.

À la nuit tombante, rien ne s'étant passé, ils se relevèrent et reprirent leur course à tâtons. Ils se sentaient faibles, malades, incapables d'échanger une parole. La nuit ne leur permettant pas de prendre des repères, ils s'écroulèrent au pied d'un arbre et dormirent sans même dérouler leurs sacs de couchage, la tête calée sur une racine. Au matin ils inspectèrent longuement la végétation sans relever d'indices véritables.

« C'était probablement une fuite, conclut Mike, ce château d'eau n'avait pas l'air très catholique, je suis sûr qu'on y stocke des déchets nucléaires. Quand je pense à cette pauvre femme, avec ces gosses, qui habitent juste en face... D'ailleurs elle n'était visiblement pas en bonne santé, tu as vu son corps ? Les enfants m'ont paru un peu débiles, en fait tout cela n'a rien de surprenant. »

Christine était trop lasse pour entamer une discussion, elle s'absorba dans la contemplation de ses chaussures.

14

Le lendemain, les caprices du sacro-saint planning firent de Daniel l'assistant de P'tit Maurice. Cette affectation l'éloignait des douches mais il n'était pas question de la contester sans aussitôt donner l'éveil. Il décida de faire contre mauvaise fortune bon cœur malgré la répugnance que lui inspirait le chien du rondier. En effet, il n'aimait guère ce dobermann toujours sur le qui-vive, tressaillant comme un épileptique au moindre bruit, grognant et découvrant les crocs sans qu'on sache pourquoi. Il avait l'impression de côtoyer un fauve dangereux, un monstre qui pouvait se déchaîner d'une seconde à l'autre, à cause d'une odeur, d'un craquement ténu, d'une ombre filant sur le sol, bref d'un millier de petits faits anodins que son cerveau atrophié par l'agressivité traduisait immédiatement en termes de menace. La bête était folle, il en était sûr. Elle lui faisait peur. Il la regardait à la dérobée, épiant le jeu des muscles sous le pelage ras.

« Si je posais mon oreille sur son flanc, se disait-il, j'entendrais bouillir son sang, ses humeurs, j'entendrais pousser ses dents. C'est une usine de haine, une machine de viande qui trépigne d'impatience. La pression du sang monte progressivement dans la chaudière, l'obligeant à mordre, à déchiqueter. Lorsque la tension est trop forte, il lui faut se jeter sur quelqu'un, c'est inévitable. Si elle ne le faisait pas, son cerveau éclaterait comme une vessie trop remplie. »

Il observait le chien, soir après soir, édictant mentalement les règles d'une physiologie fantaisiste. Le halètement perpétuel de l'animal, couché dans un angle du poste de garde, tissait un bruit de fond pénible auquel Daniel ne parvenait pas à s'habituer. Il en allait de même pour les gouttes de bave constellant le sol, et entre lesquelles il passait son temps à zigzaguer.

« Ce chien, expliquait P'tit Maurice, c'était le chien d'une bonne femme qui faisait tourner les tables. Une espèce de voyante à ce qu'il paraît. Elle passait sa vie à peloter des guéridons et à compter les coups. Quand j'allais la voir elle me disait : "Cet animal voit les fantômes, comme tous ses congénères, du reste, mais contrairement à eux, lorsque cela se produit il ne se met pas à trembler, à hurler à la mort et à pisser sur les tapis, non, **il les attaque !** On dirait qu'il ne supporte pas les esprits, il faut le voir faire des bonds en l'air en claquant des mâchoires. C'est comme s'il s'était mis en tête de mordre le vent. Il va falloir que je m'en débarrasse, j'ai peur que son agressivité ne finisse par éloigner les esprits."

— Oui, marmonnait le gardien, c'est comme ça que je l'ai récupéré. Parce que c'était une belle bête, et qui ne me coûtait pas un rond. Un chien qui mord les fantômes, tu as déjà entendu parler de ça ? »

Daniel secouait négativement la tête sans cesser de surveiller le dobermann à la dérobée.

« Lorsque je l'ai pris, continuait P'tit Maurice, la vieille m'a recommandé de ne jamais le promener à proximité des cimetières à cause des émanations spirites qui risquaient de l'énerver, et surtout de ne jamais l'emmener dans une maison réputée hantée. »

Daniel écoutait ce bavardage sans s'étonner outre mesure. La nuit favorisait les confidences grotesques, les fantasmes. L'obscurité, la fatigue et la bière s'unissaient en un cocktail puissant qui faisait chavirer l'esprit des sentinelles. Il suffisait de rester sans bouger et d'attendre, de s'enkyster dans la pénombre et de laisser se diluer les barrières mentales. Alors, lentement, la voix des hommes s'altérait, se déformait. Les sonorités se modifiaient, les syllabes perdaient leurs angles. Une curieuse déliquescence minait les discours et les phrases se mettaient à couler, à suinter. Les mots roulaient comme des gouttes de pluie sur un imperméable. Daniel se gardait d'intervenir, confesseur tapi dans l'angle d'une guérite, il laissait s'entrouvrir le crâne de ses compagnons, il écoutait le murmure de l'ombre comme on renifle une mauvaise odeur, car elle puait toujours cette voix nocturne. Elle vous crachait au visage une pestilence de fauve aux dents encrassées par la viande pourrie. C'était comme le murmure d'un loup en veine de confidences, le monologue d'un fauve qui marmonne, pris par l'engourdissement du sommeil. La nuit du camp était pleine de ces voix suspectes qui s'entrecroisaient sans jamais se taire. Cela formait un bruit de fond irritant, analogue aux halètements du dobermann, une sorte de respiration secrète frisant toujours le paroxysme, un spasme continuellement différé.

« C'est le lieu où toutes les bêtises se lâchent », pensait Daniel en détournant le mot de Paul Valéry.

La nuit favorisait les complicités. Pire : elle tissait des liens suspects dont on ne parvenait pas à se désempêtrer. Le murmure des loups finissait par imprégner vos vêtements d'une odeur tenace qui vous poursuivait au grand jour. Lentement, inévitablement, la souillure vous gagnait et le moment venait où vous vous laissiez glisser à votre tour et où votre voix se mettait à couler, boueuse, pâteuse, sans que vous ayez réellement à ouvrir la bouche.

« Ce chien détecte les fantômes, répétait P'tit Maurice, quand je fais la ronde le long du grillage qui borde l'autoroute il se met à danser comme un diable et à mordre les barbelés. Tu sais pourquoi ?

— À cause des voitures qui passent ? hasardait Daniel.

— Mais non ! s'impatientait le rondier, il le fait même quand la route est déserte. C'est à cause des accidents, de tous ces gens qui sont morts de l'autre côté de la clôture. Le chien sent leur présence. Leurs spectres sont là, sur le bord du talus, ils doivent hanter le bas-côté de la route, et le dobermann les voit ! Bon sang, je ne suis pas superstitieux, mais chaque fois que j'arrive dans ce coin je presse le pas. Le chien devient comme fou, il saute en l'air et mord le grillage. Je ne sais pas ce qu'il distingue dans l'obscurité mais moi je tourne la tête et j'accélère, tu peux me croire ! »

Daniel — qui au grand jour se serait moqué d'une telle hypothèse — se surprenait à hocher gravement la tête et... à presser le pas dès qu'il lui fallait longer le grillage en question !

La nuit l'abêtissait, le murmure des loups faisait cailler son intelligence. Sa méfiance à l'égard du chien ne faisait que croître. Au bout d'un moment il comprit qu'il se laissait en quelque sorte hypnotiser pour oublier Christine. Il acceptait les confidences de P'tit Maurice comme on subit un lavage de cerveau. Il trottait dans la nuit tandis que son collègue lui expliquait dans le moindre détail l'entraînement des chiens de guerre destinés aux troupes d'élite.

« Des loups, chuchotait-il, on en fait des loups. Après ça, même un caniche se transforme en tigre. On leur apprend à n'avoir peur de rien, ni du feu ni des explosions. Ils savent reconnaître toutes les armes et détecter les bombes à l'odeur. Ils ne respectent qu'une seule personne : leur maître. Quand tu prends en laisse un chien de cette sorte, c'est comme si tu t'asseyais dans la tourelle de commandement d'un char de combat ! Tu as la destruction au bout des doigts... je devrais plutôt dire au bout de la langue, car il suffit d'un mot. D'un mot secret convenu entre le chien et toi. Pour lui donner l'ordre d'égorger un homme tu dis : "As de pique", par exemple, comme ça personne ne peut prendre le contrôle de la bête à ta place. C'est bougrement futé, non ? »

Ils allaient dans la nuit, zigzaguant entre les bosquets d'une jungle imaginaire, et P'tit Maurice évoquait les chiens dressés pour la chasse aux guérilleros.

«Tu comprends, argumentait-il, les Noirs ou les Jaunes, ça a une odeur bien spéciale que les chiens peuvent facilement reconnaître. Avec une bête bien dressée, plus question de tomber dans une embuscade.»

Le dobermann courait dans les allées, tombait brusquement en arrêt, flairant le vent, adoptait des postures d'attaque, puis repartait en trottant, comme si de rien n'était.

«Des fois je me dis qu'on n'est pas assez bien équipé, soliloquait P'tit Maurice, avec la torche on nous voit trop... Il faudrait au contraire se fondre dans la nuit, s'habiller de noir, se barbouiller le visage avec du noir de fumée. Il faudrait tendre des pièges sur certaines pelouses, des pièges qu'on serait les seuls à connaître. Pourquoi on ne creuserait pas des fosses? De bonnes vieilles fosses avec des épieux? Moi, l'électronique j'aime pas ça, j'ai pas confiance. Les champs de détection, les radars, ça m'emmerde, j'aime les trucs simples et efficaces, les pièges qu'on peut bricoler avec de la corde et des bouts de bois. Au Viêt-nam les types fabriquaient des trucs meurtriers avec du bambou... C'est bien le bambou.»

Daniel écoutait, gagné par une sensation d'irréalité croissante. Il lui semblait que la végétation se métamorphosait, que des singes couraient sur les toits des bâtiments. C'était comme si, depuis son arrivée au camp, il s'était subitement mis à voir *l'envers des choses*... Comme s'il était désormais doué d'un don de double vue qui lui permettait de détecter la charge mystérieuse cachée en chaque objet.

Il dut subir un nouveau jour de congé. Loin des barbelés il s'étiolait, la vie se révélait d'une épouvantable fadeur. Il errait dans les rues, décrivant de grands cercles qui lui rappelaient le tracé des rondes nocturnes. Parfois, machinalement, il entrait dans un immeuble, à la recherche d'un «mouchard»… et rebroussait chemin, déçu, frustré. L'ombre de Christine ne l'effrayait plus, il avait sauté une frontière, il était «autre». Il lui arrivait de plus en plus fréquemment de conserver son uniforme sous son imperméable, même lorsque rien ne l'y obligeait. C'est dans cette tenue qu'il rencontra Marie-Anne à la sortie d'un cinéma. La jeune fille l'entraîna chez elle et il se laissa faire, plus par désœuvrement que par envie. Lorsqu'elle voulut le déshabiller, elle découvrit la vareuse bleu nuit et le ceinturon de cuir qui la laissèrent perplexe. Daniel, pressé de questions, répondit paresseusement, il n'avait pas envie de s'expliquer, encore moins de se justifier.

«C'est dingue, souffla Marie-Anne, tu ne trouves pas ça suspect ce besoin de l'uniforme, du cuir ? Les ceinturons, il y a quelque chose de sexuel là-dedans, j'en suis sûre. Tu les boucles sur toi parce que tu as envie d'être attaché, c'est ça ? Du fétichisme pur et simple. Tu as besoin d'être sexuellement dominé. Si tu ne réagis pas, ça peut se transformer en perversion. Tu as entendu parler du *bondage* ? Tu ne pourras plus jouir que ficelé dans des positions invraisemblables, c'est très sérieux…»

Saoulé par ce flot de paroles, Daniel se rhabilla et prit la porte. Il marcha une bonne partie de la nuit, effectuant plusieurs rondes autour d'un pâté de maisons qu'il s'était donné pour mission de surveiller. Le lendemain on l'affecta de nouveau au secteur des douches, ce fut comme s'il aspirait une bouffée d'oxygène pur.

15

Lorsque Christine reprit son récit, elle raconta à Daniel comment, dans les jours qui suivirent l'attaque de la villa et la douche forcée infligée aux estivants à la pointe du couteau, Mike décida de quitter la forêt et de commencer à quêter dans les petites agglomérations. Cela ne fonctionnait pas très bien. À la campagne les gens étaient toujours méfiants avec les étrangers. Quand on ne les chassait pas, on les laissait parler pour se moquer d'eux, principalement dans les cafés-épiceries. Là, des vieillards ricanants les accablaient de questions idiotes formulées dans un patois épais, pratiquement incompréhensible. Christine souffrait de cette animosité rigolarde qu'elle percevait derrière chaque sourire. On les prenait pour des bouffons, on attendait d'eux des grimaces, des pantomimes grotesques. Lorsque Mike abordait le sujet des mutations génétiques et des monstres engendrés par les radiations, les vieux se tapaient sur les cuisses et riaient aux larmes. « Mont' nous donc vouère la tête d' ces bestiaux ! » beuglait le patron du café en étouffant ses quintes de rire dans un torchon. Lorsque le spectacle n'amusait plus, on les renvoyait sèchement. Non, Christine n'aimait pas la campagne, on y voyait toujours trop de chiens et trop de fusils. Les hommes y étaient apoplectiques, le nez bourgeonnant de veinules violacées, perpétuellement au bord de l'explosion et de l'injure. À la moindre contrariété ils levaient le poing, appelaient leur chien ou rameutaient leurs ouvriers d'un coup de sifflet. « Laissons tomber, supplia la jeune fille, retournons en ville, tu ne sens pas toutes ces mauvaises vibrations ?

— Quelles mauvaises vibrations ? s'emporta Mike, ici au moins on est à l'abri des rayonnements nocifs. Tu vois des écrans d'ordinateurs, toi ? Moi pas. Si on passe trop de temps dans les villes, on développe des tumeurs, tu ne le sais pas encore? Il est nécessaire de se désintoxiquer à la campagne. C'est vital!»

Il était inutile de discuter. Christine baissa la tête et se soumit, mais la quête demeura médiocre et la plupart du temps ils durent se contenter, en guise d'aumône, d'une tartine de rillettes et d'un verre de cidre.

«Mes pauv' enfants, soupiraient les vieilles, c'est à l'école qu'on vous met des idées comme ça dans la tête? V'nez donc travailler la terre, ici ça manque de bras.»

Christine était inquiète, mal à l'aise. Depuis quelque temps elle avait la sensation d'être épiée, suivie. À plusieurs reprises ils avaient croisé une vieille voiture grise sur la route. Le véhicule avait ralenti à leur hauteur, sans toutefois s'arrêter, et elle avait pu voir qu'il était rempli de jeunes gens plutôt débraillés aux sourires sinistres. Elle avait fait part de ses craintes à Michael, mais l'Anglais avait haussé les épaules.

«Des garçons de ferme qui font les farauds, pour eux nous sommes des touristes. Ils vont se payer notre tête pendant un quart d'heure puis nous oublieront.»

Mais Christine n'en était pas aussi sûre. Elle n'aimait pas cette voiture grise qui roulait au ralenti, comme un charognard survolant une proie. Avec sa carrosserie couverte de poussière et ses plaques d'immatriculation boueuses, elle avait l'air d'un pachyderme flairant le vent quelques secondes avant d'entamer son pas de charge. Les pneus écrasaient le gravillon dans un crissement exaspérant, prenant leur temps, négociant la courbe d'un virage avec une lenteur épouvantable. La tête baissée, Christine essayait de ne pas regarder dans la direction de l'automobile. Elle sentait les yeux des garçons sur ses seins, son ventre, ses cuisses. «Ils essayent de nous faire peur, se répétait-elle, ils veulent nous intimider.»

Mike n'était pas de son avis. Ne pas trouver une console d'ordinateur dans chaque ferme le rassurait, et lui rendait — *a priori* — les paysans sympathiques.

Peu de temps après avoir croisé la voiture grise ils découvrirent le cimetière profané. C'était un petit cimetière de campagne dressé au bord d'une route poudreuse. Un enclos ceint de murets décrépis, dont la grille disparaissait sous les plantes grimpantes. Un simple coup d'œil dans l'entrebâillement du vantail leur permit de voir qu'on avait barbouillé les pierres tombales à l'aide de bombes à peinture. L'effet obtenu avait quelque chose d'irréel. Les dalles zébrées de rose et de rouge, les crucifix bleus, les mausolées à pois noirs, les vierges à damiers, concouraient à créer une atmosphère étrange et... démoniaque. Michael se signa instinctivement. Christine s'immobilisa au seuil de l'enclos, n'osant faire un pas de plus. Les murs étaient couverts d'obscénités et de graffiti ignobles à l'orthographe approximative. Les bombes à peinture jonchaient les allées. Des tessons de bouteille montraient qu'on s'était amusé à fracasser des canettes de bière sur les pierres tombales.

«Partons, souffla Christine, on pourrait nous accuser.»

Cette fois Michael ne chercha pas à tergiverser. Toute la journée Christine eut le cœur étreint par un mauvais pressentiment. Le soir, en passant près d'une ferme, ils entendirent des gémissements. La plainte était très faible, émise par un être à bout de forces. Mike hésita, il n'entrait pas dans sa doctrine de secourir les faibles. La fin du monde était proche et les neuf dixièmes de l'humanité allaient périr. Bientôt on compterait les morts par milliards, quelle importance pouvait-on accorder, dans ce cas, à un gémissement anonyme perçu au bord d'une route alors que la nuit tombait ?

« Viens, dit-il en posant la main sur l'épaule de Christine, ça n'a pas d'importance. Bientôt ils seront tous morts. Un peu plus tôt un peu plus tard… »

Mais la jeune fille se dégagea. La ferme était minuscule et sale, un chien mort reposait au centre de la cour, le crâne fendu. Dans la maison, ils trouvèrent un vieillard ficelé sur une chaise renversée, les pieds nus. Sur la gazinière allumée, de vieux fers à repasser en fonte achevaient de virer au rouge. Il était manifeste qu'on s'en était servi pour torturer le vieux car la plante de ses pieds n'était plus qu'une énorme plaie sanguinolente.

« C'était la technique des "chauffeurs", jadis, murmura Christine, on l'a torturé pour lui faire avouer où était caché son magot. »

Les récits de son père, et de ses amis gendarmes, lui avaient appris que cette forme d'exaction sévissait encore dans les campagnes, et qu'elle était pratiquée par des petits voyous au fait des coutumes paysannes. En prononçant ces mots, elle ne put s'empêcher de penser à la voiture grise rôdant par les routes désertes, mais n'osa formuler ses doutes. Mike s'agenouilla et trancha les cordes qui retenaient l'homme sur le siège.

« On ne peut rien faire d'autre, décida-t-il avec mauvaise humeur, tu connais la consigne : pas de contact avec la police. »

Et comme Christine s'entêtait à parler de soins, il lança : « On préviendra la gendarmerie d'une cabine. »

La jeune fille savait qu'il avait raison, surtout après l'incident de la douche forcée, sur la route du château d'eau. Il était à peu près certain que la grosse femme avait porté plainte et que leur signalement trônait en bonne place dans toutes les gendarmeries ; dans ces conditions il leur était impossible

153

de prendre contact avec la police sans devenir automatiquement suspects.

Le vieux râlait, la tête rejetée en arrière. Son dentier s'était décroché et lui encombrait bizarrement la bouche.

«Viens!» répéta Mike.

Comme ils quittaient la ferme, la pluie se mit à tomber, transformant le chemin en marécage. Ballottés par les trombes, ils s'enveloppèrent dans leurs capes et dérivèrent au sein d'un paysage aquatique. Ce soir-là ils ne trouvèrent aucune cabine et ne téléphonèrent pas à la gendarmerie.

Le déluge dura deux jours, les obligeant à camper dans des conditions épouvantables. La petite tente qu'ils utilisaient pour se préserver des averses fut très vite traversée de part en part et à demi submergée par les coulées de boue. Les sacs de couchage ne réussissaient pas à sécher et tous leurs vêtements empestaient l'humidité. Le bois était si mouillé qu'ils ne parvenaient qu'à grand-peine à faire du feu, et cela en dépit des vieux trucs de routard qui consistent à faire démarrer un foyer en enflammant de la dissolution ou de la colle à chaussures. La pluie noyait toute la campagne, délayant les champs, transformant les routes en rivières. À la fin du second jour, titubants, crottés, ils se résolurent à faire de l'autostop. Ils n'avaient pratiquement pas dormi depuis quarante-huit heures, sans pour autant cesser de marcher, et n'agissaient plus que mécaniquement, portés par leurs seuls réflexes. Épuisés, ils tombèrent dans le piège, la tête la première...

Quand la voiture s'arrêta à leur hauteur, ils firent une brève prière pour remercier le Seigneur et se précipitèrent sur la banquette arrière en s'excusant d'être ainsi trempés. Il faisait nuit, le conducteur n'était qu'une silhouette agrippée à son volant, et la lumière intérieure ne fonctionnait pas. Le véhicule empestait la fumée de cigarette, le vin. Christine saliva pour dissiper la nausée qui s'emparait d'elle. Comme toujours, Mike s'était lancé dans ce qu'il appelait son «numéro de convivialité» et — le visage fendu d'un sourire rassurant — débitait des banalités sur les inconvénients du camping. Christine avait rabattu son capuchon, une odeur de chien mouillé emplissait la voiture. Elle se savait sale et en était gênée. Le conducteur répondait par monosyllabes et s'obstinait à rouler en codes. Il avait une voix jeune, et, à la faveur d'un éclair, Christine constata qu'il s'agissait d'un garçon d'une vingtaine d'années.

«J' dois passer à la ferme chercher de la viande salée, dit-il tout à coup, si vous voulez entrer on vous fera du vin chaud.»

Mike remercia. Le chauffage avivait l'odeur des lainages détrempés, et Christine se sentait piquer du nez.

«Idiote, se morigéna-t-elle, il ne faut pas dormir, surtout pas MAINTENANT!»

Quelque chose, une intuition inexplicable, lui chuchotait d'ouvrir la portière, de sauter dans la boue et de courir droit devant elle, à travers champs, sans plus attendre... Mais elle était trop fatiguée pour écouter des voix fantômes et se cala au fond de la banquette. Elle souffrait d'un millier de courbatures et la boue s'était infiltrée jusque dans ses sous-vêtements, elle n'aspirait plus qu'à prendre une douche et à dormir dans un vrai lit. Ces réflexes de petite-bourgeoise l'agaçaient profondément et elle se demandait parfois combien de temps il lui faudrait encore pour s'habituer à la saleté et au manque de confort qui caractérisent la vie d'un soldat.

«On arrive», dit le conducteur. La voiture tressauta sur une ornière et s'engagea dans ce qui semblait être une cour de ferme. Mais aucune lumière ne brillait. À travers le rideau de pluie, on ne distinguait que la silhouette d'un haut bâtiment en mauvais état.

«On descend», proclama le garçon avec un éclat goguenard dans la voix. Christine sentit immédiatement ses craintes se raviver, et lorsqu'elle poussa la portière elle eut l'horrible impression que la voiture... *était grise*!

La ferme n'était qu'une ruine à l'abandon, des corps de bâtiments aux poutres effondrées, au sol jonché de tuiles et de caillasse.

«Je ne comprends pas, commença Mike.

— Hé! cria le garçon à la cantonade, regardez ce que je vous amène!

— Mais ce sont nos petits quêteurs!» ricana une voix dans l'ombre.

Mike ébaucha un mouvement. Aussitôt trois ou quatre silhouettes en blouson de cuir s'abattirent sur lui. Christine fut saisie aux poignets et traînée à l'intérieur d'une grange avant d'avoir pu pousser un cri. Tout le reste se déroula avec une rapidité stupéfiante. On les jeta sur le sol, on leur lia les mains, puis on découpa leurs vêtements au rasoir, ne leur laissant pas une pièce de toile sur le corps. En quelques minutes Christine se retrouva nue dans la paille pourrie, tétanisée par la peur.

«Fouillez tout, gronda l'un des garçons, les godasses, les sacs à dos, coupez tout en lamelles. Ils ont bien planqué le fric quelque part.

— Vous vous trompez, hurla Mike, nous sommes étudiants, nous n'avons pas d'argent.»

Il reçut un coup de pied dans la poitrine et s'effondra sur le dos. La semelle avait décalqué une empreinte boueuse sur son sternum. Christine remarqua assez stupidement que la peau de son scrotum s'était ratatinée sous l'effet de la peur.

«Tais-toi, p'tit curé, gouailla une voix, on te connaît toi et ta bonne sœur, on vous surveille depuis un moment, on sait ce que vous faites. On aurait pu vous attaquer mille fois mais on préférait vous laisser grossir… On attendait que le lard vous vienne sur les os. Alors, où est le fric ?

— Y'a rien », fit quelqu'un au milieu d'un bruit de tissu lacéré.

Christine ferma les yeux et s'appliqua à respirer lentement. Au monastère on les avait préparés à de semblables désagréments.

« La route vous exposera à bien des turpitudes, avaient coutume de déclarer les frères, on vous rossera, peut-être même subirez-vous des violences sexuelles. Vous devez vous habituer à dépasser le choc de telles agressions, à ne pas réagir en victimes… et surtout à ne pas vous sentir souillés. Détachez-vous de votre corps, réfugiez-vous dans un coin de votre esprit, pensez que vous êtes des soldats. Des soldats en mission. »

Christine ne craignait pas le viol. Au monastère, elle avait appris à se soumettre à différents partenaires sans y accorder d'importance. Pendant trois mois on l'avait habituée à se laisser prendre trois fois par jour par des hommes ou des garçons qu'elle connaissait à peine. On ne lui demandait pas de faire l'amour, simplement de s'allonger et d'ouvrir les jambes. Les hommes se penchaient sur elle, s'enfonçaient dans son ventre sans se soucier de lui donner le moindre plaisir. Cela durait cinq minutes, puis chacun retournait à son travail, sans un mot. Au début elle avait eu honte, elle avait pleuré. À partir du trentième partenaire, elle n'y avait plus prêté attention. La souffrance physique lui causait plus d'inquiétudes, les simulations de tortures par lesquelles elle était passée n'avaient pas excédé le stade de la douzaine de gifles et des quelques coups de poing à l'estomac, rien de très sérieux en comparaison des pieds sanguinolents du petit vieillard découvert deux jours auparavant.

« Nous n'avons pas d'argent, répéta Mike, nous

envoyons régulièrement des mandats à nos responsables.

— Je n'y crois pas, répliqua le voyou, vous êtes trop radins pour dépenser l'argent d'un mandat, et puis vous ne voulez pas laisser de traces fiscales, c'est pour ça que vous ne déposez rien dans les banques... Du liquide, rien que du liquide, jamais d'écritures... L'argent de la quête vous l'avez caché quelque part, dans la forêt, dans une baraque abandonnée, je veux savoir où. »

À partir de ce moment les choses s'étaient gâtées. Deux garçons avaient saisi Mike aux épaules pour lui introduire un entonnoir dans la gorge. C'était un gros entonnoir de métal, et Michael hoquetait en se débattant. Puis les voyous avaient commencé à boire de la bière, de façon ininterrompue, tirant les bouteilles d'une caisse à demi enfouie dans la paille. Chaque fois qu'ils éprouvaient l'envie d'uriner, ils se soulageaient dans l'entonnoir, et Mike était forcé d'avaler leur pissat. Le rituel avait duré longtemps, puis, devant le mutisme de l'Anglais, on s'était rabattu sur Christine. Ils l'avaient saisie par la nuque, lui meurtrissant les joues pour la forcer à ouvrir les mâchoires. Elle ne s'était pas débattue, cela n'aurait servi à rien qu'à les exciter davantage. L'entonnoir lui avait écorché la langue et cassé une dent dont elle avait avalé les débris d'émail.

Puis l'ignoble cérémonie avait recommencé. Les bouteilles décapsulées à la hâte, l'odeur, la nausée...

Au bout d'un moment Christine réussit à dominer sa répugnance, à se réfugier dans une zone d'engourdissement mental.

« Ce qui compte c'est de ne pas avoir mal, se répétait-elle ; après tout, beaucoup de gens ont survécu en buvant leur urine. Ce n'est pas si terrible. »

La colère s'empara des garçons. Comme elle s'y attendait depuis le début, ils lui détachèrent les chevilles pour lui écarter les jambes. Lorsque le chef de la bande s'agenouilla entre ses cuisses pour la violer, il découvrit aussitôt le tube de métal inoxydable enfoncé dans son vagin.

« Mince, grogna-t-il, qu'est-ce que c'est ? »

Il ne leur fallut pas longtemps pour dévisser le « plan » et trouver les billets roulés en un mince tuyau de papier.

« Hé ! rigola l'un d'eux, le gars ! Il doit être farci, lui aussi ! »

Christine entendit Michael gémir sourdement quand les voyous lui fouillèrent les reins, et, cette fois, elle ne put s'empêcher de pleurer. Le reste fut sans surprise. La bière circula à nouveau pour fêter l'exhumation du trésor, puis Christine sentit qu'on lui écartait les genoux et qu'on s'allongeait sur elle, elle ferma les yeux. Quelques minutes plus tard, les cris de Mike lui apprirent que le jeune Anglais subissait le même sort. Cela ne dura pas très longtemps car l'alcool avait en grande partie privé les agresseurs de leurs moyens physiques. Christine demeura à demi enfouie dans la paille, des échardes dans les épaules, les cuisses et le ventre gluants. Tout autour d'elle les voyous ronflaient bruyamment. Elle avait froid et rampa pour essayer de se recouvrir de paille. Les garçons s'en allèrent au cours de la nuit, en titubant et se soutenant les uns les autres. Christine entendit la voiture démarrer et comprit que le calvaire était fini. Elle se traîna vers Mike et entreprit de ronger les liens qui entravaient les poignets du garçon. Elle avait un peu mal à la tête et au ventre, mais dans l'ensemble, elle était assez fière de la manière dont elle avait affronté l'épreuve.

Il leur fallut un bon moment pour parvenir à se défaire des cordes qui leur entaillaient la chair. Ils avaient froid et grelottaient. L'aube, qui se levait, jetait une lumière grise sur les décombres de la ferme. Le sol de la grange était jonché par les débris de leurs vêtements. Tente, sacs à dos, duvets, chaussures, tout avait été mis en pièces, et on avait écrasé à coups de talon leur matériel de camping. Mike était blême, les lèvres soudées. Ses yeux fixes paraissaient morts. Christine ramassa un peu de paille et de bois pour faire un feu. Elle se moquait d'incendier la grange, seule comptait la chaleur qu'elle espérait faire naître entre ses doigts. Quand la fumée monta, ils se pressèrent autour du mince filet de tiédeur.

« Nous sommes vaincus », pensa Christine, mais elle n'osa pas prononcer la même phrase à voix haute. Mike lui faisait peur. Il semblait privé de vie, détraqué comme un automate qui se fige soudain au beau milieu d'un mouvement. Son expression hagarde plaquait un masque cireux sur son visage. Elle avait envie de le prendre dans ses bras pour le bercer... mais aussi de le secouer en lui criant aux oreilles : « Alors soldat ! On flanche à la première blessure ? »

Mais elle ne pouvait pas dire ça. Elle étouffa un rire nerveux et rajouta un peu de bois sur le feu.

« Il faut trouver des vêtements, murmura-t-elle enfin, ils ne nous ont rien laissé. »

Mike parut ne pas l'avoir entendue.

Le jour se leva sans que le garçon reprenne vie. Christine, lasse de son immobilité, décida d'explorer les décombres de la ferme. Il était en effet vital pour eux de se procurer des vêtements avant que le froid ne les terrasse. Par bonheur, il ne pleuvait plus. Dans une salle encombrée de bouteilles vides, elle mit la main sur un monceau de valises éventrées, probablement dérobées à des vacanciers. Elle en conclut que les voyous faisaient partie de la redoutable confrérie des pilleurs d'autoroutes qui opèrent sur les aires de repos et dévalisent les voyageurs occupés à pique-niquer. Les bagages ne contenaient que des loques lacérées au milieu desquelles elle eut beaucoup de mal à prélever quelques vêtements à peu près utilisables. Elle réussit à isoler une robe trop large mais dont elle sut s'accommoder, ainsi qu'un pantalon troué au genou et un tee-shirt souillé de vin.

Les chaussures avaient été entassées en vrac dans le foyer de l'ancienne cheminée où l'on avait essayé de les faire brûler. Christine fouilla dans les carcasses de cuir goudronneuses pour mettre la main sur deux paires de souliers qui leur permettraient d'affronter les cailloux des chemins.

Elle bougeait avec rapidité, pour se réchauffer, et ne pensait déjà presque plus aux événements de la nuit. Son pouvoir de récupération l'ébahissait et la réjouissait tout à la fois. Trois ans plus tôt, si elle avait eu à subir un viol collectif, elle serait devenue folle, frigide, et n'aurait plus pensé qu'au suicide. Elle réalisait aujourd'hui combien son séjour au monastère l'avait rendue forte, combien elle était digne à présent de SURVIVRE à l'holocauste.

Elle regagna la grange et jeta les hardes aux pieds de Michael en lui commandant de s'habiller. Un quart d'heure après, ils quittaient la grange déguisés en romanichels. Une fois de plus, ils choisirent de se déplacer sous le couvert pour échapper aux patrouilles de gendarmerie.

16

Le jeudi et le vendredi, Daniel fut de service au poste central que les gardiens avaient coutume de surnommer «le bunker». Une fois de plus cette affectation venait interrompre le murmure de Christine, divisant son monologue en une sorte de feuilleton à épisodes. Daniel supportait de plus en plus mal l'attente de cette narration différée; quand il apprit qu'il devrait passer les deux nuits suivantes en compagnie de Morteaux, l'homme aux cheveux décolorés par la lune, il ne put réprimer sa mauvaise humeur et éprouva le besoin irrépressible de briser quelque chose sur-le-champ. Cédant à l'impulsion qui lui tordait les nerfs il se jeta sur un annuaire téléphonique dont il se mit à lacérer les pages. Il se figea alors qu'il atteignait la lettre « D », effrayé par sa propre réaction. Jamais par le passé il ne se serait laissé aller à une telle manifestation hystérique. Il songea que le murmure des loups agissait sur son cerveau à la manière de ces ondes qui finissent par rendre fous les rats de laboratoire. Les chuchotements additionnés dont il subissait les influences conjuguées détraquaient lentement son cerveau, altérant son comportement au point qu'il finissait par ne plus se reconnaître. Il se rendit au poste central la mort dans l'âme. Morteaux trônait dans la pénombre, éclairé par une minuscule lampe de bureau dont le halo creusait ses traits de manière mélodramatique. Daniel se demanda un instant si le chef de poste n'avait pas tout spécialement étudié cet éclairage dans le but de se donner une vague allure méphistophélique. Il s'installa, espérant que l'engourdissement viendrait vite et qu'il ne verrait pas passer la nuit. Sans Christine, les ténèbres n'avaient aucun goût. Morteaux griffonnait un organigramme incompréhensible sur un vieux listing récupéré dans une poubelle. Il aimait écrire sur du « papier d'ordinateur », singeant en cela les informaticiens qu'il avait vus, penchés sur d'épaisses rames de papier perforé, occupés à corriger des programmes imparfaits. Dans la solitude du bunker, il se plaisait à reproduire leur attitude, leur expression soucieuse.

Constatant que Daniel ne se décidait pas à l'interroger sur ses activités, il lança tout à trac : « Je dresse un projet de défense, au cas où le camp serait attaqué.

— Attaqué? gloussa Daniel.

— Oui, s'impatienta Morteaux, de nos jours ça n'a rien d'impossible. Un groupe de terroristes pourrait bien décider de faire sauter les ordinateurs. Il y en a pour des milliards là-dedans. J'établis un projet de surveillance renforcée. Un plan de bataille si tu préfères, ensuite je le soumettrai au directeur. »

Daniel se carra au fond des coussins. Il savait que le monologue allait venir, véhiculant quelque nouvelle lubie. Ils étaient fous, tous, à des degrés divers, soit, mais fous tout de même.

« Durant la journée j'étudie les batailles célèbres, avoua Morteaux. Wagram, Solferino, Austerlitz, Borodino. Je connais par cœur tous les mouvements de troupe, les astuces stratégiques, je les utilise dans mon projet. Ce sera du béton. »

Daniel vit qu'il avait dessiné la topographie du camp sur du papier quadrillé et qu'il avait photocopié ce plan à une centaine d'exemplaires, les feuillets étaient constellés de flèches signalant les mouvements de « troupes ». Daniel se mordit les lèvres pour ne pas sourire. Il imaginait Pointard, coiffé d'un bonnet à poil de grenadier, et chargeant en zigzaguant un ennemi invisible, quelle place tenait P'tit Maurice dans les ébauches belliqueuses de Morteaux? Celle de la cavalerie? Devrait-il monter à l'attaque sabre au clair... à cheval sur son chien?!

« Il faut défendre ce territoire, chuchotait le chef de poste, c'est notre terre après tout, c'est là que nous passons le plus de temps. En quelque sorte c'est notre vrai "chez-nous". Moi j'aimerais vivre ici en permanence, ne plus jamais poser le pied à l'extérieur. Je resterais derrière mes barbelés, bien isolé du reste du monde. Je n'allumerais même pas la radio pour savoir ce qui se passe dehors. Je serais comme sur une île. »

Il parut réfléchir; hocha la tête, puis répéta, apparemment satisfait de la justesse du terme : «Comme sur une île.»

Il avait froncé les sourcils, trahissant un effort intellectuel auquel il semblait peu habitué. Et cette expression douloureuse plaquait sur son visage un masque de détresse pathétique.

«C'est dur à expliquer, soupira-t-il, mais ici, au cœur des clôtures, le monde est à la bonne dimension. Pas trop grand comme une ville, pas trop petit comme une maison de campagne. On peut en faire le tour ou l'avoir sous les yeux tout entier, ça c'est important. Dans les villes tout est gigantesque, l'homme se perd. Il n'est nulle part chez lui. Ici nous connaissons tout le monde, tout est en ordre, fiché, étiqueté. Dans ce classeur j'ai tous les noms des informaticiens, dans celui-ci ceux des secrétaires. Tout est répertorié, à sa place. Il n'y a pas TROP de choses à savoir. C'est… rassurant.»

Daniel acquiesça d'un mouvement de tête. Il comprenait parfaitement ce qu'essayait de lui dire Morteaux. Il avait, un temps, éprouvé quelque chose d'analogue. Une sorte de désir de «sécession», le besoin poignant d'une impossible autarcie. Les barbelés, les clôtures lui rappelaient les traits colorés des frontières sur les cartes de géographie. Le camp était en dehors du «monde», entre parenthèses. Pour Daniel qui ne l'avait jamais vu que la nuit, il n'avait d'autres fonctions que de permettre aux gardiens de vivre à l'écart et d'y décrire d'interminables trajets aux boucles rituelles. Les rondes étaient autant de processions, de cérémonies religieuses dont il ne fallait à aucun prix déranger l'ordonnance. Le camp était une enclave, une sorte de *trou* dans l'univers où il suffisait de s'engouffrer pour échapper aux lois rationnelles.

«Une tache d'encre sur une carte, songea Daniel, une tache d'encre où tout devient possible, où le mur-

mure qui s'échappe des crânes s'épanouit en histoires fantastiques.

— Le mouvement de la cavalerie à Austerlitz… »
rêva Morteaux.

À tout prendre, le camp n'était guère différent du
grand abri dont Mike et Christine avaient rêvé.
C'était un terrier à ciel ouvert que la nuit enveloppait
de son écran protecteur. Daniel ferma les yeux. La
voix de Morteaux coulait jusqu'à lui, nocturne, fluide,
charriant ses syllabes «désossées», mais elle ne possédait pas l'enchantement puissant qui montait du
fredonnement hypnotique de Christine. Daniel ravala
son impatience. «Encore une nuit, pensa-t-il. Une
nuit… »

17

Dans la semaine qui suivit le viol, Mike et Christine menèrent dans les bois une étrange vie sauvage,
hagarde, à quelques centaines de mètres seulement
de la route. Enfin la jeune fille réussit à voler des
vêtements sur une corde à linge, tout près d'un
lavoir, et ils purent se vêtir de manière moins grotesque.

Michael était devenu taciturne, renfermé, et ne
s'exprimait plus guère que par monosyllabes. Christine déployait chaque jour des ruses de Sioux pour
se procurer de la nourriture et reconstituer progressivement l'équipement qu'ils avaient perdu.

Forçant les cahutes de cantonniers, elle raflait
ainsi des cirés, des bottes de caoutchouc, de la ficelle,
un vieux couteau, une bâche, un manche de pioche.
Avec ce matériel hétéroclite elle construisait une
tente, posait des collets. Le bois étant trop humide

pour daigner prendre feu par friction, ils mangèrent la viande crue d'un lapin, puis celle d'un faisan. Ils vivaient en barbares, en prédateurs, sautant d'un taillis à un autre.

Un après-midi, alors que le soleil était revenu, ils surprirent un garçon et une fille qui se caressaient au milieu d'une clairière, leurs vélos couchés dans l'herbe, à côté d'eux. Sans hésiter, Christine s'approcha des deux tourtereaux et les assomma à coups de manche de pioche avant qu'ils ne l'aient entendue venir. Elle les déshabilla entièrement, ne leur laissant pas même un slip sur la peau, et ordonna à Mike d'enfiler les vêtements du garçon. Ce forfait accompli, ils volèrent les vélos et s'élancèrent sur la route en pédalant à s'en arracher les muscles des cuisses.

Il y avait un peu d'argent dans les poches des habits masculins, ils en profitèrent pour acheter des provisions «civilisées» dans une petite épicerie. Du lait concentré sucré, surtout, dont ils se gavèrent comme des enfants en goguette.

«Maintenant il faut réagir, décida Mike en croquant avidement un biscuit au chocolat, on ne peut pas rentrer au monastère les mains vides!»

Cette proclamation sonnait moins comme une protestation outrée que comme un aveu d'inquiétude, et Christine se demanda si son compagnon n'avait pas tout bonnement PEUR de regagner la confrérie sans le pécule qu'on leur avait commandé d'amasser au long des routes.

Craignait-il quelque punition dont elle ignorait l'existence? Les frères réservaient-ils un traitement peu enviable aux quêteurs maladroits qui se laissaient dépouiller?

Elle devait s'avouer qu'elle n'en savait rien, mais Michael faisait partie de la secte depuis six ans déjà et il avait pu surprendre des choses qui échappaient d'ordinaire au profane. Peu à peu l'angoisse larvée du jeune Anglais se fit contagieuse et la jeune fille cessa de se considérer comme un brave soldat ayant fait ses preuves au feu.

Tout en pédalant au long des routes désertes, elle se surprit à imaginer les châtiments désagréables qui les attendaient au monastère. Elle savait que les frères pratiquaient une discipline d'acier et qu'ils étaient souvent fort sévères. On murmurait des choses indistinctes à propos de cachots enfouis sous l'ancienne abbaye qui servait de point de rassemblement à la secte, mais elle avait jusqu'ici pensé qu'il s'agissait de légendes créées de toutes pièces par les novices. Aujourd'hui elle n'en était plus aussi sûre.

«Il faut se renflouer, répétait obstinément Mike à chaque fois qu'ils faisaient halte, reconstituer le magot.

— Mais qu'est-ce que tu veux qu'on fasse? protestait Christine, qu'on prenne les fermes d'assaut en brandissant notre manche de pioche?

— Ce ne serait peut-être pas une si mauvaise idée», marmonna rêveusement Michael.

Ils attaquèrent deux auto-stoppeurs pour leur voler argent et sac à dos. Christine avait fini par considérer ces agressions comme allant de soi. Elle avait acquis un certain tour de main et frappait avec justesse, au bon endroit, sans excès de violence. Ensuite ils tiraient leurs victimes dans un fourré et les dépouillaient de leurs vêtements, comme on écorche un lapin.

Au bout d'une semaine ils avaient reconstitué tout leur matériel de base et offraient à nouveau l'image de deux étudiants en vacances. Mais Michael ne souriait plus, et sa bouche se plissait des heures durant en un vilain tic nerveux qui lui donnait un air cruel. Il avait changé, perdu cette langueur câline qu'appréciait Christine, il ne cherchait plus à se donner un air naïf en jouant du charme de ses yeux bleus et des maladresses adorables de son accent. Tout se passait comme si sa peau avait durci, comme si ses mains ne savaient plus qu'étreindre et frapper. La nuit il s'efforçait de dormir le moins possible comme s'il redoutait la venue de quelque mauvais rêve. «Maintenant nous ne jouons plus», se surprit à penser Christine. Elle ne savait pas vraiment ce qu'elle entendait par là. Peut-être sentait-elle que l'univers était en train d'infléchir sa trajectoire initiale, qu'ils se trouvaient tous deux à l'aube d'une profonde modification?

Mike était devenu opaque et granitique. Elle ne voyait plus à travers lui, elle ne devinait plus rien de ses sentiments. Il la dévisageait parfois avec un regard d'étranger, comme si elle n'avait plus aucune importance à ses yeux. Même la chaleur de sa peau s'était altérée. La nuit, quand le jeune homme finissait par succomber à la fatigue, elle devait se retenir de le toucher, de le piquer de la pointe de son couteau, comme l'on fait d'une bête morte pour s'assurer qu'elle ne va pas vous sauter au visage dans une dernière convulsion. Elle posait le bout de ses doigts sur le poignet de Mike, guettant les pulsations. Son cœur battait-il encore ou bien l'Anglais n'était-il qu'un cadavre entêté, un fantôme roulé dans un sac de couchage, un mort qui s'obstinait à parcourir la campagne sur une bicyclette volée, dans l'espoir d'une improbable vengeance?

«Il est plus froid, constatait-elle, si je me serrais contre lui je ne lui arracherais pas une miette de chaleur.»

Un matin, ce devait être quinze jours après l'agression, Michael se réveilla en proie à une grande agitation.

«Œil pour œil, déclara-t-il d'emblée, nous devons nous en tenir à ce précepte.

— Que veux-tu dire? interrogea Christine, tu veux retrouver les voyous et te venger?»

L'Anglais haussa les épaules avec exaspération.

«Il s'agit bien de ça, grogna-t-il, ce que nous avons subi est de bien peu d'importance en regard de ce qui se prépare. Tu ne sens donc pas que tout se dérègle. Cette agression elle-même est un signe! Il faut faire vite, construire l'Abri et s'y terrer en attendant le Dernier Jour. C'est pour cela que nous devons rapporter le plus d'argent possible, tu sais que seuls les meilleurs quêteurs seront admis dans l'Abri, n'est-ce pas?

— Oui, balbutia Christine, mais je pensais que nous étions en bonne place…»

Mike eut un rire insultant.

«En bonne place, vraiment? Après le revers que nous venons d'essuyer? Les autres équipes vont nous devancer, nous allons rétrograder sur la liste d'attente… et le jour où l'abri sera enfin terminé, on nous en fermera la porte au nez en nous disant: "Désolé, mais vous n'êtes pas parmi les élus!" Nous devons gagner notre entrée grâce à la quête, tu le sais! C'est en ramenant l'argent des oboles que nous achetons notre place au sein de l'Arche.»

Christine n'avait jamais réellement réfléchi à cet aspect du problème, jusqu'alors elle avait pensé que l'abri accueillerait indifféremment tous les membres de la secte; au dire de son compagnon elle avait péché par excès d'optimisme.

«On nous a volés, volons les autres, siffla Michael en saisissant la jeune fille par les poignets, nous sommes en période de pré-Apocalypse, le concept de crime ne recouvre plus rien. Tous ces gens vont mourir, quelle importance si nous les dévalisons? Hein? QUELLE IMPORTANCE? Dans un an les villes ne seront plus que des tas de cendre habités par des statues de goudron. L'argent aura brûlé, les coffres-forts auront fondu, les lingots d'or tapisseront les rues de leur flaque dorée, et PERSONNE ne pourra plus en profiter. Prélevons notre part du butin sans remords, taillons-nous une belle portion sur la bête et rentrons au monastère en vainqueurs.

— Et quelle est ton idée ? souffla Christine d'une voix qui s'étranglait.

— Un hold-up. Les banques sont le repaire du diable. Elles financent des centrales atomiques, elles sont remplies d'ordinateurs et d'écrans nocifs. C'est grâce à leur argent qu'on bâtit des sites nucléaires, des réacteurs, qu'on fabrique de l'uranium... Elles forgent les armes qui tueront le monde. Je dis qu'il n'y a pas de honte à piller une banque, à prendre l'or des fauteurs de guerre pour construire un havre de paix ! »

Il devenait lyrique, retrouvant instinctivement le rythme et le phrasé des sermons qu'il avait coutume de prononcer au monastère. Christine, elle, avait les mains glacées.

« Trouvons une banque, haleta Mike au comble de l'exaltation, et ramenons à nos frères un véritable trésor, ainsi nous serons les premiers sur la liste de l'Abri. Les premiers à descendre dans l'Arche et à y choisir notre place. Nous serons les bienfaiteurs de l'ordre, ceux qui auront le plus contribué à la sauvegarde des élus. Cela ne te tente pas ? »

Christine hocha affirmativement la tête, mais son estomac se nouait au fond de son ventre. Si elle n'avait pas été affamée, elle aurait aussitôt vomi.

Les jours suivants, Michael entreprit de dresser une liste du matériel à rassembler. D'abord il voulait des fusils.

« Les fermes sont pleines d'armes, expliqua-t-il, il suffit de s'introduire dans l'une d'elles pendant que les hommes sont aux champs. Ce sera facile. »

Il se trompait. Réunir une paire de fusils se révéla une entreprise hasardeuse et extrêmement risquée. À plusieurs reprises ils durent prendre la fuite les mains vides, poursuivis par des chiens à la gueule écumante. Souvent il leur fallait se déplacer pas à pas sur des planchers craquants, à travers un dédale de chambres mal aérées, tandis qu'en bas, dans la grande salle, les femmes plaisantaient en préparant le repas. Ils explorèrent des greniers, des dessus d'armoire, dérangeant des légions de rongeurs et d'araignées. Chaque expédition pouvait tourner au lynchage, ils le savaient. Enfin, dans une ferme occupée par un vieillard alcoolique qui s'endormait chaque soir devant sa bouteille de «goutte», ils découvrirent un magnifique râtelier de chasse, sur lequel ils prélevèrent deux fusils à pompe que Mike démonta.

Ils abandonnèrent aussitôt la région, pédalant toute la nuit pour regagner un centre urbain. Ils ne quêtaient plus, lorsque l'argent venait à manquer, ils se contentaient de dévaliser un passant. Ils n'avaient besoin que de petites sommes, juste de quoi ne pas mourir de faim. Ils s'en prenaient généralement aux ménagères, dans les escaliers de H.L.M., les cueillant sur leur paillasson à l'heure où elles partaient faire leurs courses. Il suffisait alors d'un direct au menton et le tour était joué. Le contenu d'un médiocre porte-monnaie leur suffisait pour vivre une ou deux semaines en se rationnant à l'extrême.

Le soir, au fond d'une cave, ils parlaient à voix basse, passant en revue les différentes phases de l'opération. C'est à ce moment que Christine avait commencé à penser à son père... et aux douches.

«Il ne nous dénoncera pas, affirmait-elle, j'en suis sûre. Ma mère est morte à cause de lui, à cause de tous ces pays traversés, des fièvres, de la chaleur, de tous ces miasmes de guerre. Lui aussi doit payer... Donnons-lui l'occasion de se racheter.»

Ils avaient patiemment bâti leur plan, repéré la banque, arrêté leur choix sur la succursale du boulevard Ordaix (en grande partie parce qu'elle était pleine d'affiches relatives à la construction d'une centrale nucléaire!) et volé une voiture pour pouvoir

— comme disait Michael — «s'arracher en catastrophe». Ils avaient pensé à tout : aux provisions, au diffuseur d'ultrasons pour éloigner les rats, au liquide pour toilettes chimiques, aux livres pour ne pas devenir fous, à la petite radio sur laquelle on suivrait le cours des événements. Lorsque la date de l'opération fut arrêtée, Christine décida de reprendre contact avec son père. Elle se sentait froide, glacée, opaque. C'était comme si le sang s'était brusquement changé en plomb dans ses veines.

Le reste, Daniel le connaissait...

Au cours du hold-up, Mike avait brusquement perdu les pédales. Alors que tout se passait avec une facilité déconcertante, sans la moindre anicroche, il s'était mis à tirer, pulvérisant les écrans des consoles qui brillaient de leur éclat vert de l'autre côté du comptoir. Plus tard il avait avoué : «J'ai senti leurs radiations qui me traversaient, tu comprends ? C'était comme si mes cellules éclataient les unes après les autres pour se changer en chancres! Les rayonnements me fusillaient, m'irradiaient, la sueur coulait sur mon front comme de l'acide, j'ai eu l'impression que chacune de ses gouttes creusait un trou dans ma peau. C'était horrible... Et puis j'ai aperçu tous ces types, toutes ces filles en tailleur bon chic bon genre. Et mon regard voyait au travers d'elles, localisant les mutations en train de s'opérer. Je voyais la facturière, penchée sur sa console. Elle était enceinte, et le fœtus, dans son ventre, hurlait sous le bombardement des rayons x émanant des écrans! Je voyais cette petite chose rougeâtre se dilater, se convulser pour échapper à l'irradiation. Et le rayonnement altérait ses cellules, engendrant d'affreuses infirmités. Je savais, d'ores et déjà, qu'il ne naîtrait pas normal. Tu comprends ? Sa mère ne soupçonnait même pas son existence et il était déjà monstrueux! Alors j'ai tiré, pour lui épargner l'horreur, pour en finir avec tous ces condamnés en sursis. Il m'a semblé que c'était la seule solution. Ils étaient déjà perdus, TOUS, rongés, dissous. La radioactivité grouillait entre les murs, elle bourdonnait comme un essaim d'abeilles folles. Il fallait tirer, c'était inévitable. De toute manière ça n'a plus aucune importance puisqu'ils vont tous mourir. »

Christine se souvenait des détonations. Elle avait cru devenir sourde en entendant exploser ces grondements qui ébranlaient murs et vitrines. Elle avait entassé l'argent dans le sac poubelle amené à cet effet et tiré Mike par la manche, en priant le ciel qu'il ait encore assez de lucidité pour ne pas la fusiller à bout portant. La fuite avait été confuse, maladroite. Au moment où ils regagnaient la voiture, étouffant sous leurs cagoules, quelqu'un avait tiré, atteignant Mike à la cuisse. Malgré cela ils avaient pu rejoindre la maison de Jonas Orn, puis Christine était allée cacher le véhicule dans un terrain vague. En regagnant la maison familiale, elle avait trouvé Mike secoué de frissons, terrassé par un choc nerveux.

« Il a déjà la fièvre », avait observé Jonas en déballant sa trousse de premiers secours. Mais le jeune homme avait refusé de se laisser panser et s'était contenté d'improviser un garrot à l'aide d'une ceinture. Il claquait des dents et ne lâchait pas son fusil. Christine avait préféré ne pas insister. L'Anglais marmonnait des prières incompréhensibles au milieu desquelles il lui avait semblé reconnaître des fragments du rituel romain d'exorcisme.

« Il a perdu la boule, avait soupiré Jonas, ma petite fille tu t'es embarquée dans une bien vilaine histoire. »

Elle ne l'avait pas écouté. Assise sur le sac poubelle contenant les billets, elle avait attendu l'obscurité. Oui, ils avaient guetté la nuit en écoutant les sirènes de police à travers la ville. De temps à autre

Jonas allait jeter un coup d'œil par la fenêtre et revenait, l'air sombre.

«Ils ont mis un barrage à la hauteur du camp, déclara-t-il vers six heures, c'est dangereux. Je vais aller discuter avec eux pour les préparer à mon passage.

— Tu les connais? demanda Christine.

— Oui, murmura Orn avec lassitude, j'en connais au moins deux.»

Il sortit de la maison, en uniforme, pour marcher en direction du barrage. Là il resta dix bonnes minutes à bavarder avec les hommes en armes. En revenant il déclara: «Ils sont à cran, après la tuerie de la banque ils ont la trouille de se faire assaisonner. Au moindre coup fourré ils tireront sans sommation. J'ai dû leur dire qu'ils avaient bien raison... et que je ferais pareil à leur place.»

Christine haussa les épaules, elle avait hâte de se retrouver à l'abri, au fond des douches. Dans son esprit c'était là comme une préfiguration de l'avenir, un exercice préparatoire à la longue claustration qui serait la leur au sein de l'Arche.

«Tout ce que nous avons fait cet après-midi n'a aucune importance, se répétait-elle, ces gens étaient condamnés, nous leur avons épargné l'horreur de l'holocauste. Ils ne verront pas leur peau s'envoler dans le vent, ils ne sentiront pas leur chair cuire sur leurs os. Nous n'avons fait que les soustraire à la grande catastrophe. De toute manière ils étaient déjà presque morts. *Mike l'a vu...*»

Ensuite il avait fallu se tasser dans le coffre, avec le butin et les provisions, et attendre ainsi pendant des heures que Jonas soit libre d'agir. Mike claquait des dents, et Christine lui avait glissé un mouchoir dans la bouche en priant pour qu'il ne s'étouffe pas. Elle sentait le sang du garçon couler sur elle, en une flaque d'humidité chaude qui poissait son pantalon. Elle sentait monter sa fièvre et partageait sa sueur.

174

Très vite les crampes la torturèrent et elle crut qu'elle allait se mettre à hurler. Elle savait cependant qu'elle devait prendre son mal en patience. Jonas lui avait dit : « Je suis avec un nouveau, il faudra attendre qu'il s'endorme. J'ai préparé du café avec des somnifères. Normalement il devrait tomber foudroyé en moins de dix minutes. Ensuite je viendrai récupérer la voiture et nous monterons aux douches. Il faudra faire très vite. Normalement personne ne peut nous voir, mais il y a toujours le risque qu'un gardien s'écarte du trajet habituel de sa ronde. Dans ce cas… »

Cela avait été long, très long. Peu à peu elle avait été gagnée par l'impression d'être couchée contre le flanc d'une bête écorchée, et elle avait dû accomplir un effort considérable pour ne pas céder à la panique. Enfin, elle avait reconnu le pas de son père sur le parking, ce pas boitillant, mal assuré. Il avait démarré en douceur pour les conduire au bâtiment des douches. Là, pendant qu'elle soutenait Mike, il avait sectionné les clous maintenant le battant fermé.

« Je vais huiler la serrure, expliqua-t-il, tu as un passe mais ne t'en sers pas. Surtout ne sors pas la nuit, il y a un chien dans le camp, un dobermann, il aurait vite fait de vous repérer. »

Il parlait avec une voix cassée de vieillard affaibli par la maladie. Il paraissait anéanti et n'avait pas cédé une seule fois à la colère comme elle l'avait tout d'abord redouté. En arrivant à la maison elle avait été frappée de le découvrir aussi… vieux. De ne plus voir en lui que faiblesse et vulnérabilité. Où était donc passé l'ogre haï durant tant d'années ? Cette silhouette rougeaude se profilant sur fond d'incendie ? Ce colosse qui empestait la sueur et le souffle âcre des grenades lacrymogènes ? Elle n'avait plus devant elle qu'un gros homme aux jambes molles, dont les mains se tachaient de son. Dans un sursaut de rage elle avait pensé : « Non ! Non ! Tu ne vas pas déjà devenir vieux alors que je ne me suis pas encore vengée ? *N'espère pas de circonstances atténuantes ! J'ai encore besoin d'un peu de temps.* »

Au moment de refermer la porte des douches, Orn avait murmuré :

« Vous êtes fous, vous ne tiendrez pas quarante-huit heures là-dedans. Vous auriez mieux fait de rester à la maison. »

Mais elle ne voulait pas rester à la maison. Elle ne s'y sentait pas en sécurité. Elle redoutait les amis de son père, d'anciens gendarmes toujours accompagnés de chiens qui furetaient partout. Et puis elle tenait à le compromettre. À le compromettre *réellement*, à le faire plonger dans un engrenage compliqué, démoniaque.

Sitôt dans la cave des douches, elle s'était sentie mieux, en sécurité. « Maintenant nous n'avons plus qu'à attendre que les choses se tassent », chuchotat-elle à Michael.

Sur la route on entendait hurler les sirènes de police.

TROISIÈME PARTIE

Les sept Anges aux sept trompettes s'apprêtèrent à sonner. Et le premier sonna... Ce furent alors de la grêle et du feu mêlés de sang qui furent jetés sur la terre : et le tiers de la terre fut consumé, et le tiers des arbres fut consumé, et toute l'herbe verte fut consumée.

Apocalypse
(*Les quatre premières trompettes*) 16 1-9.

18

Au cours des derniers jours Daniel avait suivi le monologue de Christine d'une oreille distraite. Le plus souvent, tandis que la jeune fille parlait, il regardait au-dessus de sa tête, fixant intensément l'obscurité s'amassant dans le fond de la baraque. Une gêne s'était peu à peu emparée de lui. Une gêne qui n'avait pas tardé à se changer en angoisse.

À la base de son malaise, il y avait une odeur. Une odeur tenace qui perçait sous toutes les autres, reléguant les relents de moisissure, de poussière et de renfermé au second plan. Au début, il avait pensé qu'il s'agissait des gaz de fermentation provenant des produits dissolvants que Christine avait versés dans les toilettes, mais à présent il commençait à en douter. L'odeur lui emplissait les narines, tenace, elle le poursuivait hors du camp, empuantissant la toile de son oreiller, là-haut dans sa chambre de bonne. Il lui semblait la sentir partout. Elle flottait chez le boulanger, dans les charcuteries, dans les transports en commun. Parfois il flairait sa propre peau pour s'assurer qu'elle n'était pas en train de pénétrer en lui.

Les tumeurs au cerveau s'annoncent par des hallucinations olfactives, de brusques et inexplicables puanteurs. Était-il atteint d'un quelconque chancre cérébral? En se peignant, il lui arrivait de se palper la tête, tel un phrénologue chevronné, et de s'interroger sur la configuration des bosses parsemant son cuir chevelu. Mais au fond de lui il savait bien qu'il ne s'agissait nullement d'une hallucination. La vérité, désagréable, s'imposait d'elle-même. Le soir, lorsqu'il se glissa dans le bâtiment, il ne laissa pas à la jeune fille le temps d'ouvrir la bouche. Il savait qu'il devait l'empêcher de parler car sa voix fonctionnait à la manière d'un envoûtement. Si elle reprenait le cours de son récit il n'aurait plus la force de lui couper la parole, il serait à nouveau sous le charme, prisonnier de cette chanson douloureuse fredonnée en sourdine.

«Je veux voir Mike, dit-il d'un ton tranchant, j'ai assez attendu. Je crois que vous me racontez des histoires...»

Christine se figea, les lèvres entrouvertes, les bras ballants. Daniel l'écarta sans violence, alluma sa lampe et se dirigea vers le fond du bâtiment, là où s'ouvrait l'escalier menant à la chaufferie. En s'enfonçant dans la cave il fut submergé par un violent sentiment d'étouffement. Le halo de la torche éclairait un paysage de rouille, une jungle de canalisations et de machines oxydées entre lesquelles s'étendaient les voiles duveteux d'épaisses toiles d'araignée. Il avala sa salive et se contraignit à descendre les marches de ciment. L'odeur était plus violente, douceâtre mais nauséabonde. Une odeur de fruit exotique pourrissant. Il assura la torche dans sa main et traversa la salle de chauffe dans toute son étendue. Il savait déjà ce qu'il allait trouver, c'était inévitable. Il réalisa qu'il s'était en fait toujours attendu à ce type de conclusion. Dans la dernière pièce — un cube de béton dépourvu de la moindre ouverture —, il aperçut une forme emballée dans une bâche de plastique. Cette fois il eut un haut-le-cœur et la sueur jaillit véritablement de la racine de ses cheveux pour lui recouvrir le visage.

Christine l'avait suivi. Elle était derrière lui, et la

lumière jaune lui faisait un petit museau de renard. Daniel s'adossa à la paroi. Il ne pouvait détacher son regard de la forme enveloppée de plastique.

« C'est Mike ? dit-il d'une voix coassante.

— Oui, souffla Christine, il est mort deux jours après notre installation. Il avait perdu beaucoup de sang, il était faible. Lorsqu'il est sorti pour gesticuler sous la pluie, il a rouvert sa blessure, j'ai essayé de le recoudre mais j'ai commis une fausse manœuvre…

— Quoi ? hoqueta lamentablement Daniel.

— J'ai commis une maladresse, il y avait de la pourriture et j'ai voulu ôter les tissus nécrosés, à cause du manque de lumière j'ai touché l'artère fémorale. Le sang m'a jailli au visage, c'était affreux. Je ne pouvais rien faire pour l'arrêter… C'était comme une canalisation crevée, ça jaillissait, ça jaillissait…»

Daniel s'épongea le front d'un revers de manche. Il se sentait subitement des faiblesses dans les jambes et un mauvais bourdonnement lui emplissait les oreilles.

« Je m'étais déshabillée pour ne pas tacher mes vêtements, continua Christine, en quelques secondes j'ai été couverte de sang de la tête aux pieds. Il s'est vidé en moins d'une minute.

— Oh ! Bon Dieu… » haleta Daniel en étreignant la lampe.

Il imaginait la scène, surréaliste, impossible : Christine nue, opérant Mike avec des instruments de fortune, bricolant dans la plaie comme on répare un vieux réveil. Et l'hémorragie, fusant par saccades, vidant les artères en un temps effroyablement bref.

« Il ne s'est rendu compte de rien, dit doucement Christine, il était inconscient. »

Sa main étreignit le biceps de Daniel. Malgré sa petitesse elle était incroyablement forte.

« Je ne pouvais pas faire autrement, scanda-t-elle sourdement, la blessure puait, les sutures avaient craqué et un jus jaune débordait des lèvres de la plaie. Tu sais comme moi ce que ça veut dire. Il fallait rouvrir et nettoyer à fond. Mais mon scalpel a dérapé sur l'os.

— Tais-toi, fit Daniel.

— J'ai entendu un grattement dans mon dos, insista Christine, j'ai cru que les rats s'amenaient, attirés par l'odeur, et j'ai fait un faux mouvement.

— Tais-toi», supplia encore le jeune homme.

L'horreur les avait soudain conduits au tutoiement, les unissant mieux que l'amour ou l'intimité du sexe. Bien que ne s'étant jamais touchés, ils étaient à présent comme deux amants ayant échangé les caresses les plus impudiques. Le cadavre de Michael les accouplait en une possession étrange qui défiait la logique. D'un seul coup toutes les barrières étaient tombées, toutes les pudeurs, tous les secrets… Ils n'avaient plus besoin de faire l'amour pour se connaître, ils partageaient le même crime, le même sang, dans une promiscuité fiévreuse.

Daniel fit courir le halo de la lampe sur la bâche plastifiée. C'était un vieil emballage militaire portant l'inscription « USMC » suivie de plusieurs groupes de chiffres. Un choc mou ébranla l'une des canalisations, faisant sursauter le jeune homme.

«Ce sont les rats, expliqua Christine, ils reviennent, l'odeur les attire. Bientôt ils grouilleront dans la cave. Il faut enterrer Mike, le plus vite possible.

— L'enterrer? balbutia Daniel. Où ça? Sur la pelouse?! Tu veux qu'on le sorte pour l'enterrer au milieu de la pelouse?»

Il devenait hystérique et sa voix, dérapant dans l'aigu comme chaque fois qu'il était ému, prenait un ton de fausset un peu ridicule.

«Pas la peine de le sortir, fit doucement Christine, le sol, là… C'est de la terre battue, il n'y a qu'à creuser profondément. Il faut simplement se procurer des pelles.»

Daniel s'agenouilla. La jeune fille avait raison. Ce qu'il avait tout d'abord pris pour du ciment n'était que de la terre battue recouverte de poussière.

«Une fois enseveli, tout rentrera dans l'ordre, commenta Christine, personne ne viendra le chercher ici, jamais.

— Tout rentrera dans l'ordre? gémit douloureusement Daniel, bon sang, tu n'as peur de rien.»

Les doigts de Christine lui mordirent à nouveau l'épaule.

«ON N'A PAS LE CHOIX, martela-t-elle, qu'est-ce que tu veux? Que les rats des environs se refilent le tuyau et rappliquent tous ici? C'est déjà ce qu'ils sont en train de faire... Tu ne les entends pas?»

Elle leva le visage vers le plafond, contraignant Daniel à en faire autant.

«Écoute! murmura-t-elle, écoute! ILS viennent!»

De multiples chocs peuplaient l'obscurité. Piétinements, cavalcades ténues, frottements de brosse ramonant les canalisations. On avait la sensation qu'une meute invisible hantait la nuit, avançant par bonds successifs, puis reculant aussitôt, s'enhardissant peu à peu. Des griffes grattaient la rouille, des boules de poil se frayaient un chemin au travers des conduits.

Daniel frissonna.

«Ils viennent pour Michael, lâcha Christine avec une cruauté froide, ils viennent pour MOI. Si nous n'enterrons pas le corps, ce bâtiment grouillera bientôt de rats et de vermine... et je serai au milieu. C'est ce que tu veux?»

Daniel secoua négativement la tête. Les mots ne franchissaient plus le canal de sa gorge. Il aurait voulu être ailleurs, à la bibliothèque universitaire, occupé à décrypter le fac-similé d'un grimoire relatif à la chevalerie, dans le lit de Marie-Anne qui s'ennuyait en faisant l'amour, dans...

L'obscurité était pleine de... choses avides, de

bêtes qu'effrayait pour quelque temps encore la lueur de la lampe, mais il savait que ce répit ne durerait pas éternellement, qu'à un moment ou à un autre la faim deviendrait plus forte que la peur.

« Je ne l'ai pas tué, gémit Christine avec lassitude, il est mort entre mes mains alors que j'essayais de le sauver. Je ne l'ai pas assassiné, peux-tu saisir la nuance ? C'est comme si nous ensevelissions le corps d'un soldat tombé au combat. »

Daniel étouffa un ricanement amer. Encore ces histoires de soldats et de mission ! Elle n'en sortirait donc jamais ?

Il fut pris d'une bouffée de haine et songea : « Je vais fiche le camp. Je ne reviendrai jamais ici, qu'elle se débrouille avec son père, après tout je n'ai rien à faire dans cette histoire. Je suis étudiant, j'ai un but dans la vie. Je vais sortir de ce bâtiment, je regagnerai la guérite de Pointard et demain j'irai à l'agence donner ma démission. Oui, c'est comme ça que ça va se passer, et pas autrement ! »

Mais il savait qu'il n'en ferait rien. Quand Christine l'avait touché, il avait éprouvé une véritable brûlure et il avait oublié jusqu'à la présence du cadavre. Maintenant encore il sentait la trace de ses doigts sur sa peau. Il ne savait pas ce que cela signifiait, mais c'était en lui, comme un poison, comme les premiers germes d'une maladie. Pour se donner une contenance, il fit quelques pas dans la pièce. Le matériel de camping occupait l'un des angles. Plus loin il avisa un gros sac poubelle empli de billets. Des taches de sang le maculaient.

« C'est le butin, se dit-il stupidement, le butin… »

Et la voix mauvaise qui grelottait quelquefois au fond de son crâne lui chuchota : « C'est la vraie vie, petit con. »

Adolescent, alors qu'il lisait la vie des héros de la dernière guerre, il lui était souvent arrivé de méditer sur l'intensité des situations extrêmes. Des mots se

184

mettaient à tourner dans sa tête : baptême du feu, torture, veillée d'armes, amenant chacun des images intenses et fiévreuses qui lui semblaient révélatrices de ce qu'on devait éprouver dans les moments culminants où tout peut basculer, où tout peut être remis en cause. Les hommes qui avaient connu ce vertige faisaient pour lui figure de demi-dieux. Ils s'étaient approchés du secret capital, essentiel : le secret de la vraie vie. Ce nœud d'intensité où la soif de survivre se mêle au mépris de la mort en une synthèse rougeoyante. Alors il levait les yeux au-dessus de son livre et dévisageait ses parents, silhouettes pâles aux traits mous, dont les gestes mécaniques ne variaient jamais. Une interrogation poignante lui déchirait la poitrine, l'amenant au bord de la panique : fils d'un couple de marionnettes, connaîtrait-il un jour le secret de la vraie vie ?

Aujourd'hui, au fond de la cave, il avait l'impression de côtoyer enfin le feu sacré, d'entrer dans la peau d'un voleur d'étincelles. Il se moquait de l'argent, il se moquait de la loi, seule comptait cette tension extrême qui faisait soudain de lui un VIVANT.

« Il nous faut des pelles », répéta Christine.

Daniel se secoua. Il savait où dénicher des outils, chaque bâtiment n'était-il pas équipé d'un matériel d'incendie comportant un extincteur, un seau de sable, une pelle et une hache ?

« J'y vais, dit-il simplement, je vais prendre la pelle du bâtiment 13, donne-moi ton passe. »

Il sortit dans la nuit et s'exécuta. Le sang bouillait dans ses veines, décuplant ses facultés. Il flottait au-dessus du sol, affranchi des risques et de la prudence. Si le dobermann de P'tit Maurice était venu vers lui, il lui aurait fendu le crâne avec le tranchant de sa pelle, sans l'ombre d'une hésitation.

L'outil à peine déposé entre les mains de Christine, il revint à la guérite, réveilla Pointard d'une bourrade et se saisit de l'horloge pointeuse.

« Je vais faire votre ronde, dit-il, vous n'avez pas l'air très bien ce soir. Ce sera à charge de revanche. »

L'alcoolique bafouilla un vague remerciement et reprit le cours de ses rêves.

Daniel ne se pressa pas. Au terme de la ronde, toutefois, il dut aller récupérer la pelle pour la remettre en place avant le lever du jour. Christine lui apparut dans l'encadrement de la porte, le visage luisant de sueur.

« La terre est trop dure, se plaignit-elle, je n'ai pas pu creuser assez profond, il faudra continuer demain soir. Essaye de te procurer des pelles de camping, démontables. »

Daniel acquiesça et s'en fut. Le jour allait bientôt se lever.

Il quitta le camp dans un état de tension nerveuse qui lui donnait envie de hurler chaque fois qu'on lui adressait la parole. En traversant la route, il put vérifier qu'une estafette de la gendarmerie stationnait sur le bas-côté, et que des flics armés de pistolets-mitrailleurs arrêtaient les voitures pour contrôler le contenu des coffres. Ils avaient l'air de mauvaise humeur et s'adressaient aux conducteurs avec un ton qui n'admettait pas la réplique. Daniel attendit que Morteaux, Pointard et les autres aient disparu pour abandonner l'arrêt d'autobus et se rendre chez Jonas Orn. Au moment où il poussait la grille, une petite vieille vêtue de noir jaillit de la maison voisine.

« Oh ! Mon pauvre monsieur, se lamenta-t-elle, on ne vous a pas prévenu ? On a emmené Jonas hier matin, à l'hôpital. Le facteur qui lui montait le mandat de sa pension l'a trouvé raide dans son lit. Il n'avait plus sa connaissance. On a dû appeler police secours.

— À l'hôpital ? bégaya Daniel.

— Oui, il était dans le coma, complètement. On l'a ficelé sur une civière et zzou, direction les urgences.

186

Je sais ce que c'est. Moi on m'a ramassée cet hiver au bas du perron, avec une fracture du col du fémur...»

Daniel eut l'impression de suffoquer. Ainsi Orn se retirait, l'abandonnant en plein jeu. Il en conçut une détresse mêlée de colère. Le pépiement de la vieille lui emplissait les oreilles.

«Où l'a-t-on emmené? dit-il trop sèchement, où?»

La vieille femme lui jeta un regard hébété et murmura le nom d'un hôpital dont il n'avait jamais entendu parler. Il la remercia et s'éloigna d'un pas rapide. Revenu en ville, il s'arrêta à la poste, chercha le numéro des urgences dans l'annuaire et obtint le service en question en se faisant passer pour le fils de Jonas Orn. Un interne lui apprit entre deux bâillements que le malade était toujours dans le coma et qu'on n'espérait pas d'amélioration immédiate. Daniel raccrocha. Cette fois il était seul, bel et bien seul au milieu du courant. En regagnant sa chambre il se demanda si Orn n'avait pas tout bonnement décidé de se suicider. L'image des calmants entassés sur la table de chevet accréditait cette hypothèse. Et si le vieil homme en avait eu soudain assez? S'il avait décidé de ne pas voir la suite, de ne pas assister au naufrage? «Les flics assiégeant les douches, par exemple», songea Daniel en sentant une goutte de sueur filer le long de sa colonne vertébrale.

Toute la journée il fut poursuivi par l'image de Christine accroupie au bord de sa tombe inachevée, guettant l'approche des rats dans les ténèbres. Il dormit peu. Et très mal.

19

Christine attendait les rats, une barre de fer à la main. Elle ne les voyait pas mais elle les savait là, autour d'elle, sourdant de la nuit en masse compacte. Ils l'encerclaient. Ils grignotaient l'espace interne de la cave. Elle avait l'impression d'avoir naufragé sur une île minuscule, une île dont les contours suivaient très exactement ceux du halo de lumière dessiné par la lampe à gaz. Autour de cette tache ronde bruissait la houle des rongeurs montant en vagues serrées. Une mer de poil l'entourait, l'obscurité tout entière paraissait tissée en fourrure de rat...

Les ténèbres n'étaient plus qu'une immense peau aux mèches encrassées et rugueuses. Elles empestaient le suint, les ordures, toutes ces choses qui constituent d'ordinaire l'univers des nuisibles.

La cave bruissait comme une forêt. Les canalisations amplifiaient le moindre soubresaut, le plus petit déplacement, et Christine, submergée d'échos, ne parvenait plus à localiser les sons. Elle imaginait les bêtes dégringolant à l'intérieur des tuyaux, s'entassant dans le ventre des chaudières mortes. L'oreille tendue, elle surprenait des couinements qui semblaient, à travers le prisme déformant de sa peur, des jurons proférés par des lutins. Elle avait essayé d'agrandir la fosse avec ses mains, comme on le lui avait appris jadis, au monastère, mais la terre était plus dure qu'un bloc de béton. Elle avait très vite compris qu'elle n'arriverait à rien sans l'aide d'une pioche. Pour tromper l'attente, elle grattait le fond du trou avec la barre de fer récupérée dans le paysage de ferraille de la cave sans obtenir davantage qu'une poussière brune parsemée de cailloux. Et chaque fois qu'elle se penchait, les voix des lutins ricanaient dans son dos. Elle était en sueur, malade d'angoisse, elle savait qu'elle se laissait emporter par son imagination, mais la peur subvertissait ses processus logiques. Le corps de Michael était devenu son ennemi, c'était lui qui alléchait les nuisibles. Christine avait la sensation qu'il ricanait sous sa bâche de plastique en chuchotant «petits, petits...» à la manière des gens qui cherchent à s'attirer la sympathie d'un animal craintif.

Les craquements du métal, les bruits hantant la maçonnerie répétaient tous ces mots provocateurs : «Petits, petits...» Christine les entendait résonner tout autour d'elle, scandés par les planches, par les tuyaux que dilatait la chaleur. Elle ne sentait plus l'odeur du corps en décomposition. Elle le côtoyait depuis si longtemps qu'elle avait fini par s'y habituer. De plus, le linceul plastifié dont elle avait emmailloté la dépouille freinait considérablement l'expansion des relents fétides.

Dehors il faisait jour, mais la cave, dont on avait soigneusement colmaté chaque ouverture, restait prisonnière de la nuit. Les ténèbres s'y gélifiaient tel un sang qui coagule. De temps à autre la jeune fille se bassinait le visage avec un peu d'eau pour tenter de dissoudre les images morbides qui emplissaient son esprit. Mais l'eau était tiède, douceâtre, et les images continuaient à s'épanouir en une floraison vénéneuse, ininterrompue. Elle avait peur, en s'éloignant du cadavre, de favoriser l'intrusion des rats. Dès qu'elle aurait tourné les talons, ils monteraient à l'assaut, elle en était certaine. Ils n'attendaient qu'une défaillance, qu'un repli pour déferler. Le linceul de plastique était devenu pour eux le centre du monde. Peu à peu leur gourmandise grandirait, leur faisant oublier tout le reste : le danger des pièges, la peur de l'homme. La faim sonnerait le signal de l'attaque, alors ils sortiraient de l'ombre, d'abord aplatis au ras du sol, les oreilles couchées, avançant par saccades, puis, très vite, devant l'inefficacité de la sentinelle, ils prendraient du volume, dresseraient leur poil, cracheraient en montrant les dents. Christine avait le plus grand mal à se persuader que le jour était levé, qu'au-delà des parois du bâtiment condamné, le camp avait repris son visage diurne, que des secrétaires, penchées sur des claviers, tapaient des rapports, des notes de service. Elle eut un rire amer en songeant que Mike allait être enseveli au beau milieu d'un institut de recherches informatiques, lui qui avait passé les dernières années de sa vie à maudire les ordinateurs et leurs radiations nocives. Oui, il y avait là quelque chose d'inacceptable et d'affreusement dérisoire, mais elle ne pouvait faire autrement. Michael dormirait dans la terre dure des douches, pour le restant de l'éternité, et — en attendant le grand souffle dévastateur — les écrans monteraient une garde ironique autour de sa sépulture, cyclopes au regard vert, à la rétine constellée de chiffres et de formules mystérieuses.

Vers midi elle monta au premier étage pour uriner. À ce niveau, le jour filtrait par les interstices des volets, et, durant un court instant, elle en fut moins oppressée. Elle alla jusqu'à la porte, colla son oreille au battant pour capter les bruits de l'extérieur. Les bruits du jour, elle aurait voulu s'en gorger, comme une éponge, faire provision de vacarme diurne comme on bourre ses poches de munitions. Elle aurait voulu, une fois redescendue au cœur de la nuit, pouvoir affronter le crissement des rats en leur crachant au museau le bruit net et rassurant d'une machine à écrire, le bourdonnement d'une photocopieuse. Oui, elle cracherait une salve banalisante, une mitraille de bruits communs qui pulvériserait la menace des ténèbres. Et les rats reculeraient, anéantis. Christine les poursuivrait, les acculerait, les bombardant de sonneries de téléphone, de cliquetis d'imprimantes... et les bêtes prendraient la fuite, abandonnant définitivement le champ de bataille.

Le soleil chauffait les planches du battant, elle y appliqua ses paumes pour s'imprégner de cette cuisson diffuse. Elle entendit le roulement d'une voiture remontant l'allée et s'éloigna instinctivement. Sa vessie la torturait, elle gagna les toilettes au fond du bâtiment et s'enferma dans l'odeur suffocante des produits chimiques emplissant la cuvette.

À peine avait-elle posé les doigts sur le bouton de son jean qu'elle perçut un grattement de l'autre côté de la porte, comme si une foule de rongeurs se pressait soudain contre le battant. Elle se mordit le dos de la main pour ne pas hurler. Elle entendait le crin des rats brosser le bas de la porte. Ils étaient là, ils l'avaient suivie, ils ne lui laisseraient aucun répit. Elle n'osa pas se soulager, soudain persuadée qu'en baissant son pantalon elle ne ferait qu'augmenter son degré de vulnérabilité.

Elle siffla entre ses dents, reproduisant ces bruits approximatifs qu'on émet d'ordinaire pour chasser les chats. Derrière le battant, les couinements sonnèrent comme des rires de défi.

Elle chercha instinctivement la barre de fer… elle l'avait oubliée en bas! Cette constatation acheva de la terrifier. Elle se raidit pour ne pas hurler. Elle imaginait déjà le couloir rempli de rats agglutinés flanc à flanc. Elle tendit l'oreille, guettant le claquement des queues rosâtres frappant le carrelage des douches. Dans un sursaut de volonté, elle se jeta sur la poignée, bien décidée à courir jusqu'au perron et à sauter sur la pelouse, en pleine lumière. Les rongeurs n'oseraient pas la poursuivre au soleil, elle serait sauvée. La porte des toilettes pivota en crissant. Le couloir était vide.

«Je deviens folle», constata Christine.

Elle fit quelques pas, les mains en avant, pour se garantir d'un éventuel obstacle. Et soudain elle vit le rat…

Il était énorme, monstrueux, bouchant tout l'espace du couloir. C'était un monstre de cauchemar, une bête dont l'échine raclait le plafond et dont les poils, hérissés par la colère, arrachaient le plâtre des cloisons.

*Christine recula d'un bond, la gorge nouée sur
un cri muet. La bête ouvrit la gueule, lui soufflant
au visage une haleine fétide, une haleine de prédateur.
La jeune fille voulut amorcer un mouvement de volte-
face mais son talon accrocha un débris de maçonnerie sur le sol. Elle tomba. Tout de suite, le rat fut
sur elle...*

Daniel se réveilla d'un bond, sur cette dernière
image. Toute la matinée il n'avait fait que broder sur
le même thème : Christine et les rats. Tantôt il les
voyait cascader des canalisations en un flot ininter-
rompu. Tantôt ils emplissaient les couloirs, émergeaient des trous de vidange, grignotaient le bas des
portes à une vitesse hallucinante pour passer d'une
pièce à l'autre. Rien ne les arrêtait, leurs dents se
moquaient de la résistance des matériaux. Ils avan-
çaient, et leurs griffes criaient sur le carrelage. Au fur
et à mesure que Daniel s'enfonçait dans le sommeil,
les images se déformaient, les scénarios devenaient
grotesques et terrifiants ! À présent il craignait de se
rendormir. Il se leva, se passa de l'eau sur le visage et
descendit dans la rue. Il devait se procurer au plus
vite des pelles de camping afin que le corps de Mike
soit enseveli sans tarder. Il se rendit dans une boutique spécialisée, acheta les outils, et prit la direction
de l'hôpital. Il se présenta aux urgences comme le
neveu de Jonas Orn. Une infirmière maussade lui
permit de jeter un coup d'œil dans l'entrebâillement
d'une salle vitrée.

« Il est toujours en soins intensifs, grommela-t-elle,
il n'a pas repris connaissance. »

Quelques minutes plus tard un interne s'approcha
de Daniel en se grattant la tête.

« On lui a fait un lavage d'estomac, expliqua-t-il, il
avait bouffé des analgésiques par tube entier. Il
aurait voulu se suicider qu'il ne s'y serait pas pris
autrement.

— Quand sortira-t-il ? demanda Daniel.

— Vous rigolez ? hoqueta le médecin, vous avez vu l'état de son squelette ? Il y a des mois qu'il devrait être hospitalisé, c'est à se demander comment il tenait encore debout ! S'il sort ce sera dans un fauteuil roulant... »

Daniel marmonna un vague remerciement et prit congé, poursuivi par la certitude que Jonas Orn l'avait bel et bien abandonné, qu'il avait choisi de s'endormir en remettant Christine entre les mains d'un inconnu. Par lassitude, par honte aussi, et probablement parce qu'il était persuadé que toute cette histoire ne pourrait finir autrement que par un drame.

Daniel étouffait de peur et de rage contenues. Le piège s'était refermé sur la jeune fille, sa planque n'était plus qu'une prison qui risquait à tout moment de se muer en tombeau. Combien de temps résisterait-elle encore au stress de l'enfermement dans cette caverne sans hygiène, sans confort ni sécurité ?

Tôt ou tard elle finirait par craquer, c'était inévitable. Elle commettrait une imprudence qui éveillerait l'attention des gardiens.

Daniel imaginait la baraque, cernée par Morteaux, P'tit Maurice... et le chien dont on aurait — pour la circonstance — délacé la muselière.

Il fallait la faire sortir, sans tarder... Mais comment ?

Le double grillage de clôture était placé sous alarme, en sectionner une maille, c'était déclencher aussitôt une sonnerie d'enfer. Pour passer dessous, il aurait fallu creuser à plus de deux mètres sous terre ; quant à l'escalader, cela revenait à affronter le fil à haute tension qu'on avait fait courir à son sommet. De plus, la présence du contrôle de gendarmerie, un peu plus haut sur la route, interdisait ce style d'acrobatie.

Non, le camp était parfaitement ceinturé et Christine ne pouvait sortir que par la porte principale, avec la complicité d'un gardien. Cela impliquait l'utilisation d'une voiture. Voiture que Daniel ne savait pas conduire…

Il songea au véhicule de Jonas, dont les clefs devaient se trouver quelque part dans la maison. Marie-Anne possédait son permis, elle, peut-être aurait-il pu lui demander quelques cours de conduite et utiliser la voiture de Jonas Orn pour se rendre au camp ? Non, c'était absurde ! Il risquait d'être contrôlé sur la portion de route séparant la villa du camp. On lui demanderait d'exhiber un permis qu'il ne possédait pas, et tout serait dit.

Il tournait en rond, prisonnier d'un problème sans solution. Pourquoi n'avait-il jamais appris à conduire ? Parce qu'il n'était qu'un rat de bibliothèque ? Parce qu'il n'avait jamais eu d'argent pour s'acheter une voiture, même d'occasion ? Parce que sa mère lui avait toujours interdit de monter sur une mobylette de peur qu'il ne se fasse écraser ?

Dieu ! Les raisons ne manquaient pas ! Son père était un conducteur maladroit, impatient. Enfant, Daniel avait toujours eu peur de voyager en sa compagnie. À douze ans, dès qu'il voyait les mains velues de son géniteur se poser sur le volant, il sentait son estomac se nouer. À chaque accrochage, même superficiel, il croyait sa dernière heure arrivée. Plus tard, à l'âge où les jeunes gens prennent des leçons de conduite, il s'était plongé dans les livres.

Aujourd'hui, il se retrouvait aux prises avec un problème aussi insoluble qu'anachronique. Il n'avait jamais touché un volant de sa vie, et, à cause de cette particularité aberrante, Christine resterait prisonnière des douches et des rats.

«Non, c'est idiot, corrigea-t-il, même si tu savais conduire, cela n'arrangerait rien. Tu n'es pas Jonas

Orn, les flics du barrage ne te connaissent pas, pourquoi te laisseraient-ils passer sans te demander d'ouvrir ton coffre ? »

Revenu dans sa chambre, il attendit l'heure du départ en fixant les deux pelles pliables. Il avait l'impression que sa tête allait éclater.

Il commençait à avoir peur, à être envahi de soupçons paranoïaques.

« Et si P'tit Maurice te surveillait depuis le début ? se dit-il dans le car qui l'amenait au camp, s'il s'associait avec Morteaux pour supprimer Christine et garder l'argent ? Il leur suffirait de l'enterrer à côté de Mike, et de se partager le butin... Ce serait si facile. »

Il suait sur son siège. Il aurait suffi que Pointard le suive, une fois, une seule fois, et le voie pénétrer dans le bâtiment désaffecté.

« Non ! Non ! J'ai fait attention, se répéta-t-il avec emportement, j'ai bien regardé si... »

Bien regardé ? Soudain il n'en était plus aussi sûr ! Il était tant absorbé dans ses pensées qu'il faillit manquer l'arrêt. Quand il sauta du marchepied les pelles s'entrechoquèrent dans son sac.

Il passa les premières heures de la nuit dans une sorte d'état second, sans parvenir à se persuader de la réalité de ce qu'il était en train de vivre. Il se regardait agir comme on regarde un film de suspense. Avec un frisson gourmand, mais sans peur véritable. Il ne savait plus s'il devait considérer l'intrusion de Christine dans sa vie comme une catastrophe ou une bénédiction. Il ne savait plus rien.

« Dans deux heures j'irai enterrer un cadavre », chantonnait-il niaisement en consultant sa montre. Assez curieusement, ce rendez-vous l'emplissait d'un inexplicable sentiment de puissance, d'une jouissance trouble.

« Demain, se disait-il, en rentrant chez toi tu croiseras les travailleurs du petit matin, ceux qui courent vers les gares, le visage fripé, les joues rougies par le feu du rasoir. Tu les verras se presser vers les arrêts d'autobus, pour accomplir des gestes semblables à ceux de la veille ou du lendemain, et tu penseras : MOI, cette nuit j'ai enterré un cadavre... et ce seul acte te préservera à jamais du mal qui les ronge, de la monotonie, de l'uniformité, de l'ennui. Oui, ce seul acte te sortira à jamais de la foule ! Désormais tu pourras te regarder dans une glace sans crainte : tu ne courras plus le risque de leur ressembler ! »

Quand l'heure fut venue, il prit le sac contenant les pelles et se dirigea vers le bâtiment des douches. Christine l'attendait derrière la porte. Sans un mot elle s'empara du paquet, l'ouvrit, et déplia les outils d'un mouvement sec du poignet. Ils descendirent à la cave sans prononcer une parole.

Le calme de la jeune fille exaspérait Daniel. Il lui en voulait de sa maîtrise, de son sang-froid. Il aurait préféré la retrouver pantelante, tremblant comme une feuille au terme d'une effrayante confrontation avec les rats. Il aurait voulu être accueilli en... sauveur (?).

Au milieu de l'escalier, fixant la nuque de Christine, et avec l'intention bien arrêtée de lui faire mal, il lâcha :

« Ton père ne viendra pas te tirer de là. Il est à l'hôpital, dans le coma. Il se peut qu'il n'en sorte jamais. »

Il faillit ajouter : « Il s'est peut-être suicidé à cause de vos histoires », mais il n'osa pas. Christine marqua une brève hésitation, puis s'engagea dans la chaufferie sans rien laisser transparaître de ce qu'elle éprouvait. D'ailleurs éprouvait-elle seulement quelque chose ?

Daniel rentra la tête dans les épaules. Par moments

il lui arrivait de penser : « C'est une dingue, il ne faut pas attendre d'elle des réactions normales. »

Il l'aurait préférée plus faible, plus désarmée ; mais son physique de petite fille cachait des nerfs d'acier, une sorte d'obstination froide, d'effrayante distanciation.

« On lui a charcuté le cerveau, se murmura-t-il, elle est conditionnée, elle n'a plus froid, plus faim, elle ne pleure jamais, elle ignore la peur ou le dégoût. Elle n'est pas humaine, non, pas humaine ! »

Ils étaient dans la salle du fond. Christine s'agenouilla et se mit à creuser. Daniel l'imita. La terre battue était horriblement dure, on aurait cru piocher dans du ciment. L'odeur du cadavre empuantissait toute la pièce. Une odeur de gibier qui faisande. Ils creusèrent en silence durant une vingtaine de minutes, haletants, se couvrant peu à peu de sueur. Christine, lèvres entrouvertes, laissait échapper de petits grognements. Les yeux fermés, on avait l'impression qu'elle était en train de faire l'amour et qu'elle allait tôt ou tard pousser un cri de plaisir.

Daniel creusa de plus belle, frénétiquement. Il succombait à nouveau à l'atmosphère trouble de la « cérémonie ». Une étrange conjugalité l'unissait soudain à Christine. Une intimité puissante qu'on ne peut rencontrer que dans le crime... ou les messes noires. La sensation éblouissante qu'une fusion vient de s'opérer, par-delà l'espace et le temps, un lien magique et inexplicable. Un grésillement exacerbé que n'affaiblira jamais l'habitude.

À présent le crime les unissait comme un sacrement ou une étreinte. Ils ne seraient plus jamais comme les « autres » et chaque fois qu'ils se regarderaient dans les yeux ils auraient conscience de cette effroyable et merveilleuse différence. Elle les rassurerait, elle leur tiendrait chaud pour tout le restant de leur vie. Daniel avait toujours été fasciné par les histoires d'amants maudits, de couples assassins. Il devinait, dans le crime, la nécessité de fusionner au-delà de l'intimité dérisoire des rapports sexuels. Il comprenait sans peine que le crime puisse unir les hommes et les femmes de manière plus radicale qu'une dizaine de pirouettes accomplies sous les draps. Il y avait là un pacte sur lequel on ne pouvait plus revenir, un engagement signé avec du sang, une magie de l'ombre.

Ainsi, à partir de ce moment, Christine, bien qu'il ne l'ait jamais touchée, lui appartenait-elle corps et âme! Leur complicité faisait d'eux des époux secrets, des partenaires que rien ne pourrait plus dissocier!

Le sang battait à ses tempes et la poussière ter-reuse de la fosse lui tapissait la gorge. Il était trempé de sueur.

«Ça ira», dit doucement Christine en contemplant la brèche ouverte dans le sol de la cave. Elle se leva pour saisir par les coins la bâche enveloppant Mike. Daniel la rejoignit.

«Et maintenant le moment suprême!» pensa-t-il en luttant contre l'éclat de rire hystérique qui mon-tait en lui. Il prit le linceul à la hauteur des chevilles et tira, de façon à faire glisser la momie plastifiée vers la tombe. Ce simple mouvement aviva l'odeur de pourriture qui flottait autour d'eux.

«Il va se disloquer, songea-t-il, les os vont crever la chair blette. Le ventre va exploser sous la pression des gaz de fermentation.»

Il se surprenait à souhaiter l'horreur totale comme une sanctification, un accomplissement, une acmé... Mais rien ne se passa. La momie roula au fond de la fosse dans un grand froissement de cello-phane, toujours anonyme, paquet oblong et lourd aux contours vaguement humanoïdes. Déjà Chris-tine pelletait la terre, rebouchant le trou.

«Tu rêves?» dit-elle sèchement en dévisageant Daniel. Le jeune homme se secoua, déçu. Elle était trop pratique, imperméable à la magie du moment.

Elle enterrait Mike sans romantisme, avec une effica-cité de ménagère pressée. Mais après tout, elle avait déjà connu le baptême du sang. Il y avait eu la fusillade dans les locaux de la banque, l'agonie de Michael. Cet ensevelissement n'était pour elle qu'une redite, un épisode supplémentaire.

« Elle court loin devant toi, se dit Daniel, elle galope. À ses yeux tu dois faire figure de puceau. »

Cette dernière image le gêna, et c'est avec un mau-vais goût dans la bouche qu'il recouvrit la fosse. Ils tassèrent soigneusement la terre, dansant sur le sol retourné une gigue grotesque et irrévérencieuse.

« J'amasserai de la ferraille, observa pensivement Christine, et des débris de caisses, un tas de trucs... »

Daniel replia les pelles, sa chemise collait à sa peau comme un torchon trempé. Christine lui tendit le bidon d'eau tiède. Ils burent sans faire mine d'es-suyer le goulot entre chaque tour. Daniel fut heureux de ce signe d'intimité et c'est avec un enthousiasme puéril qu'il posa ses lèvres sur l'embout de métal qu'engluait la salive de Christine.

« Si mon père ne vient pas, tu dois me sortir de là, dit lentement la jeune fille, tu prendras sa voiture, il y a un double des clefs dans le tiroir de la cuisine. »

Daniel sentit ses épaules s'affaisser. D'une voix mal assurée, il étala sa déchéance : il ne savait pas conduire, de plus le barrage de police bloquant la route, etc.

Il dut ensuite détailler chaque hypothèse d'évasion pour en souligner l'inanité : le grillage électrifié et placé sous alarme, l'impossibilité d'un tunnel. Et surtout les flics en maraude sur la nationale, qui arrêtaient systématiquement tous les individus che-minant sur le bas-côté (Daniel lui-même avait été contrôlé à trois reprises par de jeunes gendarmes agressifs).

Christine l'écouta sans émettre le moindre com-mentaire. On se serait attendu à la voir fondre en larmes, se ronger les ongles, arpenter nerveusement la cave... mais non, elle restait là, les mains sagement posées sur les cuisses, les yeux froids. Trop froids.

«Même si je savais conduire, dit Daniel, nous serions bloqués au barrage, on me ferait ouvrir le coffre et...»

D'un signe elle lui signifia qu'elle avait compris et qu'il était inutile de radoter.

Le regard de Daniel revenait inlassablement vers la cicatrice sombre de la fosse. Maintenant, sous l'exaltation suintait la peur. Cela pulsait comme l'élancement d'une douleur viscérale qu'on n'arrive pas à localiser nettement. Des tronçons de phrases bourdonnaient à ses oreilles : «Suis dingue... dans quel merdier... vais me réveiller...» C'étaient comme les bribes d'une conversation qu'il aurait essayé de saisir à travers une cloison très épaisse, une voix étrangère dont il ne reconnaissait pas le débit.

«Tu vas appeler un numéro, dit subitement Christine, c'est un numéro d'alerte pour tous ceux de la secte. Tu diras simplement cette phrase : *et le premier sonna ce furent alors de la grêle et du feu mêlés de sang qui furent jetés sur la terre*. Tu préciseras l'endroit où tu te trouves. On te donnera un rendez-vous.

— *Et le premier sonna*, répéta Daniel, et ensuite ?

— Tu iras au rendez-vous et tu raconteras toute l'histoire au frère qui prendra contact avec toi. Pour prouver ta bonne foi, tu lui donneras ceci.»

Elle s'agenouilla près du sac poubelle contenant l'argent de la banque et rassembla plusieurs liasses. En la voyant choisir, Daniel se demanda si elle ne sélectionnait pas en priorité les billets tachés de sang... et par là même inutilisables ? Lorsqu'elle eut rassemblé cinq ou six millions de centimes, elle entreprit de répartir les liasses dans les différentes poches agrémentant l'uniforme de Daniel.

« Ils trouveront une solution, eux, martela-t-elle, ils sont assez puissants pour mettre en place une opération d'évacuation. Avec un peu de chance, tu seras débarrassé de moi dans trois jours. Tu te rappelleras la phrase de reconnaissance ? »

Daniel hocha la tête.

« Raconte-leur tout ce que je t'ai raconté, insista-t-elle, et suis leurs instructions. Surtout ne cherche pas à jouer au malin. Ce ne sont pas des gens qu'on peut mener en bateau. »

20

Le lendemain matin Daniel rentra chez lui pour se changer. En se regardant dans la glace, il se trouva les traits tirés et les yeux hagards. Les liasses de billets qu'il avait jetées sur le lit étaient en majeure partie couvertes du sang de Mike. Il ne savait qu'en faire et répugnait à les cacher dans la chambre. Pour la première fois de sa vie, il se surprit à redouter le passage d'un cambrioleur. Feuilletant sa bible, il chercha à isoler dans le livre de l'Apocalypse la phrase de reconnaissance murmurée par Christine. Il finit par découvrir qu'il s'agissait de l'ouverture du septième sceau. La citation se poursuivait ainsi : « … *et le tiers de la terre fut consumé, et le tiers des arbres fut consumé, et toute herbe verte…* » Il referma le livre, entassa les billets dans les poches de son blouson et descendit téléphoner.

Il choisit une cabine éloignée, sans trop savoir pourquoi, et forma le numéro tracé par Christine. On décrocha à la troisième sonnerie.

« *Et le premier sonna*, commença-t-il, *ce furent alors de la grêle et du feu…*

— Où êtes-vous ? dit une voix monocorde, donnez vos coordonnées. »

Daniel déglutit avec peine et prononça le nom de la ville. La peur allumait des fourmillements au creux de ses paumes. Il leva instinctivement les yeux, comme si un missile à tête chercheuse allait s'abattre sur la minuscule cabine.

« D'accord, reprit la voix, je peux vous envoyer quelqu'un dans une heure, fixez un rendez-vous. »

Daniel donna l'adresse d'un café proche de la faculté. Il n'en connaissait pas d'autres.

« Comment vous reconnaîtrai-je ? dit encore la voix anonyme.

— J'aurai… J'aurai un livre sur la table, murmura précipitamment Daniel, un ouvrage sur la chevalerie. Une couverture rouge. »

On raccrocha. L'entretien lui avait laissé une impression pénible. C'était comme s'il venait d'assister à la mise en branle d'une énorme machine de guerre, comme s'il avait lui-même enclenché le dispositif de mise à feu d'une bombe à retardement. Il lui semblait entendre cliqueter le réveil commandant l'explosion. Il consulta sa montre et s'aperçut qu'il avait juste le temps de passer prendre le livre d'histoire qui devait servir de signe de reconnaissance. Il transpirait abondamment et cet aveu de faiblesse l'agaçait. Son cœur sautait dans sa poitrine, sur un rythme anormalement rapide.

Avec le livre il prit une enveloppe dans laquelle il rangea les billets. Les vacances avaient dépeuplé les abords de la faculté, et les bâtiments de béton gris ramassés autour du campus désert avaient soudain une allure sinistre. « On se croirait à Berlin, pensa Daniel, du mauvais côté du mur… »

Il alla s'installer à la terrasse du café, posa le livre en évidence, et commanda une bière. Il était le seul client à ne pas avoir choisi le comptoir et le garçon le servit en maugréant. Le soleil ne daignait pas se lever et une lumière blême baignait les bâtiments de la faculté, soulignant les traînées sales tatouées par les pluies sous chaque fenêtre. Le vent faisait frémir les lambeaux des affiches constellant le mur d'enceinte, et les morceaux de papier coloré claquaient désespérément, comme les ailes d'un oiseau englué dans une flaque de goudron. Une silhouette se dressa subitement devant Daniel. C'était un grand homme au crâne rasé, enveloppé dans un trench gris, serré aux poignets. L'inconnu toucha le livre rouge du bout des doigts et s'assit. Il avait un visage d'une grande beauté, aux traits extrêmement réguliers. Il considéra Daniel en souriant avec bienveillance, mais ses yeux semblaient morts au fond de ses orbites. «Des yeux peints, constata Daniel, des yeux de porcelaine pour animal empaillé. »

«Je suis frère Madiân, dit-il dans un souffle, et je vois que vous n'êtes pas des nôtres. Qui vous a communiqué notre code d'alerte?

— Je parle pour l'une de vos sœurs quêteuses, murmura Daniel, elle a de gros problèmes et ne peut pas se déplacer elle-même. Disons que je suis un messager.

— Je ne sais pas si je dois vous écouter, trancha l'homme au crâne rasé en amorçant un mouvement pour repousser sa chaise, nous avons déjà eu beaucoup d'ennuis avec des journalistes, des détectives privés. Vous appartenez peut-être à l'une de ces corporations.

— Jetez un coup d'œil là-dessus, dit Daniel en poussant sur la table l'enveloppe contenant les billets. C'est un cadeau de sœur Christine Orn. Elle en tient encore dix fois plus à votre disposition… si toutefois la chose vous intéresse. »

Madiân souleva discrètement le rabat de l'enveloppe. Lorsqu'il aperçut les billets sanglants, pas un trait de son visage ne bougea. «D'accord, fit-il, racontez-moi votre histoire. »

Daniel bâtit un résumé succinct à partir des anecdotes rapportées par Christine, mais l'homme voulait des détails. Il dut revenir en arrière, reprendre, recommencer. Il sentait qu'on les regardait. Aux yeux des consommateurs accoudés au zinc, ils devaient offrir un tableau étrange et il imaginait sans mal leurs réflexions. Qui étaient ces deux types figés qui parlaient en chuchotant et sans jamais sourire ? Ce sont des espions, disait l'un. Penses-tu ! sifflait un autre, c'est une scène de rupture, une rupture entre pédés !

Madiân paraissait minéralisé sur sa chaise. Le col de son trench-coat s'était écarté, dévoilant l'amorce d'un torse nu, comme s'il ne portait ni chemise ni maillot de corps sous son imperméable. Daniel eut subitement envie de se pencher sous la table pour vérifier que son interlocuteur était bien nanti d'un pantalon.

« C'est un exhibitionniste, se dit-il, il est à poil sous son trench. Pas étonnant qu'on nous regarde ! Bon sang, c'est vraiment une secte de cinglés ! »

Mais Madiân n'avait pas l'air d'un fou inoffensif. On ne l'imaginait pas tapant sur un tambourin en répétant des mantras. Il faisait partie de ces mutants dépourvus de nerfs et dans les veines desquels semble couler un sang désespérément froid. Ses mains, longues et minces, se mouvaient sur la table de marbre comme sur le clavier d'un piano. « Un pianiste ? songea Daniel, un ancien grand soliste victime des terreurs millénaristes ? »

Car il y avait de la race chez Madiân, et cette aisance indolente qu'on rencontre chez les mondains. « Hier il jouait à Pleyel, se murmura Daniel, aujourd'hui il se promène torse nu sous un vieil imperméable... »

« Rappelez-moi ce soir, au même numéro, dit soudain Madiân, je vous ferai part de notre décision, le conseil se réunira dans la journée pour savoir s'il doit donner suite à l'affaire. »

Il avait glissé l'enveloppe dans la poche intérieure de son imperméable, dévoilant un sternum que barrait une vilaine cicatrice boursouflée. Un accident ? Une intervention cardiaque ?

Il s'éloigna sans un mot, laissant à Daniel le soin de régler les consommations. En moins d'une minute il disparut à l'angle d'un immeuble et, le bruit de ses pas à peine éteint, l'on entendit à nouveau frémir les lambeaux d'affiches torturés par le vent. Daniel paya puis s'en alla, accompagné par les regards lourds des consommateurs. Tandis qu'il marchait, il fut assailli par une sensation de menace et se retourna plusieurs fois pour s'assurer qu'on ne le suivait pas.

« Madiân n'est pas venu seul, se répétait-il, maintenant ses petits copains vont te prendre en filature, tu ne les verras jamais et pourtant ils seront là, en permanence, derrière toi, dans l'autobus. Partout ! »

Il se secoua sans parvenir à se débarrasser de la bouffée paranoïaque qui le submergeait. La ville lui parut plus morte qu'à l'accoutumée, les trottoirs presque déserts, comme si les badauds, prévenus par quelque mystérieux message, avaient choisi de rester prudemment retranchés dans leurs appartements. Il fit de menues courses, usant malhabilement des miroirs et des surfaces réfléchissantes pour démasquer ceux qui s'étaient attachés à ses pas. Son comportement suspect attira l'attention d'un inspecteur de supermarché qui, cette fois, le prit réellement en filature jusqu'à la caisse. Daniel s'enfuit du magasin, les mains moites, assailli par un essaim de vibrations néfastes. Il entreprit de faire un long détour pour semer ses poursuivants, mais, à force de se retourner ou d'examiner le reflet des badauds dans les vitrines, il confondait les visages et tout le monde lui devenait suspect. Si les membres de la secte avaient tous eu la tête rasée, la tâche eût été plus facile, mais ce n'était hélas pas le cas !

Il rentra chez lui, accablé de fatigue, le crâne martelé par la migraine et se jeta sur son lit. Bientôt tout serait réglé, Madiân trouverait une astuce pour délivrer Christine et tout rentrerait dans l'ordre. Il retrouverait la banalité des études, les livres, les longues heures en bibliothèque... La solitude, l'ennui. Il arracha ses vêtements, la gorge nouée. Désirait-il vraiment que tout rentre dans l'ordre ? Il n'en était plus aussi sûr que par le passé. Le monologue nocturne de Christine l'avait empoisonné, désormais son métabolisme ne pouvait plus se satisfaire de la nourriture fade du quotidien, il lui fallait AUTRE CHOSE. Une dose quotidienne de venin, une injection de fièvre, de peur, d'intensité. Il savait qu'il ne supporterait plus de retourner sagement à la fac, de passer la moitié de sa vie à feuilleter de vieux livres, de s'asseoir au restaurant universitaire pour manger docilement une portion de viande trop cuite et de purée à l'eau. Non, Christine l'avait intoxiqué, irrémédiablement. Elle lui avait permis, en soulevant un coin de la nuit, d'entrevoir qu'il existait une autre vie, qu'il n'était point besoin de courir au sommet du Machu Picchu ou de s'enfoncer dans l'enfer amazonien pour connaître l'aventure. Il s'endormit sur cette dernière pensée, ses vêtements en vrac au pied du lit. Les rêves s'emparèrent de son esprit presque aussitôt. Il rêva qu'on l'épiait par le trou de la serrure et qu'on chuchotait de l'autre côté de sa porte. Il voyait la poignée tourner lentement, livrant le passage à une escouade d'hommes en imperméables gris qui, les uns après les autres, envahissaient sa chambre. Ils se déplaçaient sans bruit, comme des ombres, ouvrant ses tiroirs, lisant ses livres, parcourant le moindre de ses papiers avec application. Il les voyait entourer son lit, le contempler et s'interroger longuement du regard comme s'ils communiquaient entre eux par télépathie. Ils avaient tous le crâne rasé et des mains de pianiste virtuose. Leurs doigts, démesurément longs, déplaçaient les objets avec une habileté langoureuse et sans produire le moindre bruit. Daniel s'agitait dans son sommeil sans parvenir à les effrayer. Ils continuaient leur travail, se glissant dans les tiroirs, dans l'armoire, dénombrant les fourchettes du bahut, retournant chaque poche de chaque vêtement. Ils glissaient au-dessus du sol, virevoltaient, puis rampaient sous le lit, avant de décoller la moquette et le papier peint.

Jamais Daniel n'avait rêvé de manière aussi… réaliste. Il lui semblait qu'en tendant la main il aurait pu toucher les imperméables, effleurer les crânes poncés des hommes. Il voyait les couleurs, les formes, avec une acuité douloureuse, comme s'il avait soudain examiné le monde à travers une énorme loupe. Les hommes gris se retirèrent en bon ordre, refermant la porte et verrouillant la serrure au moyen d'un passe de cambrioleur. Daniel se réveilla d'un bond, de la sueur au creux des clavicules. Dans la pièce rien n'avait changé, et pourtant il fut certain qu'on avait touché ses affaires. C'était une intuition idiote, irraisonnée, mais il lui semblait voir des empreintes digitales grises sur tout ce qui l'entourait. De plus une odeur inconnue flottait dans la pièce, un parfum de caoutchouc qui dérangeait l'ordre habituel des senteurs domestiques constituant l'univers olfactif de la chambre. Il se redressa, s'essuyant le torse au moyen du drap. Dieu! Il était en train de perdre la tête! Personne n'était entré, il n'avait fait que rêver, rien de plus…

Pourtant l'impression subsistait, tenace, inquiétante. Il fit un tour complet sur lui-même, interrogeant les livres, les crayons épars. Il y avait sur eux comme une ombre, la trace d'un attouchement étranger. S'il avait eu le flair d'un chien, il aurait pu immédiatement déceler l'intrusion d'un inconnu…

de plusieurs inconnus. « Personne n'est venu, tu dormais, tu as rêvé… »

Mais il ne réussissait pas à s'en convaincre. Il sentait venir le moment où il ne pourrait s'empêcher de regarder sous le lit. Aussitôt l'image d'un homme chauve en imperméable gris, allongé sous le sommier, les bras le long du corps, comme un mort vivant attendant son heure, envahit son esprit, réveillant ses terreurs enfantines. Il posa la main sur la poignée de la porte. Elle était fermée, mais qu'est-ce que cela prouvait ? Il était payé pour savoir qu'un bon passe ouvre n'importe quelle serrure. S'emparant de la clef posée sur le compteur électrique, il déverrouilla le battant et risqua un coup d'œil dans le couloir. Les vacances avaient dépeuplé le sixième étage, il n'ignorait pas que toutes les autres chambres étaient vides, et qu'elles le resteraient jusqu'à la rentrée universitaire. Il était seul, seul et entouré de portes closes… La sensation de menace grimpa d'un cran. Et si les hommes gris avaient pris position dans chacune des chambres inoccupées ? S'ils étaient, en ce moment même, en train de le regarder par les trous des serrures ? Cela n'avait rien d'impossible. Madiân les avait expédiés sur ses traces, ils avaient envahi l'immeuble pour observer ses moindres faits et gestes. Ils ne le lâcheraient plus, ils allaient le suivre partout, notant ses trajets, chronométrant ses habitudes… Ils étaient là, derrière chaque battant de contreplaqué, l'encerclant. Malgré la chaleur lourde qui stagnait sous les toits, il se mit à grelotter et la chair de poule hérissa ses avant-bras. Il fit quelques pas dans le couloir, s'immobilisant chaque fois qu'une planche craquait sous ses pieds nus. Là c'était la chambre de Sayona, une jolie métisse qui suivait des cours aux langues-O, là celle de Frédéric, un matheux bougon qui ne supportait pas la moindre musique, là celle de Joëlle, une étudiante en médecine qui fumait du hasch «pour tuer les moustiques»… Ils avaient tous quitté la ville trois semaines plus tôt. Le sixième était vide, vulnérable, offert aux intrusions suspectes. Daniel s'adossa au mur, il respirait mal. Il imaginait les espions de Madiân, l'œil au trou de serrure, sans parvenir à s'amuser de la situation. Avec une secte il ne faut jamais rire, n'est-ce pas ? Surtout lorsqu'on lui propose de faire main basse sur plusieurs dizaines de millions…

Il se sentait nu et entouré de voyeurs. Il amorça un lent demi-tour. De toute façon ILS ne l'attaqueraient pas encore, ils avaient besoin de lui pour tirer Christine de sa prison. Le danger viendrait après… Lorsqu'ils auraient récupéré la jeune fille et l'argent. Quelle serait alors leur attitude envers ce témoin gênant ? Seraient-ils tentés de le faire disparaître ?

«Mais non, c'est idiot! tempêta intérieurement Daniel, je suis totalement compromis dans cette affaire, il ne me viendrait pas à l'idée de les dénoncer à la police. Je ne représente donc pas un danger pour la secte…»

Mais il n'était pas certain de son raisonnement. Christine était des leurs, mais lui ? Lui ? Madiân pouvait avoir la tentation de trancher ce lien gênant, le seul qui rattachait le hold-up à la secte. Mike était mort, Jonas Orn avait perdu conscience. Seul subsistait Daniel… Un inconnu, un étranger qui pouvait craquer au premier interrogatoire.

Daniel regagna sa chambre, verrouilla la porte et coinça une chaise sous la poignée. La peur torturait son plexus solaire et des rayonnements de douleur lui fouaillaient les côtes.

L'aventure, la fièvre. C'était ce qu'il avait souhaité, non ?

Il s'assit sur son lit, s'abîmant en d'interminables supputations. Chaque fois que le plancher craquait, il sursautait, songeant aux hommes gris tapis dans les chambres voisines. Étaient-ils de nouveau age-

nouillés derrière sa porte, à le lorgner par le trou de
la serrure? Il haussa les épaules, puis, n'y tenant
plus, alla enfoncer une boulette de papier dans l'ouverture du verrou.

Il avait l'impression de devenir fou.

21

Il sortit en fin d'après-midi pour rappeler Madiân,
cette fois le rendez-vous fut fixé sur le campus de la
faculté en face des installations sportives. Daniel s'y
rendit aussitôt, trop heureux d'échapper à l'atmosphère étouffante de l'immeuble. Un quart d'heure
après il arpentait la pelouse jaunie, sous les fenêtres
du bâtiment abritant l'u.e.r. d'histoire. En cette
période de vacances, on avait vissé des grilles sur
toutes les ouvertures du rez-de-chaussée, et ce cade-
nassage systématique renforçait l'aspect rébarbatif
des façades. Les pelouses désertes, les affiches déco-
lorées qui partaient en lambeaux, le béton sale,
contribuaient à créer une atmosphère de couvre-feu,
d'alerte.

De temps à autre une petite silhouette traversait le
campus à pas pressés pour s'engouffrer dans le hall
de la résidence universitaire. Cela faisait partie des
règles de base : la nuit, le week-end, ou durant les
vacances, il convenait de ne pas s'attarder sur le péri-
mètre de la faculté dont les voyous des environs s'ap-
propriaient le territoire. En dehors des périodes de
cours, le campus se peuplait d'une faune étrange,
composée de bandes d'adolescents dépenaillés, toujours prêts à mordre et qui, entre deux actes de van-
dalisme, prenaient grand plaisir à terroriser les
étudiantes. Les quelques gardiens postés en senti-

nelle n'effrayaient nullement ces petits prédateurs dont les plus âgés n'avaient guère plus de douze ou treize ans. Ils attaquaient en bande, comme des chimpanzés, s'abattant sur des proies isolées qu'ils dépouillaient en quelques secondes. Il suffisait d'une minute d'inattention pour se sentir saisi par une vingtaine de mains poisseuses et griffues qui vous jetaient sur le sol et vous immobilisaient. Marie-Anne avait été victime de l'une de ces attaques éclair. On lui avait volé son sac... et arraché son slip !

Daniel toussota, pour faire du bruit, pour tenter de meubler l'espace. La résidence était en train de se vider, dans une semaine tout au plus les derniers étudiants auraient regagné leur famille et les équipes de nettoyage procéderaient à la remise en état du bâtiment. Pour l'heure, deux filles transbordaient des caisses de livres dans le coffre d'une voiture fatiguée. Elles avaient l'air inquiètes, et jetaient de fréquents regards autour d'elles. Madiân surgit au détour d'un pilier. En dépit de la chaleur épaisse, il était toujours affublé de son imperméable militaire. De la sueur brillait sur son crâne rasé.

« Tout est réglé, dit-il sans préambule, nous allons vous apprendre à conduire. Il suffira pour cela que vous passiez vingt-quatre heures au monastère. Je pense qu'au bout de deux jours d'entraînement vous saurez suffisamment manœuvrer un véhicule pour entrer dans le camp et en sortir. Nous prendrons le relais dès que vous aurez franchi le barrage.

— Mais... et le contrôle ? s'étonna Daniel. La fouille ?

— Vous aurez un permis de conduire plus vrai que nature, quant à la voiture, elle sera trafiquée. Nous aménagerons une cache sous la banquette arrière. Christine se dissimulera dans ce logement, avec l'argent. C'est un vieux procédé, mais la police n'entreprendra pas de fouille approfondie. Au pire, on vous demandera d'ouvrir votre coffre, rien de plus... Cela me semble assez valable, qu'en pensez-vous ? »

Daniel marmonna un vague acquiescement. Pouvait-on véritablement apprendre à conduire en deux jours ? Ne risquait-il pas de percuter la barrière en franchissant le seuil du camp ? Serait-il assez habile pour manœuvrer dans les allées étroites qui séparaient les bâtiments ?

« Ne vous inquiétez pas, fit Madiân, on ne vous demande aucune prouesse. Vous conduirez lentement et l'on vous fera répéter les manœuvres les plus difficiles. Quand serez-vous libre ?

— Demain matin, dit Daniel, j'ai deux jours de repos.

— Très bien, une voiture vous attendra à huit heures, ici même, à l'entrée sud. Ne perdez pas de temps, plus vite vous serez arrivé au monastère, plus vite vous pourrez commencer à vous entraîner. Je suppose que vous êtes impatient de voir cette situation prendre fin ? »

Ils marchèrent un moment en silence, longeant le centre sportif aux volets baissés.

« Vous devez comprendre que nous ne sommes pas des voleurs, dit tout à coup Madiân, cet argent accélérera considérablement la construction de l'abri, c'est pour cela que nous l'acceptons sans faire la fine bouche. Dans peu de temps, ce monde aura disparu, je crois que vous en êtes conscient, sinon vous n'aideriez pas Christine. Qu'est-ce qu'un vol ou même un meurtre en regard de l'holocauste qui se prépare ? Vous êtes un sympathisant, je le sens. La lumière est en train de monter en vous... Sachez que vous serez toujours le bienvenu au monastère car nous vous considérons d'ores et déjà comme un membre bienfaiteur. En outre il y aura une place pour vous dans l'abri, lorsque viendra le moment. »

Croyait-il ce qu'il disait ? Daniel lui jeta un bref coup d'œil. Comment savoir ? Le visage de Madiân était impénétrable. Il souriait, mais ses yeux n'avaient guère plus de vie que ceux d'un poisson mort.

« Portez la bonne nouvelle à Christine, dit-il au moment de la séparation, son calvaire va bientôt prendre fin. »

Daniel essuya ses mains moites sur sa chemise. Madiân s'éloignait déjà.

Au cours de la nuit, il ne fit qu'un bref passage aux douches. Pointard, malade, avait été remplacé par un autre gardien, un fanatique des mots croisés qui s'obstina à noircir des grilles jusqu'à l'aube. Daniel prit son mal en patience et fit semblant de lire en attendant le jour. En sortant du camp, il prit la direction de la faculté. Une voiture poussiéreuse attendait devant l'entrée sud. Deux jeunes gens se tenaient à l'avant, les cheveux courts, presque tondus, habillés de chemises kaki tout droit sorties des surplus militaires. Daniel ouvrit la portière, s'assit sur la banquette.

« Je suis Daniel Sarella, commença-t-il, frère Madiân… »

Mais le conducteur démarra sans lui laisser le temps de finir sa phrase. Ce fut un voyage silencieux et sinistre durant lequel les deux garçons n'ouvrirent pas une seule fois la bouche. Figés sur leurs sièges, ils fixaient la route avec une attention hypnotique. À aucun moment ils n'échangèrent un regard ou une parole. Il y avait en eux quelque chose d'inhumain. Un peu de cette froideur tranquille qu'on rencontre chez certains déments.

« Les muets du sérail, ironisa intérieurement Daniel, on leur a coupé la langue… Ou bien ce sont des robots. Si je leur enfonçais une aiguille dans la nuque, ils ne s'en apercevraient même pas. »

Il feignait de s'amuser de la situation, mais son estomac n'était qu'un nœud d'angoisse. Les deux muets lui faisaient peur. Leur dureté contrastait étrangement avec la finesse de leurs traits adoles-cents. Daniel songea à ces enfants croisés qu'on ordonnait jadis. Douze ou treize ans et déjà guer-riers, une peau de fille mais des mains durcies par le maniement incessant des armes...

Il s'agitait sur la banquette tandis que la voiture sortait de la ville, s'élançait sur l'autoroute. Allait-on lui bander les yeux ? Le prier d'enfiler une cagoule ? Mais non, l'emplacement du monastère n'avait rien de secret, une fois de plus il se laissait happer par son imagination. Le conducteur manipulait son volant avec une adresse de professionnel, la voiture filait, longeant d'interminables étendues de terre en friche.

Daniel ferma les yeux. La ruée des poteaux et des bornes indicatrices de l'autre côté de la vitre lui don-nait la nausée. *Et subitement, sans qu'il puisse reconstituer par quel cheminement il venait d'arriver à cette conclusion, il fut certain que Christine avait menti au sujet du hold-up...*

« Si Mike avait abattu à lui seul les quinze per-sonnes se trouvant à l'intérieur de la banque, il lui aurait fallu faire feu quinze fois de suite, énonça mentalement Daniel, or un fusil à pompe ne contient la plupart du temps que huit cartouches... Si l'An-glais avait été seul à tirer, il aurait donc été obligé de recharger son arme au beau milieu de l'exécution. Ce qui paraît peu vraisemblable... »

Oui, il y avait fort à parier qu'une fois l'arme du jeune homme déchargée, Christine avait pris le relais, vidant à son tour ses huit cartouches sur les employés et les clients encore debout. Oui, ils avaient ouvert le feu chacun à leur tour, se partageant les victimes !

« Elle m'a menti, constata Daniel tandis qu'une sueur glacée perlait sur son front, elle n'a jamais eu les mains propres comme elle a essayé de me le faire croire. Elle a tiré, elle aussi. C'est une meurtrière. Une tueuse... »

À présent, il éprouvait une violente douleur à l'estomac. Pour un peu il aurait ouvert la portière et sauté sur le bas-côté. Et si Mike lui avait enlevé le fusil ? lui souffla une voix insinuante. Imagine un peu la scène : Il tire, vide son magasin, et, d'un geste sec arrache le fusil des mains de sa compagne pour continuer à tirer ?

Non, non, Jonas Orn lui avait rapporté une tout autre version.

« Christine n'a pas tiré un seul coup de feu, avait-il prétendu, elle avait même oublié de charger son arme ! »

Cherchait-il à protéger sa fille ? Avait-il inventé cette histoire dans le seul but de la blanchir aux yeux de Daniel ? Ou bien est-ce Christine, elle-même, qui lui avait fait avaler cette fable ?

Daniel baissa la vitre pour aspirer un peu d'air froid. Pourquoi n'avait-il jamais pensé à cet aspect technique du hold-up ?

Pourquoi, dès le départ, avait-il choisi d'innocenter la jeune fille ? Foutu sentimentalisme. Il était contraint d'avouer qu'elle lui plaisait bien la petite écolière nocturne qui racontait des histoires de fin du monde d'une voix de somnambule. Et surtout, elle avait de si petites mains... On l'imaginait mal en train de manœuvrer un riot-gun, d'ajuster ses cibles et de presser la détente, dans un grand éclaboussement de sang, de verre brisé. Dieu ! Comment avait-elle pu voir se disloquer les cages thoraciques, exploser les seins et les têtes, et continuer à enfoncer la détente ? Cela allait peut-être trop vite pour qu'on ait le temps de réfléchir, de prendre du recul ? Les ventres se disloquaient, lâchant dans les gilets une bouillie d'entrailles. L'odeur de la poudre vous brûlait les narines, le bruit des détonations vous rendait sourd. En trois secondes tout était fini. Le sang inondait le carrelage, souillant la semelle de vos tennis. Non, elle n'avait pas tiré. Mike avait tout fait, Mike, et seulement lui! Il avait tendu le bras, arraché le fusil et...

La voiture avait quitté l'autoroute, maintenant on roulait dans la campagne, aux abords d'une forêt. Daniel réalisa qu'il ne savait absolument pas où il se trouvait. Absorbé par ses pensées il n'avait prêté aucune attention à l'itinéraire suivi.

Un peu plus loin, le conducteur quitta la route pour suivre un chemin de terre qui serpentait sous le couvert. La végétation, très dense, retenait la lumière. Sous la voûte du feuillage régnait une demi-pénombre oppressante, une sorte de lumière glauque qui baignait les buissons de son sirop verdâtre.

«Une lumière marine», constata Daniel. La fatigue lui martelait les tempes et il devait lutter de toutes ses forces contre l'envie qui le prenait de s'allonger sur la banquette et de dormir, sans plus s'occuper de rien.

Autour de lui les arbres semblaient plus gros, affligés de racines tortueuses et turgescentes. «Nous entrons dans la forêt enchantée, murmura-t-il en fermant les paupières, à partir d'ici nous sommes entre les mains des druides.»

Il laissa sa joue glisser contre la vitre, indifférent aux trépidations qui se répercutaient à l'extérieur de son crâne.

Alors qu'il s'enfonçait dans le sommeil, la portière s'ouvrit brutalement. Madiân était là, debout dans la lumière, un gobelet de café et deux pilules à la main.

«Avalez ça, ordonna-t-il, vous n'avez pas le temps de dormir.»

Daniel obéit sans réfléchir. Le monastère se dressait devant lui, vieille ferme fortifiée dont la plupart des bâtiments tombaient en ruine. La voiture était garée dans une cour intérieure d'aspect médiéval.

Une jeune femme se tenait derrière Madiân, légèrement en retrait. Elle était large et vigoureusement charpentée, comme une nageuse soviétique ; ses cheveux avaient été tondus à deux millimètres de son crâne.

« C'est Janina, dit Madiân, elle va vous prendre en main. Nous avons travaillé toute la nuit sur la voiture. La cache sera bientôt prête. Venez par ici, on va vous photographier pour le permis. »

Daniel se laissa tirer, traîner, déplacer comme un enfant ou un animal. Il était assommé de fatigue, incapable de réfléchir. On le photographia devant un drap tendu, puis on lui servit un petit déjeuner à base de soupe chaude, de café et de charcuterie. Le pain était délicieux. « Nous le faisons nous-mêmes », précisa Madiân avec une fierté enfantine.

« Restez tranquille une demi-heure, recommanda l'homme chauve, les excitants vont agir, bientôt vous péterez le feu. »

Daniel hocha la tête en bâillant. Il était un peu déçu par l'aspect extérieur du monastère. À travers les récits de Christine il avait imaginé une sombre bâtisse battue par les vents. Un mirador crénelé, cerné de baraquements, un territoire ceint de barbelés et aux allures de camp de la mort. Où donc étaient les novices affamés aux yeux creux, les gourous de l'apocalypse en scaphandre antirad ?

Au bout d'un quart d'heure il commença à se sentir mieux et sortit sur le pas de la porte. Des cultures entouraient la ferme. Des petites silhouettes allaient et venaient entre les sillons, cueillant ou semant. Tout cela paraissait assez innocent. Trop peut-être ? S'agissait-il d'une mise en scène réglée à l'intention des voisins ? Il n'eut pas le temps d'y réfléchir car Janina le saisit par l'épaule et l'entraîna vers une voiture cabossée, recouverte d'une affreuse peinture vert olive qui la changeait en véhicule militaire.

« Okay, dit-elle en ouvrant la portière, es-tu vraiment novice ou possèdes-tu quelques notions de base ?

— J'ai des notions de base, lâcha Daniel, je connais les différentes parties constitutives de l'animal : le capot, les roues, le moteur... le volant... »

Janina lui jeta un regard noir et lui fit signe de s'asseoir.

Durant les deux heures qui suivirent Daniel se débattit avec le volant, l'embrayage, le frein à main, qui — en très peu de temps — devinrent tous des ennemis mortels. Janina lui parlait durement, comme un instructeur militaire, et il s'attendait à tout moment qu'elle le traite de bâtard ou d'enfant de putain. Par bonheur, les choses n'allèrent pas aussi loin. Il parvint enfin à démarrer et entama le tour de la propriété au ralenti. Derrière les buissons et les haies, il distingua de grandes clôtures qui montaient à près de trois mètres au-dessus du sol. Des chiens faméliques erraient entre les arbres, compissant à tour de rôle les racines. Il ne s'agissait nullement de chiens de garde et Daniel remarqua qu'ils s'écartaient peureusement à l'approche de la voiture. Le premier tour de piste bouclé, Janina lui demanda d'accélérer, puis de freiner et de repartir. Il cala à plusieurs reprises et sa maladresse eut pour conséquence d'installer une atmosphère de tension à l'intérieur du véhicule.

Les chiens allaient et venaient, peureux, les oreilles couchées par l'angoisse, la queue entre les pattes. Daniel vit qu'ils étaient tous — sans exception — constellés de cicatrices, et que de gros bourrelets violacés striaient leurs flancs. Certains boitaient bas, d'autres haletaient en se cognant aux arbres. Les paroles de Christine lui revinrent en mémoire. « Nous nous entraînons sur des animaux. » Il frissonna en réalisant qu'il était en train de contempler les cobayes sur lesquels les apprentis chirurgiens se faisaient la main ! Rien d'étonnant à ce que les pauvres

218

bêtes se mettent à trembler à la seule vue d'un humain ! Il sentait la colère de Janina gronder à côté de lui. Il était visible qu'elle le méprisait et guettait avec impatience le moment où elle pourrait l'abreuver d'injures. Il choisit de demeurer souriant et reprit son cheminement autour de la ferme.

À force de passer et de repasser aux mêmes endroits, il notait des détails qui lui avaient tout d'abord échappé : telles ces grosses sirènes dissimulées dans les arbres, ou cette tour de guet… ou encore cette chicane qui bloquait l'accès de la propriété. Peu à peu la ferme perdait son allure bucolique pour prendre celle d'un camp retranché habilement banalisé. À midi Madiân apparut au bord du chemin et leur fit signe d'arrêter. Souriant, il vint à la rencontre de Daniel et lui ouvrit la portière.

« Venez, dit-il, je vais vous faire visiter nos installations. »

Posant sa longue main sur l'épaule du jeune homme, il le poussa vers ce qui semblait être une grange.

« Nous ne vivons pas dans la maison, précisa-t-il, la ferme n'est qu'un décor, un trompe-l'œil. En fait nous avons choisi de creuser tout un réseau de tunnels dans le sous-sol et de nous y installer. C'est une excellente simulation, un moyen de vaincre le stress de l'enfermement, la peur du noir. Nous voyons dans cet exercice une sorte de préparation à la vie future au sein de l'abri. »

Dans la grange, Daniel avisa une échelle qui s'enfonçait dans la terre. Une sorte d'écoutille de bois s'ouvrant sur un tunnel grossièrement étayé, en tout point semblable à une galerie de mine. Madiân saisit les montants de l'échelle en s'excusant de passer le premier. Daniel le suivit. Un puissant remugle de terre flottait à l'intérieur de la galerie. De rares ampoules clignotaient, accrochées aux poutres, éclairant le boyau d'une lueur insuffisante.

«Voilà le vrai monastère, commenta Madiân qui circulait à demi penché, nos frères vivent ici, dans des cellules sans ouverture sur l'extérieur. Ils détestent remonter à la surface et la lumière du soleil les rend terriblement nerveux. Janina abhorre la lumière du jour, elle est persuadée que les rayons ultraviolets génèrent des cancers de l'épiderme. Ce n'est pas moi qui la contredirais.»

Daniel avançait à tâtons, aveuglé par la pénombre. Le tunnel empestait la moisissure et le champignon. Une odeur qui n'était pas sans rappeler celle des douches... Les cellules s'ouvraient de part et d'autre du couloir, telles de minuscules cavernes. De maigres jeunes gens s'y tenaient accroupis, l'air pensif.

«Lorsqu'un journaliste... un détective... une famille, exigent de visiter le monastère, nous quittons les tunnels pour jouer la comédie de ceux qui aiment vivre au grand air. C'est pour nous une réelle épreuve, fit pensivement Madiân. Il faut s'habituer à l'obscurité car le futur sera ténèbres, monsieur Sarella, n'oubliez jamais cela. Après le grand flash, l'humanité connaîtra la nuit nucléaire, une nuit terrible qui voilera le soleil. Il faut d'ores et déjà s'astreindre à une existence cavernicole, cultiver les mousses, les lichens, apprendre à s'en nourrir!»

Daniel hochait la tête sans se compromettre. Au relent de terre remuée se mêlait celui de la paille et des déjections.

«Un kilomètre de galeries, déclara Madiân avec orgueil, mais cela n'est rien à côté de notre futur abri!»

Ils mangèrent dans une salle basse, à la lueur d'une lampe de mineur. Madiân distribuait des rations qu'il tirait d'une boîte étiquetée *Survival pack food*. Daniel grignota des biscuits protéinés à la saveur pharmaceutique en écoutant l'homme chauve disserter sur les légumes qu'on peut faire pousser sous terre en les éclairant à l'aide d'une rampe lumineuse de jardinage, ou les animaux aveugles qui nagent au fond des grottes et qui constituent, somme toute, un excellent gibier.

Lorsqu'ils émergèrent du boyau, le jeune homme, ébloui, dut se protéger les yeux sous sa main tendue en visière.

« On s'habitue vite à la nuit, n'est-ce pas ? gloussa l'homme chauve. Il ne faut pas oublier que l'être humain se construit dans l'obscurité utérine. En fait nous portons tous en nous la nostalgie de la grande nuit fœtale. Il faut apprendre à redevenir des créatures de l'ombre. »

La leçon de conduite reprit aussitôt. Daniel maîtrisait mieux le véhicule et ne calait plus systématiquement chaque fois qu'il fallait changer de vitesse. Cependant, vers trois heures de l'après-midi, la fatigue revint à la charge, et il eut un éblouissement.

« Ça suffit, grogna-t-il en freinant, maintenant il faut que je dorme. »

Janina sortit de l'auto en maugréant et le conduisit dans la grange.

« Grimpe en haut de l'échelle, dit-elle, dans la paille tu trouveras un sac de couchage. »

Daniel se hissa sur la plate-forme où l'on stockait jadis les balles de foin, déplia le duvet et s'y glissa. Dix minutes après il dormait à poings fermés.

Il se réveilla vers le soir, alors que l'humidité tombait sur la campagne. La luminosité avait beaucoup baissé et les champs étaient vides. La nuit venait, encerclant progressivement le monastère. Daniel descendit de son perchoir, tenaillé par la faim et prit le chemin du réfectoire. Malgré ses efforts, il ne rencontra personne et aucune voix ne répondit à ses appels. La ferme était déserte, et seuls les chiens-cobayes erraient au long des couloirs, en quête de pitance. Daniel comprit que les membres de la secte avaient tous regagné les tunnels pour la nuit et qu'ils dormaient à présent sous la terre, entassés dans les cavernes que Madiân baptisait pompeusement «cellules de réflexion».

La ferme avait repris son aspect de décor fantomatique. Les hurlements des chiens affamés se répercutaient sous la voûte des corridors emplissant la bâtisse d'une rumeur de zoo.

Daniel buta dans une écuelle, provoquant la fuite de deux bâtards couturés de cicatrices. La vue de ces bêtes torturées lui donna la nausée. Pourquoi se laissaient-elles charcuter sans jamais se défendre ? Daniel songea qu'à leur place il aurait tenté de dévorer vifs ces jeunes gens souriants qui jouaient aux chirurgiens avec de vrais scalpels ! Il avait la sensation de déambuler dans un asile. L'obscurité se faisait plus dense et parfois, au détour d'un couloir, il heurtait un chien boiteux, un caniche à trois pattes.

Il s'avança sur le seuil du bâtiment et contempla la plaine dans le rougeoiement du soleil couchant. Il essayait d'imaginer les tunnels serpentant sous les champs, les abris déguisés en champs de pommes de terre. Combien de gosses avaient donc succombé aux histoires de fin du monde fredonnées par Madiân et les siens ? Combien attendaient la Grande Nuit en s'efforçant de devenir de parfaits survivants ?

Il n'ignorait pas que de telles sectes pullulaient aux États-Unis et que les pseudo-camps de survie drainaient chaque week-end des milliers d'ouvriers et de fonctionnaires qui payaient relativement cher le droit de ramper dans la boue et de manger des racines en supportant les insultes d'un sergent instructeur plus vrai que nature.

La maladie allait donc se répandre de pays en pays, s'adaptant chaque fois aux mœurs locales ? Misant ici sur l'agressivité et l'entraînement actif, là sur la peur et la retraite passive ?

Madiân était-il dupe de ses propres discours, ou bien, comme beaucoup de gourous, détournait-il les fonds provenant des quêtes ? À quoi servirait le butin

du hold-up ? À payer la maçonnerie du Grand Abri...
ou à nourrir un compte chiffré en Suisse ?

Comment savoir ?

Daniel devait s'avouer que les discours de Christine l'avaient en partie ébranlé. Agissant à la manière d'une contamination sournoise, ils avaient allumé en lui une sourde angoisse, une indéniable crainte de l'avenir. Chaque fois qu'il passait devant un kiosque, il se surprenait à lorgner les gros titres des quotidiens. La vision du mot GUERRE, imprimé à l'encre grasse, le faisait tressaillir et enfonçait une aiguille chauffée à blanc dans sa poitrine. Jamais auparavant il n'avait prêté attention aux rumeurs alarmistes de la presse spéculative, mais depuis quelque temps sa carapace se fendillait. Cette vulnérabilité nouvelle, il la devait à Christine et à ses contes nocturnes, à ses terreurs devant la gare Montparnasse, à ses prémonitions douteuses, à son obsession des douches et des radiations nocives. Désormais il évitait le voisinage des écrans d'ordinateurs. Il se lavait plus souvent, et avec une frénésie obscure.

« Elle t'a intoxiqué, constata-t-il, on devient fou à côtoyer les fous ! N'oublie jamais ça ! »

Il avait froid. Il se dépêcha de traverser la cour avant que le soleil n'ait totalement sombré à l'horizon. Titubant sur les pavés disjoints, il regagna la grange et le cocon du duvet. Il avait faim mais ignorait totalement où Madiân et les siens cachaient leurs provisions. Sous terre sans aucun doute, mais il répugnait à descendre dans le monde des boyaux pour mendier une assiette de ragoût.

« Peut-être as-tu peur de t'y sentir bien, se dit-il, de t'y sentir TROP bien ? »

Il réintégra le sac de couchage et tenta d'oublier les hurlements des chiens bancals qui venaient de se rassembler dans la cour pour regarder monter la lune.

22

Le lendemain il reprit l'entraînement dès le lever du jour. La journée s'écoula sans incident. Vers quinze heures, Madiân lui annonça que tout était prêt et qu'il était temps de rentrer.

Daniel put admirer le travail effectué sur la banquette arrière d'une vieille DS grise qu'on avait dissimulée au fond d'un hangar. Le siège, évidé, avait été transformé en une sorte de baignoire où Christine pourrait s'allonger sans trop de peine, les genoux ramenés sur la poitrine.

« Ce n'est pas une planque inédite, commenta Madiân, dans les premiers temps du mur de Berlin beaucoup de gens filaient de cette manière. Ensuite les vopos sont devenus plus méfiants. Dans le cas qui nous intéresse, vous ne risquez pas une fouille approfondie. Le hold-up ne date pas d'hier, la vigilance de la police commence à s'émousser. Au pire on jettera un coup d'œil dans le coffre. Mais je n'y crois pas. Pour plus de sûreté, je vais monter une manœuvre de diversion. Au moment où vous sortirez du camp, j'enverrai deux novices sur la route. Deux novices sans casque, et chevauchant la même mobylette. Je suis sûr que l'attention des flics se polarisera sur eux. »

Daniel s'installa au volant de la voiture et tourna pendant une demi-heure autour du monastère pour se familiariser avec le véhicule.

« C'est bon, conclut Madiân, vous ferez parfaitement illusion. Gardez votre sang-froid et tout ira bien. »

Ils quittèrent la propriété vers dix-sept heures. Madiân tenait le volant. Dès qu'ils furent sur la route, l'homme chauve cessa de sourire et son visage

reprit son habituelle apparence minérale. Ils voyagè-
rent sans échanger un mot, comme si le temps de la
convivialité était révolu. Daniel fit le vide dans son
esprit. Il ne voulait surtout pas penser à ce qui allait
se passer.

Cependant, il ne pouvait s'empêcher d'imaginer ce
qu'un scénariste de films à suspense aurait tiré d'une
telle situation. *À n'en pas douter tout irait de travers, il
commencerait par emboutir la barrière en pénétrant
dans l'enceinte du camp, le garde-boue enfoncé frotte-
rait sur la roue, provoquant l'explosion du pneu. Ou
bien le moteur tomberait en panne durant la nuit. Il se
voyait très bien, quittant le camp à l'aube, Christine
allongée à l'arrière. À ce moment surgissait un poids
lourd, en sens contraire. Chauffeur novice, il n'avait
pas le réflexe d'éviter la collision. Tout l'arrière de la
DS était laminé… et Christine tuée sur le coup. Les pics
se précipitaient, écartaient les morceaux de ferraille
pour découvrir, dans le sarcophage de la banquette truquée, le corps de la jeune fille étendu sous un linceul de
billets.*

Bon sang, pourquoi pensait-il à cela? C'était du
masochisme pur et simple! Il se mordit la lèvre et
s'enfonça les ongles dans les paumes. À présent, des
dizaines d'hypothèses le submergeaient, faisant
miroiter à ses yeux les mille facettes d'un même cauchemar. Son imagination tricotait à perte de vue des
scénarios catastrophiques. *La voiture qui cale et
refuse de démarrer au moment du contrôle de police.
Les flics qui s'énervent et le voient transpirer anormalement. «Circulez!» grognent-ils, mais Daniel s'em-
brouille, mélange les pédales, noie le moteur.*

*«Enfin! s'impatiente un brigadier, vous savez
conduire ou quoi?» Et Christine, qui — se croyant
découverte — tente le tout pour le tout, soulève la banquette, saute sur le sol et s'enfuit à travers champs en
laissant derrière elle un sillage de billets sanglants.*

«Si tu y penses ça n'arrivera pas, se racontait frénétiquement Daniel, tout ce qu'on prévoit n'arrive jamais. C'est une loi mathématique…»

Pour conjurer le mauvais sort, il s'obligea durant le reste du voyage à envisager tous les cas de figure.

«Vous êtes pâle et vous transpirez, lui dit soudain Madiân, arrêtez de gamberger ou vous sombrerez dans l'hystérie à la première difficulté.»

Lorsqu'ils atteignirent les faubourgs de la ville, Daniel se sentait exsangue.

«À quelle heure prenez-vous votre service? interrogea Madiân.

— À dix-neuf heures.

— Très bien, alors rentrez chez vous, rasez-vous, redevenez présentable. Je vous attendrai en bas. Je conduirai la voiture jusqu'à la maison de Jonas Orn, là je vous abandonnerai le volant pour la dernière ligne droite. Il vous faudra pénétrer dans le camp par vos propres moyens. J'ai préparé une Thermos de café additionné de somnifère au cas où votre équipier refuserait de s'endormir. Demain matin je serai de l'autre côté du barrage, derrière le pont. Je jouerai aux auto-stoppeurs. Je reprendrai le volant dès que vous serez sorti du champ visuel des pandores. C'est simple, non?»

Daniel acquiesça, cela paraissait merveilleusement simple. Mais en théorie tout baignait toujours dans l'huile.

«Le plus dur c'est de sortir Christine du bâtiment et de la faire monter dans la voiture, dit-il entre ses dents, c'est là qu'on peut nous voir. Il suffit qu'un gardien s'écarte légèrement de son itinéraire habituel, que…

— Ça suffit, coupa Madiân, vous cultivez votre peur pour rien.»

Il se rangea au bas de l'immeuble, consulta sa montre et désigna le hall.

«Allez, fit-il, montez chez vous. Il vous reste qua-

226

rante-cinq minutes pour vous préparer. Je vais me garer en face.»

Daniel descendit. Lorsqu'il posa le pied sur le sol, ses genoux lui parurent anormalement mous et il crut qu'il allait perdre l'équilibre. «Je crève de trouille», constata-t-il en grimpant au sixième. Des images sinistres bouillonnaient sous son front : *Christine, repérée par les gardiens à la sortie des douches, et se livrant à un baroud d'honneur, le fusil calé au creux de la hanche. Huit cartouches dans le magasin. La tête de Pointard qui se volatilise, la poitrine de Morteaux qui explose…*

Il se lava et se rasa méthodiquement, s'obligeant à la patience. Lorsqu'il enfila son uniforme, il sut ce que ressent le toréador au moment d'entrer dans l'arène.

Il rejoignit Madiân qui démarra sans attendre et glissa la DS dans le flot de la circulation. Vingt minutes plus tard, ils atteignaient les faubourgs de la ville.

«Ça va être à vous dans cinq minutes», dit doucement l'homme chauve.

Daniel ne répondit rien. Il ne pouvait plus parler. La sueur jaillissait de son visage comme de l'huile. Madiân ralentit.

«Je vous abandonne ici, murmura-t-il, derrière ce virage c'est la ligne droite… puis le camp. Ne vous en faites pas, tout ira bien.»

Daniel se glissa au volant tandis que l'homme chauve descendait de la voiture. Il empoigna le volant comme il aurait saisi à pleines mains les mâchoires d'un fauve pour l'empêcher de mordre. Dans quelques minutes son cerveau atteindrait le point de fusion et tout son système nerveux grillerait, il en avait la certitude. Des étincelles lui sortiraient par le nez et les oreilles, et il retomberait au fond de son siège, bavant un peu de fumée noire, définitivement hors d'usage. Par bonheur, il parvint à démarrer en douceur. Ses doigts broyaient le volant, le poissant de taches graisseuses. La DS aborda le tournant, s'engagea sur la route tel un avion qui s'apprête à quitter le sol. Daniel écarquilla les yeux. Jamais le tronçon d'asphalte ne lui avait paru aussi long. Tout au bout, on distinguait le fourgon de la gendarmerie, planté sur le bas-côté, et deux types en armes qui ressemblaient à des mannequins. Daniel réalisa qu'il roulait beaucoup trop lentement, presque au pas, et que cette façon de procéder pouvait paraître suspecte. Il accéléra. La bande jaune se mit à défiler effroyablement vite sous le capot de la voiture. Il fallait maintenant ralentir, mettre les clignotants, amorcer une courbe parfaite à la hauteur de la barrière. Et puis il allait devoir s'arrêter, klaxonner, se faire reconnaître. Pendant tout ce temps, la voiture pouvait caler dix fois, trahissant le manque d'habileté de son conducteur. Le fourgon de gendarmerie grossissait. Daniel voyait parfaitement les képis, les uniformes... la moustache du brigadier. Il mit son clignotant, amorça son virage.

« Maintenant je vais me faire rentrer dedans, dit-il à mi-voix, une bagnole va surgir en sens contraire, c'est dans la logique des choses... »

Mais la route était libre. Il enfonça l'accélérateur, priant pour que la voiture ne se mette pas à tressauter sur place comme cela lui était déjà arrivé au monastère. Il klaxonna, souhaitant ardemment que la barrière ne tarde pas trop à s'ouvrir. Il avait passé la tête à l'extérieur et souriait niaisement pour se faire reconnaître. La lourde barrière se mit à coulisser, se rétractant au ralenti. Daniel sentait tous les regards fixés sur lui. Les regards des gardiens, mais aussi ceux des flics. Il serrait si fort le volant qu'il s'étonnait de ne pas le voir se déformer entre ses paumes. Le passage était libre, il s'engagea dans l'ouverture, s'arrêta à la hauteur du bunker. P'tit Maurice se tenait sur les marches du poste.

«T'as une bagnole maintenant? s'étonna-t-il, tu l'as achetée avec ta première paye?

— Non, bredouilla Daniel, elle appartient à ma tante, elle me l'a prêtée. »

Sa voix sonnait épouvantablement faux.

«Pointard est là? s'enquit-il.

— Ouais, fit Maurice, il a enfin dessoûlé, c'est pas trop tôt. »

Daniel rit servilement puis enfonça la pédale d'accélération. Le véhicule longea le bunker, s'engagea sur le parking. À présent il ne risquait plus la collision, le terrain était dégagé, propice aux manœuvres approximatives. Il se gara sur le côté, prenant soin de tourner le capot vers le bâtiment des douches, coupa le contact et s'essuya le visage avec un Kleenex.

«Lorsque cette histoire sera terminée, je ne toucherai plus jamais un volant de ma vie, se jura-t-il, vive les transports en commun! »

Il ramassa son sac sur la banquette arrière et gagna la guérite. Pointard, les traits tirés, s'étonna lui aussi de le voir soudain motorisé. Daniel dut réitérer son laïus sur la tante de passage, le véhicule prêté. Il débitait ses explications d'une voix trop enjouée, peu naturelle, mais Pointard l'écoutait d'une oreille distraite.

«J' suis barbouillé, grogna-t-il, j'ai dû manger quelque chose qui m'est resté sur l'estomac. »

Ils s'installèrent pour attendre la nuit. Daniel avait sorti la Thermos de café drogué. Un peu plus tard, en revenant de la première ronde, il en proposa un gobelet à l'alcoolique qui l'accepta sans rechigner.

«Faut mettre du rhum dans l' café, observa-t-il toutefois, oui, avec du rhum ça se digère mieux. »

Daniel répondit qu'il y penserait la prochaine fois et s'assit dans son coin, un livre inutile entre les mains. Peu à peu la nuit submergea le camp, engloutissant le paysage. Au bout d'une heure, Pointard manifesta de grandes difficultés à conserver les yeux ouverts. Daniel s'abstint de bouger. Il avait dressé un planning mental pour calculer le moment où il ne risquait pas de croiser l'un ou l'autre des gardiens, mais il ne se faisait guère d'illusions, la chance jouerait un grand rôle dans la réussite de l'expédition car aucune des sentinelles n'effectuait ses rondes à heure fixe. Il s'installa dans son fauteuil de matière plastique et ferma les yeux. Le tic-tac de sa montre lui emplissait les oreilles. Une heure s'écoula ainsi. Pointard dormait, le menton sur la poitrine, foudroyé par les narcotiques. Daniel se redressa, s'avança sur le pas de la porte. Rien ne bougeait sur le parking, les nuages masquant la lune réduisaient la visibilité au minimum. Il fallait profiter de ce concours de circonstances. Il sortit. Il éprouvait beaucoup de peine à respirer, comme si ses poumons avaient subitement rétréci. Il avançait, courbé sous la charge invisible de sa peur, les intestins en déroute. Après un dernier regard à la guérite, il ouvrit la portière de la DS et se glissa au volant. Ses doigts tremblants avaient perdu toute force, toute agilité, et il dut s'y reprendre à deux fois pour tourner la clef de contact. Le bruit du moteur explosa sous le capot avec un horrible bruit de ferraille et il lui sembla qu'on avait dû l'entendre de l'autre côté de la route. Au moment de passer la première, il cala et le véhicule eut un hoquet qui le fit se balancer comme une barque encaissant un paquet de mer.

Daniel réitéra la manœuvre. Cette fois l'auto consentit à s'engager au ralenti sur le chemin menant aux douches. Les pneus crissaient sur le gravillon, égrenant un chapelet de petites détonations sèches, Daniel se gara derrière une haie de troènes, là où le véhicule serait presque indécelable, et déverrouilla la porte arrière. Maintenant il lui fallait prévenir Christine. Il courut vers le bâtiment désaffecté, libéra le battant au moyen de son passe et pénétra dans la salle de douches.

«Christine? appela-t-il à mi-voix, ça y est, j'ai la voiture.»

Personne ne répondit. Il fit quelques pas, indécis. Christine était accroupie au milieu du carrelage de porcelaine, une barre de fer entre les mains. Elle sentait la sueur, la peur, et ses cheveux collaient à ses joues. Daniel s'agenouilla. La jeune fille le dévisagea sans le reconnaître. Il vit qu'elle avait la pommette entaillée et la bouche meurtrie. Ses doigts noués autour de la barre métallique portaient de nombreuses traces d'éraflures.

Daniel dut la saisir aux épaules pour qu'elle daigne enfin reprendre pied dans la réalité. Elle paraissait en état de choc, tétanisée. De grands cernes violets soulignaient ses yeux.

«Les rats, bégaya-t-elle enfin. *Ils ont envahi la cave… ça fait deux jours que je me bats contre eux*. Il en est sorti de partout, des tuyaux, des murs, des chaudières. Ils ont commencé à déterrer le corps de Mike, en creusant avec leurs griffes. J'ai essayé de les repousser mais ils étaient trop nombreux et ils n'avaient pas peur de moi. Ils m'ont mordu aux chevilles et aux mollets… C'était horrible!» Daniel releva le bas du jean. La chair de Christine était marbrée d'affreux petits hématomes violets couronnés de sang séché. Il imagina les rats, suspendus au-dessus du sol, les dents crochées dans la viande pâle de la jeune fille.

«Ils sont en train de dévorer Mike, hoqueta-t-elle, quand j'ai battu en retraite, ils avaient déjà découvert son visage. Ils creusent à toute vitesse, avec leurs pattes, comme des chiens minuscules. Oh! Mon Dieu! Ils ont dû lui manger la figure…»

Daniel frissonna de dégoût. Instinctivement, il dirigea le faisceau de sa torche vers le fond de la salle, là où s'ouvrait l'escalier menant à la cave.

«Ils vont monter, sanglota Christine, dès qu'ils auront fini de manger ils vont partir à la recherche d'une autre proie.»

Elle se jeta contre la poitrine du garçon. Elle était brûlante de fièvre. Daniel songea aux morsures dont elle était couverte. Les rats transmettaient la rage, c'était connu, et mille autres maladies toutes plus graves les unes que les autres.

«Je n'ai rien pu faire, soliloqua la jeune fille, ils étaient trop nombreux. J'ai essayé d'enflammer des torches mais les flammes ne les faisaient hésiter qu'une minute. Ils revenaient sans cesse à l'attaque. Ils tombaient des tuyaux, se jetaient du haut des canalisations. J'en ai reçu un dans les cheveux, un autre sur l'épaule. Il a essayé de s'engouffrer dans mon tee-shirt. J'ai cru que j'allais devenir folle et me mettre à hurler. Pourquoi es-tu parti si longtemps? Pourquoi?»

Elle se débattait et criait presque. Daniel dut la bâillonner avec sa paume, elle le mordit cruellement. Elle avait perdu toute maîtrise et semblait prête aux pires excès. S'il ne parvenait pas à la calmer, elle allait se mettre à courir à travers le camp, en hurlant comme une possédée.

«J'ai failli sortir dix fois, avoua-t-elle, dix fois j'ai marché jusqu'à la porte et j'ai posé la main sur la poignée. De l'autre côté, les gens riaient, ils ignoraient la peur, ils ne pensaient pas aux rats. J'aurais voulu être comme eux, devenir une petite secrétaire idiote, uniquement préoccupée par ses toilettes et les prochaines vacances.»

Elle parlait à un rythme précipité, avalant les mots. Ses yeux dilatés par la terreur sautaient au fond de ses orbites, incapables de se fixer sur un point précis.

«C'est fini, chuchota Daniel, on va partir. La voiture est dehors, il y a une cache sous la banquette arrière. Tu t'y allongeras et tu attendras le matin. C'est presque fini maintenant, calme-toi.»

Il l'aida à se relever. Elle consentit à lâcher la barre de fer pour saisir le sac contenant les liasses de billets. Sans lui lâcher le bras, Daniel l'entraîna vers la porte. Prudemment il entrebâilla le battant pour s'assurer que la voie était libre... et étouffa un juron. P'tit Maurice se tenait en contrebas, de l'autre côté de la pelouse. Le dobermann, planté sur ses quatre pattes, reniflait obstinément en direction des douches. Daniel se rejeta en arrière et verrouilla le battant à l'aide du passe.

« Qu'est-ce que tu fais ? siffla Christine au bord de l'hystérie, il faut partir ! Tout de suite.

— Il y a un gardien, en face, murmura Daniel, il faut attendre qu'il s'en aille. »

Il crut que la jeune fille allait se jeter sur lui pour lui arracher les yeux. Elle tremblait de la tête aux pieds.

« Non... haleta-t-elle, je n'attendrai pas. Prends la barre de fer, on le tuera et on cachera son corps, ça n'a plus d'importance maintenant, viens ! »

Il dut la saisir solidement aux épaules. Il sentait ses muscles se nouer sous le cuir du blouson.

« Salaud, cracha-t-elle, tu es comme les autres. Tu ne mérites pas d'être sauvé ! »

Un crissement en provenance de l'escalier les figea en pleine bataille. Quelque chose montait, escaladant malhabilement les marches. On entendait crisser des griffes minuscules.

« Bon sang ! pensa Daniel alors que ses cheveux se hérissaient sur sa nuque. ILS sont en train de monter l'escalier pour envahir le rez-de-chaussée. ILS vont se répandre dans la salle des douches. »

Il serra les mâchoires pour empêcher ses dents de se mettre à claquer et dirigea le faisceau de la torche vers le fond du couloir. C'était imprudent car P'tit Maurice pouvait repérer ces lueurs de l'extérieur et s'en inquiéter, mais éteindre, accepter l'obscurité, c'était baisser les bras devant les rongeurs. Daniel écarquilla les yeux. Il ne voyait toujours rien. Avait-il imaginé les bruits ? L'image du cadavre à demi déterré et au faciès rongé lui retourna l'estomac. Durant une seconde il fut sur le point de se ruer à l'extérieur sans se soucier de ce qui s'ensuivrait, puis il se ressaisit et disciplina sa respiration. Collée à la paroi, les yeux hagards, Christine observait la salle des douches avec le regard halluciné d'un alcoolique en proie au délire, et qui voit la vermine ruisseler d'entre les planches. Daniel fut pris d'un doute. *Et si elle avait tout imaginé ?* Si elle avait fini par craquer, par succomber à la tension de l'interminable claustration ? Elle avait vu un rat et en avait imaginé cent. Elle s'était enfuie dans le noir, se blessant aux arêtes des machines. Pourquoi pas ?

Toutefois, il n'aurait pas pris le risque de descendre l'escalier pour vérifier le bien-fondé de son hypothèse !

À force de tendre l'oreille, tout bruit devenait suspect. À force de fixer les coins d'ombre, la nuit se mettait à bouger, à ramper.

« Il n'y a rien, dit-il en martelant les syllabes, pas la peine de perdre la boule pour une souris en maraude. »

Mais en penchant la tête, il lui sembla distinguer un grouillement en haut de l'escalier, comme une nappe mouvante en cours de constitution. Tenant le passe à deux mains pour ne pas le laisser tomber, il déverrouilla la serrure. Où se trouvait P'tit Maurice à présent ? En ouvrant la porte, ne risquait-il pas de tomber nez à nez avec le dobermann ? Quelque chose crissa sur le carrelage, et il eut l'impression qu'on frottait une brosse au bas des plinthes. Une brosse de poil rêche... *une brosse en poil de rat !* Christine ouvrit démesurément la bouche comme si elle allait pousser un cri perçant. Daniel la bâillonna d'une main et entrouvrit la porte de l'autre. P'tit Maurice avait disparu.

«On y va, souffla-t-il, droit sur la haie de troènes. La voiture est derrière, une DS noire!»

Christine se jeta en avant, trébucha sur les marches et perdit l'équilibre. Le sac contenant les billets s'ouvrit, répandant ses liasses. «Ramasse-les! vociféra Daniel, mais ramasse-les donc!»

En cette minute il détestait Christine comme jamais il n'avait détesté quelqu'un. Il s'agenouilla pour l'aider à rassembler les billets épars. Il l'entendit qui claquait des dents, elle aussi.

Sitôt le butin reconstitué, ils se mirent à courir vers la voiture. Daniel s'attendait à chaque seconde à entendre hurler une voix.

«Hé! Vous, là-bas!» dirait Maurice. Tout de suite après on percevrait la course du chien sur le gravillon. Un chien débarrassé de sa muselière et prêt à mordre.

Arrivé à la voiture, il déboîta la fausse banquette et força Christine à s'allonger, le sac de billets entre les bras.

«Il n'y en a que pour quelques heures, bredouilla-t-il de manière inaudible, ici tu es à l'abri des rats. Tu ne risques rien!»

Il rabattit la banquette comme on rabat le couvercle d'un cercueil. Christine s'était tassée en position fœtale. Elle étreignait le sac poubelle avec l'énergie d'une naufragée cramponnée à une bouée. Daniel se glissa au volant, démarra maladroitement, cala, recommença la manœuvre et parvint à ramener la voiture à la hauteur de la guérite.

L'état nerveux de Christine le préoccupait. Serait-elle capable d'attendre l'aurore au fond de son sarcophage de moleskine? Il craignait de la voir surgir à tout moment, comme un diable jaillissant d'une boîte. Même Pointard ne pourrait pas ne pas la voir! Il referma doucement les portières et gagna la guérite. Son uniforme était trempé de sueur. À tordre. Il desserra sa cravate et ouvrit le col de sa chemise.

L'air de la nuit lui paraissait glacé. À l'intérieur de la casemate, Pointard dormait sur sa chaise, comme à l'accoutumée. Daniel se posta devant la fenêtre, couvant la voiture du regard. Jamais il n'aurait pensé que le danger viendrait de Christine elle-même. Jusque-là elle avait fait preuve d'une telle maîtrise nerveuse…

Avait-elle vraiment repoussé les assauts d'une horde de rats… ou avait-elle tout simplement basculé dans la folie ? Il ne le saurait jamais.

Il resta plus d'une heure planté devant la vitre, se liquéfiant chaque fois qu'il croyait voir la DS bouger. Vers quatre heures du matin, P'tit Maurice traversa le parking, son chien sur les talons, et s'arrêta devant le capot du véhicule. Le dobermann s'énervait en reniflant le bas des portières. Daniel sortit de la guérite d'un pas qu'il espérait nonchalant. Le chien gronda à son approche.

« Couché ! fit P'tit Maurice. Je ne sais pas ce qu'il a, mais ta bagnole a une odeur qui ne lui revient pas. Si je le laissais faire, il boufferait tes pneus.

— C'est à cause des chats, improvisa Daniel, ma tante a toute une flopée de chats, elle les trimbale partout avec elle, et ils pissent sur les banquettes.

— Ah ! grogna Maurice, c'est donc ça. Faut être un peu cinoque pour élever des chats. À quoi ça sert un chat ? C'est même pas foutu d'égorger un cambrioleur ! »

Daniel approuva en essayant de contrôler le ton de sa voix. P'tit Maurice s'était lancé dans un tableau comparatif des mérites respectifs des chats et des chiens. Daniel avait envie de s'arracher les cheveux en voyant le dobermann donner des coups de tête dans les portières. Il pensait à Christine, recroque-villée sous la banquette, malade de peur, à demi asphyxiée.

« Il va rayer la peinture, hasarda-t-il.

— Quoi ?

— Le chien, insista Daniel, s'il continue il va rayer la peinture.

— Ah! Ouais, grommela Maurice en rappelant le dobermann, ce serait pas si grave, elle est pas de première jeunesse. »

Puis il s'éloigna, vexé. Daniel ne recommença à respirer qu'une fois qu'il eut disparu à l'intérieur du bunker.

Ensuite le temps se dilata, chaque minute conspirant pour retarder le plus possible la venue de l'aube. Daniel dansait sur des charbons ardents. Il lui semblait que les buissons fourmillaient de rats. Les pelouses étaient couvertes de rongeurs affamés, et toutes ces bêtes étaient sorties des douches pour se lancer à la poursuite de Christine. Elles encerclaient la voiture, grignotant la gomme des pneus, s'introduisant dans le conduit du pot d'échappement. Elles allaient ronger le moteur, immobiliser la DS. Dans quelques minutes les rats sortiraient de la boîte à gants, à la queue leu leu, et gambaderaient sur les sièges, rongeant la moleskine de la banquette arrière.

Daniel traversa deux fois le parking pour s'assurer qu'il délirait. Il était si préoccupé qu'il faillit boire une tasse de café drogué!

Par bonheur la nuit se délayait, perdant peu à peu son opacité, virant lentement au gris. Pointard s'éveilla en sursaut et, titubant, alla se passer la tête sous le robinet. Dans quelques minutes le calvaire prendrait fin. Daniel rassembla ses affaires. Son regard revenait constamment vers la voiture.

Maintenant quelqu'un allait lui dire «Puisque tu es motorisé, tu peux me déposer à la gare?»

Ce serait P'tit Maurice, de préférence. Et il embarquerait sans se soucier de l'avis de Daniel. Son affreux chien s'installerait sur la banquette arrière qu'il entreprendrait aussitôt de déchiqueter. Christine entendrait les grognements de l'animal, elle songerait aux rongeurs. Elle penserait qu'un rat géant s'était introduit à l'intérieur de la voiture. Elle hurlerait et P'tit Maurice se retournerait d'un bloc.

«Y a quelqu'un là-dessous! crierait-il. Bordel, qu'est-ce que tu trafiques?»

Il ouvrirait la portière, appellerait les flics postés de l'autre côté de la route. Oui, dans un roman policier les choses ne manqueraient pas de se dérouler de cette façon. Le grain de sable, l'éternel grain de sable. La justice du hasard...

Daniel consulta sa montre. Il était sept heures. L'équipe de la relève venait de franchir le seuil du camp. Sans plus s'occuper de Pointard il se dirigea vers la voiture. Deux cents mètres le séparaient de la barrière. Ensuite c'était la nationale, le barrage. Il démarra, les mains glacées. La DS roula vers la barrière. Morteaux sortait, P'tit Maurice sur les talons, ils allaient prendre position au café du coin où les attendaient un double-crème et un panier de croissants. Maintenant la voiture longeait la paroi grise du bunker, et Daniel ne cessait de penser «grain-de-sable-grain-de-sable-grain-de-sable».

Il leva le pied, s'assurant qu'aucune voiture ne venait en sens inverse. «Il va forcément se produire quelque chose, lui chuchota sa voix intérieure, les rats vont jaillir de la boîte à gants, te sauter à la gorge, ou bien...»

Il se rapprochait du barrage. À ce moment, comme l'avait prévu Madiân, deux jeunes gens débouchèrent du carrefour, têtes nues et grimpés sur la même mobylette. Ils dérapèrent en prenant le virage et s'affalèrent lourdement. L'un d'eux se roula sur le sol en poussant des cris perçants. Immédiatement, les policiers marchèrent vers eux, n'accordant aucune attention à la DS.

Daniel se retint d'accélérer. Il savait que Madiân l'attendait de l'autre côté du pont, hors de vue de la patrouille.

« C'est fini, exulta-t-il, on est passé ! On est passé ! »

L'homme chauve se tenait au bord de la route, un sac de sport en bandoulière, un sourire franc sur le visage. En apercevant la DS il leva le pouce. Daniel ralentit.

« Vous allez vers Chartres ? » dit Madiân en posant les doigts sur la portière.

23

Cela se fit sans adieu, sans regard, sans poignée de main. Madiân ouvrit la portière et s'installa au volant. Daniel recula pour lui laisser le passage. Aussitôt la voiture fit un bond en avant et disparut dans la courbe du virage. Tout était fini.

Le jeune homme tituba, heurta l'une des piles du pont. Il eut envie de se mettre à courir dans le sillage de la DS en criant : «Attendez ! ça ne peut pas finir comme ça ! Attendez… »

Mais le véhicule s'était déjà perdu dans le lacis des rues. Daniel était seul, déboussolé, idiot. Il avait imaginé des choses stupides : Christine se serrant contre lui ou mille autres pantomimes douceâtres du même acabit. Il s'était préparé à un moment d'intense émotion, une minute capitale, une séparation muette et poignante comme on peut en voir au cinéma. Pas un mot n'aurait été prononcé mais tout aurait été dit… Une seconde frémissante, pathétique. La fuite précipitée de l'homme au crâne rasé annihilait toutes ses mises en scène. C'était… C'était comme un film qui s'arrêterait avant la dernière bobine. Daniel éprouvait soudain une intense frustration. Le sentiment d'avoir été floué…

Madiân et Christine l'avaient privé de dénouement

comme on prive un enfant de dessert. D'un seul coup il se trouvait rejeté dans le quotidien, le néant. La fièvre le quittait, le sang ralentissait dans ses veines, tout redevenait normal, gris, étriqué. Il avait la tête vide, il flottait dans son corps comme dans un vêtement avachi.

Il erra longtemps à travers la ville, sans but précis, prisonnier d'un interminable entracte. Il attendait la reprise du spectacle, le lever de rideau, le dernier acte, la chute, la conclusion...

Madiân et Christine ne pouvaient pas disparaître ainsi, *il allait forcément se passer quelque chose!* D'abord il pensa qu'on le suivait et il contracta les omoplates, persuadé qu'un membre de la secte allait profiter de la foule encombrant les trottoirs pour lui enfoncer dans les côtes la longue aiguille d'un pic à glace.

... Il se retournait, dévisageait les badauds. Il hésitait à chaque feu rouge, terrifié à l'idée qu'on allait — d'une seconde à l'autre — le pousser sous les roues d'un autobus.

Car il était le dernier témoin, le lien gênant. Celui qui pouvait encore accuser la secte d'avoir empoché l'argent du hold-up.

Madiân ne pouvait pas, logiquement, prendre le risque de le laisser en vie. Il était en sursis, peut-être même ne verrait-il pas le soleil se coucher? Les rouages étaient en branle, les ordres donnés. La machine s'avançait lentement, prête à broyer sa proie.

Il fut tout étonné de rentrer chez lui sans avoir été une seule fois agressé. C'était donc dans le cadre familier de l'immeuble que CELA se passerait? Les espions de Madiân allaient sortir des chambres contiguës dans lesquelles ils se tenaient cachés, et, dès qu'il serait endormi, lui écraseraient un oreiller sur la figure, pour l'étouffer, ou encore...

Il vécut deux jours dans une sorte de fatalisme

cotonneux. Il sentait des présences mystérieuses autour de lui. Un craquement dans le couloir lui révélait l'approche d'un tueur et il courait glisser une chaise sous la poignée de la porte. Il se barricadait pour dormir, vivait les rideaux tirés, au cas où un tireur se tiendrait embusqué de l'autre côté de la rue. Chien policier à l'odorat déréglé, il flairait le danger partout. Les gens les plus ordinaires lui paraissaient suspects : un vieillard avançant, courbé, une baguette de pain sous le bras, une jeune femme poussant un landau, une petite vieille remorquant son sac à provisions... Tous, il leur trouvait une allure louche, des yeux d'exécuteurs. Ils allaient s'approcher de lui, mine de rien, et lui tirer une balle dans l'oreille, lui enfoncer un mince poignard dans le foie, alors — dans un sursaut d'agonie — il verrait que la vieille était grimée, que le landau ne contenait qu'un bébé de celluloïd...

Mais il ne se passait rien.

Chaque fois qu'il s'endormait, il rêvait que les rats se rassemblaient dans le couloir, derrière sa porte. Des rats par dizaines, tout droit venus du camp, et qui l'avaient suivi en cheminant à travers les égouts.

Il se redressait d'un bond, s'emparait d'un couteau de cuisine et ouvrait la porte, guerrier dérisoire, prêt à faire face. Mais le couloir demeurait vide. Il ne désemparait pas. Cela se passerait au moment où il s'y attendrait le moins, se répétait-il. La secte attendait que sa vigilance s'endorme, c'était tout, qu'il cesse d'être sur ses gardes.

Il débarrassa les douches des objets abandonnés par Christine. Il récupéra ainsi les fusils qu'il démonta, puis le matériel de camping et les sacs à dos qu'il réduisit en morceaux avant d'en dissimuler les débris à l'intérieur d'une chaudière hors d'usage. Un soir, s'armant de courage, il poussa jusqu'à la pièce du fond. Il avançait, les dents serrées, prêt à détaler au moindre signe de présence des rongeurs.

Contrairement à ce que lui avait raconté Christine, la tombe de Mike n'avait pas été éventrée. Cette constatation lui fit l'effet d'une douche froide et la fièvre néfaste qui l'avait agité au cours des derniers jours retomba d'un coup.

Il remonta, ferma le bâtiment et obtura la serrure à l'aide d'une boule résineuse de soudure à froid. C'était comme s'il fermait la parenthèse. Peu de temps après, il reçut une nouvelle affectation et dut quitter le camp pour une usine sinistre peuplée de chats faméliques. Le passé s'effilochait et il en venait parfois à douter des événements des dernières semaines. Dans la rue, la vue d'un homme chauve le faisait encore sursauter, mais il sentait sa méfiance s'endormir.

La fin de l'état d'alerte le faisait glisser sur la pente du dégoût et de la lassitude. N'allait-il, en définitive, rien se passer ? Il avait l'impression obscure qu'on l'avait privé de son destin, que l'aventure lui avait claqué la porte au nez, le laissant debout sur le paillasson tel un vulgaire représentant en aspirateurs. Quelque chose de formidable l'avait frôlé, mais seulement frôlé, et il demeurait sur le rivage, les pieds dans le sable, attendant vainement un nouveau passage des forces noires.

La ville devenait grise, les gens sonnaient creux. L'attente engendrait une déliquescence générale.

Il alla voir Jonas Orn à l'hôpital, mais l'ancien militaire n'était toujours pas sorti du coma. On commençait à parler de lésion de la moelle épinière, d'état végétatif. Il quitta la chambre en sachant qu'il ne reviendrait plus.

Un jour, poussé par une force inexplicable, il reprit le chemin du camp dont il longea la clôture. Arrivé à la hauteur de la barrière, il put constater que le barrage de police n'existait plus. On avait démonté le décor, renvoyé les comédiens en coulisses. La pièce était retirée de l'affiche. Cette disparition de la fourgonnette de police lui causa une véritable douleur physique, et il rentra chez lui, totalement abattu.

Le temps rongeait sa mémoire, emportait dans un flot tourbillonnant les épaves de la catastrophe. Bientôt il ne resterait plus qu'un souvenir, un souvenir dont — fatalement — il se mettrait à douter.

Il dormait mal, désormais le sixième étage ne lui semblait plus hanté par les sbires invisibles de Madiân, et il le regrettait.

On le congédia au début du mois de septembre parce qu'il se montrait négligent dans ses rondes et ne respectait plus ni les horaires ni les mouchards. Rendu à la liberté, il vit sa nostalgie s'aggraver. Il tournait inlassablement autour des kiosques à journaux, guettant les gros titres vecteurs de catastrophes. Il regardait le soleil se coucher au-dessus des toits de la cité, et lui trouvait des luisances suspectes. De plus en plus souvent il suffoquait sous l'étreinte de crises d'angoisse dont il ignorait la cause. Un jour, alors qu'il remontait une avenue, il fut saisi par le besoin impérieux de se doucher. C'était comme si une vermine invisible grouillait sous ses vêtements, s'accumulant dans chacun des plis de son épiderme. Il rentra chez lui en haletant et se lava avec frénésie, se brossant le corps à s'en arracher la peau. Il ne pensait plus à ses études et, depuis le départ de Christine, il n'avait pas ouvert un seul des livres encombrant les étagères de sa chambre. Il déambulait au hasard, l'œil en éveil, auscultant les animaux, les arbres, les façades, traquant dans tout le paysage les signes d'un délabrement imminent. Parfois, lorsque le ciel prenait une teinte plombée couleur de cendre, il restait une journée entière dans les couloirs du métro, retardant le plus possible le moment où il devrait sortir. Il allait, de station en station, se répétant : « Pour le moment je suis à l'abri. »

La nuit il rêvait du monastère, des tunnels taillés dans l'épaisseur de la nuit, des cellules de réflexion où il faisait bon se recroqueviller.

À l'aide d'un plan, il chercha à localiser l'emplacement de la propriété, mais il dut vite renoncer. Il ne conservait aucun souvenir précis du trajet effectué, et il s'avoua même incapable de se rappeler le nom d'une seule des localités traversées. Il aurait voulu revoir Christine, Madiân, partager avec eux le… secret. La jeune fille avait-elle repris la route, les quêtes? Non, sûrement pas. Le coup d'éclat du hold-up avait dû la propulser à un poste de responsabilité. Elle vivait maintenant derrière les barbelés du monastère, au milieu des chiens balafrés. Monitrice, elle déniaisait les jeunes recrues, leur apprenait l'art de la survie et du coup de force.

Elle lui manquait. L'absence de sa voix chuchotante était comme une douleur. Il avait besoin d'elle, il voulait qu'elle lui raconte encore l'apocalypse, il voulait l'entendre murmurer:

«*Elle est tombée, elle est tombée, Babylone la Grande, elle s'est changée en repaire de démons…*»

N'y tenant plus, il forma le numéro d'alerte qu'il avait conservé sur une page de son agenda. On lui demanda de s'identifier, il réclama frère Madiân. Aussitôt il perçut un certain affolement au bout du fil, comme s'il venait de toucher un point sensible. Des chuchotements lointains s'égaraient dans le combiné, incompréhensibles mais trahissant une certaine nervosité. Enfin une voix sévère résonna dans l'écouteur.

«Où êtes-vous? Que voulez-vous?»

Daniel faillit raccrocher, maudissant l'impulsion qui l'avait poussé à tisonner la cendre. Son interlocuteur dut deviner son intention car il dit précipitamment:

«Attendez, ne raccrochez pas, il faut que nous nous voyions.»

Par fétichisme, Daniel proposa un rendez-vous sur le campus de la faculté. «J'y serai dans une heure», fit la voix.

Il sortit de la cabine, en proie à un désagréable pressentiment. Peut-être les sectateurs de l'Apocalypse allaient-ils croire qu'il espérait les faire chanter? Oh! Il avait été maladroit, stupide! Il ne venait pas réclamer sa part du magot, bien sûr que non, il voulait seulement rencontrer Christine... et peut-être entrer au monastère pour une sorte de... stage?

Sur le campus, en face de l'U.E.R. d'histoire, il fut abordé par un sexagénaire, aux cheveux coupés ras et au visage soucieux. L'homme marchait lentement, le front plissé, les poings enfoncés dans les poches de son imperméable de surplus.

«Je suis frère Horeb, dit-il en s'assurant que personne ne pouvait les entendre. Je vous connais, je vous ai vu au monastère lors de votre... formation.

— Je voulais simplement obtenir des nouvelles de Christine Orn, commença Daniel, c'est tout.»

Horeb grimaça. Avec ses cheveux tondus il avait l'air d'un militaire en retraite.

«Mon petit, soupira-t-il, c'est une sale histoire... et qui n'a jamais eu mon approbation. Je ne peux pas vous donner satisfaction.

— Pourquoi?

— *Parce que nous n'avons jamais revu frère Madiân*, dit lentement le vieil homme. Il s'est évaporé dans la nature avec le butin. Vous comprenez? Il n'a jamais rejoint le monastère.

— Quoi? balbutia Daniel, vous voulez dire qu'il vous a roulés? Et Christine?»

Horeb toussota, prit le temps d'allumer une cigarette. Il avait de grosses mains de paysan, courtes, aux ongles épais et carrés.

«Le lendemain de l'opération, commença-t-il, la police a découvert une jeune fille inanimée au bord d'une route. Elle avait la fièvre et souffrait d'une intoxication du sang…»

Daniel se raidit. Tout à coup il pensait aux morsures de rats, à ces croûtes violacées entr'aperçues sur les chevilles de Christine.

«Nous avons appris l'affaire par les journaux, reprit Horeb, la jeune fille avait été transportée à l'hôpital, on ignorait son identité, mais la photo accompagnant l'article était suffisamment éloquente.

— Et alors? souffla Daniel, la voix réduite à un mince filet sonore.

— Elle est morte d'une septicémie foudroyante, en l'espace de quarante-huit heures, sans avoir repris connaissance. Madiân, lui, s'est dissous dans la nature avec l'argent, nous ne savons pas ce qu'il est devenu. Nous avons très mal encaissé le coup, cet échec a engendré une purge radicale. Je peux vous affirmer qu'aujourd'hui nous refuserions catégoriquement de tremper dans une telle opération.»

Il secoua la cendre de sa cigarette, considéra Daniel avec une certaine gêne.

«Je suis désolé de vous assener une telle nouvelle sans aucun ménagement, dit-il, mais nous avons tiré un trait sur cette affaire. Comme je vous l'ai dit, à l'époque je me suis violemment dressé contre Madiân mais on ne m'a pas écouté. Je suis de la vieille école, on m'a reproché de collecter des aumônes misérables, de voir trop petit. Madiân avait emporté l'adhésion des extrémistes, des impatients. Avec lui on effectuait un saut de géant, chacun croyait déjà sentir sous ses doigts le béton de l'abri… et il nous a roulés. Le jour où vous lui avez remis la voiture truquée, il s'est débarrassé de Christine et a pris le large, nous bernant tous, vous, moi… Oui, c'est une sale affaire qu'il vaut mieux oublier. Nous avons rayé Madiân et Christine Orn de nos archives et, en cas d'enquête, nous nierons avoir entretenu le moindre commerce avec eux. Pour nous ils n'existent plus. Considérez que j'ai prononcé leurs noms pour la dernière fois. »

Il jeta sa cigarette sur le sol.

« Si vous voulez vous joindre à nous, vous serez le bienvenu, conclut-il, nous avons plus que jamais besoin de quêteurs. L'orage gronde, les animaux ont peur. Savez-vous qu'à Los Angeles un bébé qui suçait son pouce s'est dévoré la chair jusqu'à l'os ? C'est un signe. Il y en aura d'autres. Ne tardez pas. »

Il tourna les talons, abandonnant Daniel au pied du bâtiment souillé de fiente.

Épilogue

La chose arriva au début du mois d'octobre, alors que Daniel se rendait à la faculté pour renouveler ses inscriptions. Deux hommes lui barrèrent brusquement le chemin à la sortie de l'immeuble. Daniel les vit surgir dans la lumière, silhouettes noires cernées par l'ogive du porche — l'espace d'une seconde — il se crut attaqué par les anges de l'Apocalypse.

«Inspecteur Flandrier, dit l'un d'eux en exhibant une carte, vous êtes bien Daniel Sarella? Il faut que vous veniez avec nous. Une infirmière de l'hôpital général nous a prévenus qu'un certain Jonas Orn, en état végétatif depuis deux mois, s'était soudain mis à délirer. Il parlait d'un hold-up. Du hold-up du boulevard Ordaix, pour être précis. Elle a pensé qu'il y avait là quelque chose de bizarre et nous a immédiatement avertis. Orn a beaucoup parlé de son travail, et d'un certain baraquement condamné qu'il appelait "les douches". Il semblait prétendre que les assassins y avaient trouvé refuge.»

Daniel se laissa empoigner. En posant le pied sur le trottoir il vit la rue barrée, les fourgons de police embusqués de chaque côté de l'immeuble, les flics en uniforme postés derrière les voitures, l'arme au poing.

«Vous êtes fous, dit-il en éclatant d'un rire aigu, vous me prenez pour un terroriste?

— Nous avons visité le bâtiment des douches, dit l'inspecteur sans se départir de son calme, nos chiens ont découvert le cadavre de votre complice, là où vous l'aviez enterré. D'une chaudière nous avons tiré deux fusils à pompe portant vos empreintes. Des pelles aussi. Il va falloir nous dire où vous avez caché l'argent.

— Mais c'est de la folie, protesta Daniel, je n'ai pas participé au hold-up, Jonas Orn pourra vous le confirmer...

— Jonas Orn est mort ce matin, trancha le policier, une embolie due au coma prolongé. Nous pensons qu'il avait mis sur pied toute l'affaire. C'était lui le cerveau. »

Daniel ouvrit la bouche mais dix bras le saisirent pour le jeter dans le fourgon. Il sentit qu'on lui tordait les poignets, que des bracelets d'acier se refermaient sur sa chair.

Il plongea dans le fourgon comme on se jette dans un puits. La voix de Christine résonnait à ses oreilles. Elle disait :

« Quiconque adore la Bête et son image se fait marquer sur le front et la main... »

Il ferma les yeux, il aurait voulu s'endormir, il avait tellement de sommeil en retard.

Table

Composition réalisée par INTERLIGNE

IMPRIMÉ EN FRANCE PAR BRODARD ET TAUPIN
Usine de La Flèche (Sarthe).
LIBRAIRIE GÉNÉRALE FRANÇAISE - 43, quai de Grenelle - 75015 Paris.
ISBN : 2-253-17034-8